CHALLAH LA DANSE

Dalya Daoud

CHALLAH LA DANSE

Le nouvel Attila

ISBN 979-10-414-2080-3

Le lama

Juin 1983, dans un village au nord de Lyon

Smaïl avait prétendu que la promenade avec son fils deviendrait un rituel mais un ciel menaçant ou le moindre prétexte suffisaient à l'y faire renoncer. Ce dimanche, il entreprit de tenir sa promesse et s'approcha de Bassou qui mesurait le son d'une petite cuillère contre un bidon d'huile de cuisine. L'enfant qui ne s'attendait pas à être soulevé du sol protesta puis se résigna à sortir de la maison pour traverser le Lotissement, arrimé à son père. Smaïl se contorsionna pour insinuer leurs deux corps à travers les fils barbelés devant le champ qui séparait les modestes maisons du reste du Village. Ils entrèrent dans le pré des vaches sans se blesser, puis avancèrent à petits pas sous le soleil mollet. Smaïl n'adapta pas son rythme à celui de son fils, qui se mit à trotter derrière lui, embarrassé par ses couches-culottes. Rien ne les pressait, à la maison les boulettes de lasbanne n'étaient pas prêtes.

Dès le premier vallon du pâturage, ils disparurent de la vue de Jihane. Dissimulée derrière la carcasse d'une voiture à l'abandon, elle les avait suivis en douce pour scruter les résolutions de son père qui la rendaient curieuse, plutôt que jalouse. Prête à tenir son poste jusqu'à leur retour, les yeux rivés à la ligne d'horizon, elle les imagina unis par la main, rejoignant l'étang en contrebas où les nénuphars éclos les récompenseraient de s'être donné tant de peine. Trois minutes ne s'étaient pas écoulées qu'elle les vit ressurgir, Bassou ballotté entre les bras de son père qui le lança par-dessus la haie, tandis que cavalait derrière eux un petit lama affolé. Son long cou pelé tanguait au-dessus d'une robe moussue et ses pattes foulaient rageusement le tapis d'herbes. Smaïl s'extirpa du pré à son tour mais fut retenu par un pan de sa chemisette qu'il déchira net pour se libérer. Il souffla en constatant que son fils avait atterri sur les fesses, imperturbable et hors de danger. Moins une, pensa-t-il. Craignant d'avoir été surpris dans une telle posture, il empoigna Bassou qu'il blâma pour l'incident.

Le lama qui avait stoppé sa course à la clôture les ignora. Smaïl fut vexé de ne pas avoir été averti de la présence de ce nouveau pensionnaire qui cohabitait désormais avec les vaches laitières du vieil André Chambon. Il se demanda quel itinéraire sa prochaine promenade allait suivre, l'immensité du bocage ne manquait pas de possibilités mais toutes auraient demandé une exploration dont il n'avait pas la patience. Bébé Bassou aurait enfin la paix.

Embusquée dans l'épave gisant au milieu du Lotissement, Jihane s'accroupit et retint son rire. Les nombreux loupés de son père l'amusaient et, malgré ses efforts pour le cacher, Smaïl repérait toujours son insolence. Il n'était pas stupide. Voyant qu'on le respectait peu sous son toit, il lançait une série d'imprécations sur ses cinq enfants et leur descendance, de futurs bâtards à qui Dieu ôterait toute forme d'âme, akarbi. Lalla, son épouse, faisait obstacle au malheur par un starfallah, afin que ce même Dieu pardonnât son impétuosité à Smaïl.

Comme personne ne lui prêtait de pouvoir prophétique,

il finissait par se calmer. Il arrivait même qu'il se moquât de ses propres gestes à contretemps, de son corps balourd d'ancien sportif et de son œil droit à demi fermé. Certains soirs, à la fin d'un repas de frites et de salade aux œufs, il compulsait ses souvenirs avec autant d'humour que de vantardise, et son auditoire ne devait pas se tromper de réaction sous peine de se faire tancer – rire quand c'était approprié et siffler d'admiration le moment venu. Il rejouait pour ses enfants les matchs de boxe qu'il avait disputés sur les rings de la région, mais se gardait de raconter que son tempérament à la chicane s'était aussi exprimé dans les bals du Village. Il leur était difficile d'imaginer leur père sans sa panse, si maigre à l'époque qu'il combattait chez les poids légers. Excité par ses propres récits, Smaïl retrouvait une vivacité de félin et portait avec précision des coups à son invisible adversaire acculé entre le réfrigérateur et le buffet de la cuisine.

À quarante-deux ans, il avait traumatisé quantité de ses neurones, une rétine et perdu la capacité de sa paupière à cligner. Il prétendait n'avoir jamais été vaincu mais il aimait trop écrire sa légende pour qu'on le crût. « Tu vas finir par changer de K7 un jour ? » lui demandait Lalla, qui se chargeait de faire circuler les plats et les sarcasmes par-dessus la table.

Ce matin de juin, en voyant deux clowns dégarnis sortir du pré, Jihane fut elle aussi soulagée que personne n'eût surpris Smaïl et Bassou, avec lesquels elle compatissait.

La chape de silence qui couvrait le Lotissement ne serait brisée qu'après le déjeuner, par une myriade d'enfants avides de ne pas se reposer. À cette heure, seules les odeurs de légumes au bouillon et de viandes braisées qui sortaient des six longères laissaient deviner qu'elles étaient habitées.

Le château

1981, au Village – 1960, à Tizi Ouzou

Né sept ans après Jihane, dans l'année de l'élection de François Mitterrand, Bassou avait été qualifié de surprise et même d'accident, dont seuls Smaïl et Lalla Benbassa pouvaient être tenus responsables, se livrant encore à de révoltants rapports sexuels malgré leur âge canonique. Ses quatre précédentes délivrances avaient toutes failli coûter la vie à Lalla, mais le docteur Philippe Gigarel, qui officiait au Village depuis une vingtaine d'années, lui avait déconseillé d'avorter. « Quarante ans n'est plus le premier âge, je vous l'accorde, mais ça n'est pas non plus l'entrée au cimetière. Ne vous infligez pas ça, madame Benbassa. Vous ne seriez même pas en accord avec votre religion. » Lalla qui priait plusieurs fois par jour estimait s'être suffisamment astreinte aux interminables gestations et à ce qui s'ensuivait. Elle se plia néanmoins aux recommandations du médecin de famille et de Dieu, Smaïl ayant donné un de ces avis dont elle se passait. La plupart du temps, il estimait inutile et même imprudent de prendre des décisions que le mektoub finirait par désavouer, ce qui excédait Lalla.

Lors de leur rencontre vingt ans auparavant à Tizi Ouzou, encadré par ses parents qui se chargeaient de trouver la concorde avec la famille de la future épouse, il avait déjà opté pour l'inertie. À dix-sept ans, Lalla n'avait jamais envisagé de partir yer Fransa ni ne s'était encore inquiétée de son mariage mais ne se plaignit pas qu'on le fît pour elle. Elle demanda pour seule garantie de revenir voir sa mère au moins une fois par an. Elle s'était alors exposée à Smaïl qui n'avait pas osé sourire en la voyant entrer dans la pièce, sa masse de cheveux roux contrainte dans un chignon. Ce fiancé venu de Lèyan – pour Lyon – était aussi sec que jouvenceau. Lui avait quitté la Kabylie à quinze ans, en 1956, avec ses parents qui tenaient à ce qu'il en retrouvât le goût grâce à une fille de là-bas, ou d'ici selon où l'on se plaçait. La sœur de Lalla s'était moquée du couple qu'ils allaient former. « Tu vas prendre toute la place dans le lit, l'écraser comme une batata. » Lalla s'était vue dans une robe de nuit plaquée contre ses larges cuisses, partageant avec ce garçon au grand front une improbable intimité.

Quelques mois plus tard, elle sortit de Tizi Ouzou pour la première fois de sa vie et se maria en France où elle donna naissance, dans l'ordre, à deux filles, un garçon, une fille, puis à Bassou, irrésistible par son ravissant visage et la certitude qu'il serait le dernier des cinq. Jamais aucun d'eux ne fut considéré comme une heureuse nouvelle, pas plus qu'une mauvaise.

Lalla apprit bientôt que les récits sur la France dont on l'avait abreuvée pour l'encourager avant son départ recouvraient d'autres réalités. Le « Château » où elle posa son unique valise était une miteuse résidence de la commune de Saint-Bol, qui ne devait son nom qu'à sa forme circulaire et à ses tourelles en grosses pierres humides. Elle y cohabita avec ses beaux-parents durant cinq ans, puis Smaïl trouva un emploi de manutentionnaire dans une usine de tissage, à dix kilomètres. Ils déménagèrent dans cet autre village des monts du Lyonnais, encore plus petit et isolé, où elle vit son mari résilier son rêve de boxe pour transbahuter des rouleaux de satin. Elle-même mit une croix sur le sien, aucun château ni prince n'étant conforme à ce qu'on lui avait raconté.

La casbah

Juin 1969, parcelle agricole d'Ange Chambon

Armand Kechichian aimait le travail soigné et sa méthode de recrutement reflétait cette qualité. Il faisait entrer les ouvriers dans son usine de tissage comme dans sa maison et la première entrevue consistait dans l'exposition de sa propre histoire ou de ce qu'il voulait bien en dire, s'autorisant ensuite les questions les plus indiscrètes. L'ouvrier se sentait parfois décontenancé, souvent charmé, invariablement attaché à ce patron arménien avec qui il était possible de s'épancher sur des histoires d'exil. Armand Kechichian eut bientôt le sentiment d'en savoir plus que la moyenne sur le monde grâce aux origines multiples de ses employés, jusqu'à faire de fines distinctions, jugeant les Chaouis de la région de Batna têtus, moins orgueilleux toutefois que les Kabyles, et les ressortissants de Sétif austères et réservés. Il trouvait les Tunisiens de Monastir amusants et dociles, les Espagnols du Nord buveurs et travailleurs mais plus volatiles que les Portugais qu'il aurait aimé embaucher en plus grand nombre. Son constat ne souffrait aucune nuance, d'autant qu'il était unanimement partagé à l'usine. Par-dessus leurs demi-flûtes de pain bourrées d'aliments pratiques à manger, Tonio Perez, fils d'immigrés descendus des Pyrénées espagnoles, et

Hassan Amrouche, Algérien né en 1940 à M'Chounèche selon son titre de séjour, riaient exagérément quand l'un d'eux lançait à Moncef Taïeb, leur collègue tunisien : « Vous, vous parlez pas, vous chantez : chnou-waaa. » Assis près de la pile de rouleaux évidés qu'il allait rapporter au hangar après la demi-heure de pause, Smaïl Benbassa restait à l'écart, craignant que son accent kabyle ne fît l'objet d'autres moqueries. De bonne composition, Moncef riait, la bouche pleine de patates aux sardines.

Henriane Molette, une habitante du Village diplômée en sténo-dactylo, devint la meilleure alliée d'Armand Kechichian. En vaporisant autour d'elle ce qui semblait suffisant d'informations sur celui qu'on appelait l'Arménien et sur son usine, elle satisfit les curiosités tout en ne trahissant jamais sa loyauté envers son patron, qui faisait le socle de leur relation. Interrogée sur ce qu'il disait, ce qu'il voulait, la façon dont il s'y prenait, Henriane ne voulut pas le trahir et ne céda que quelques informations futiles, sur le ton de la confidence. Il venait de la région parisienne où vivait sa femme et, d'après ce qu'elle savait, n'avait pas l'intention de s'installer au Village. « Chez nous, c'est bon pour y mettre une usine mais pas pour qu'il y habite, c'est qu'on n'est peut-être pas assez bien pour monsieur. »

Malgré son jeune âge au moment de son embauche, Henriane devint indispensable à la bonne marche de l'ensemble. Elle prévenait et réglait les problèmes, les ouvriers louaient sa disponibilité pour parler de la fiche de paie ou des deux semaines de congés d'été. Frêle silhouette indélébile de Brocard Frères, elle surgissait hors d'un minuscule bureau jouxtant les ateliers, du rouge peint sur les lèvres et les ongles, piégée dans une jupe droite. Elle frappait à la porte du patron perché plus haut sur la mezzanine, espérant qu'il l'entendrait malgré le bruit assourdissant des tisseuses.

Les aléas de l'histoire donnèrent un coup de pouce à Armand Kechichian. Un jour de septembre 1962, il reçut un appel de Louis Perge-Veyrenc, le patron de l'usine de moulinage ardéchoise à laquelle il achetait son fil. « On va être débordés. Ils sont des dizaines de milliers qu'il faudra habiller. Suffit que l'hiver soit rude pour qu'on ne lève plus la tête. » Les rapatriés d'Algérie étaient une aubaine qui ferait fructifier sa collaboration avec les fabricants de tissu. Comme si elles avaient obéi à ses instructions, les températures chutèrent dès le mois de novembre et prirent de court les huit cent mille pieds-noirs juste débarqués en France, générant un bond démographique jamais observé ainsi qu'une augmentation du chiffre d'affaires de Brocard Frères et du nombre de ses salariés – soixante-huit au faîte de son activité. Le travail en deux-douze nécessita alors des équipes spéciales capables de travailler de dix-sept heures le soir jusqu'à cinq heures le matin puis inversement, selon les semaines. Pour leur faciliter la tâche et garder les meilleurs d'entre eux, Armand Kechichian songea à leur offrir un logement, dans des maisons qu'ils occuperaient presque gracieusement. Aucune liberté ne serait prise avec le plan local d'urbanisme, le prévint-on à la mairie du Village. Ces nouvelles habitations s'intégreraient dans le paysage champêtre, promit-il. Elles posséderaient toutes des sanitaires intérieurs ainsi qu'une double porte-fenêtre donnant sur un bout de jardin car, mieux qu'un logement tout confort, ce serait un rêve auquel, à chaque embauche, il promettait l'accès. Pour les bâtir, Armand Kechichian se mit à la recherche d'un terrain dans le Village. Il essuya de nombreux refus des paysans auxquels il proposait pourtant un bon prix, avant de trouver vendeur en la personne d'Ange Chambon, troisième génération exploitante d'hectares devenus constructibles, étalés sous la chapelle des Brigands. Fermé sans explication, l'édifice continuait de trôner sur le premier des mamelons de la colline. En face, le second était nappé par les principales habitations du Village et l'église en service. Propriétaire d'une grande part des champs en contrebas, Ange Chambon en vendit un bout à Armand Kechichian et, en 1970, un lotissement sortit de terre, à mi-distance entre la chapelle et l'église, dans le creux des seins du Village.

Ses six longères étaient des modèles réduits préfabriqués posés en bordure du chemin des Brigands, la nouvelle adresse des ouvriers. De plain-pied, leurs maisons étaient distribuées par une allée non bitumée, autour d'un terre-plein central. Sous les toits de tuiles brunes, chacune contenait deux logements mitoyens. Des villas Phénix furent construites bien des années plus tard sur la partie haute du Village, au-dessus de l'église, mais quand on parlait du Lotissement, il ne pouvait s'agir que de Brocard. La cité, disait-on aussi. Ce fut à Raymond Maligex, producteur de cerises et élu au conseil municipal, que revint le trophée du nom le plus apprécié, la casbah, utilisé toutefois dans un cercle restreint. « C'est bien qu'ils aient un endroit, avait estimé Raymond, rassuré par l'aspect général des maisons Brocard, des gourbis pas moches, finalement. » Les chauffages électriques n'étaient pas de la dernière génération et le vitrage avait été choisi simple, mais tout était propret, intérieur comme extérieur. Les maisons ne comptaient que deux chambres, une pour les parents, une pour les enfants quel que fût leur nombre.

Autour, il y avait des prés à perte de vue, des vergers

prolifiques et du bétail béat, des fermes mafflues et antiques, tout ce par quoi les ouvriers ne se sentaient pas concernés. Aujourd'hui encore, la départementale serpente à flanc de colline pour aboutir, à son sommet, sur une large place centrale autour de laquelle attendent selon d'immuables règles de géométrie rurale la boulangerie, le bureau de poste, deux bars, l'atelier du plombier-zingueur, la boucherie des Favotte, l'épicerie d'Yvette Berthier qu'un Petit Casino concurrence désormais, un restaurant servant trois choux farcis par assiette le jeudi. Tous les commerces se trouvent au pied d'immeubles d'un ou deux étages, dans lesquels la vie circule sans grand spectacle. La mairie et l'église se font face dans une rue étroite. L'école élémentaire affiche à son fronton École des filles et, à côté, la mention École des garçons surplombe toujours la porte de la mairie, vestiges d'une époque révolue qui donnent au Village le charme d'une bourgade dans son jus. Plus loin se dressent encore les hauts murs recouverts de chaux derrière lesquels s'est cachée l'usine d'Armand Kechichian, dont beaucoup n'ont connu que le bruit mécanique qui s'en est échappé sans relâche durant des années.

Le lait

Juillet 1983, espace aérien algérien

Le Lotissement s'était vidé comme à chaque début d'été. Fadma et Hassan Amrouche étaient parmi les rares qui avaient abandonné le fantasme du retour au pays, contrairement aux Taïeb, deux familles tunisiennes qui avaient une bonne excuse pour porter le même nom puisqu'elles étaient cousines. Au premier jour du mois de juillet, elles surchargeaient leurs voitures d'objets qu'elles allaient déverser dans des maisons en bord de mer, à Monastir, dont les chantiers n'avaient aucune perspective claire d'achèvement. Olfa, l'une des quatre enfants de Moncef et Montserrat Taïeb, observait avec circonspection l'empressement de ses aînés à retrouver l'été comme le moment où toute leur existence prendrait enfin une signification. Lorsqu'ils l'envisageaient du côté du Village, leurs éventuels échecs ne leur paraissaient pas si graves car, par on ne sait quel pouvoir surnaturel, ils étaient persuadés que, s'ils passaient du côté de Monastir, ils réussiraient. Cette croyance faisait naître dans la famille de grands projets d'installation en Tunisie, un jour challah, et passer sous silence l'intime conviction que cela n'arriverait jamais.

Bébé Bassou venait d'avoir deux ans et on l'emmenait en Kabylie pour la première fois. Smaïl Benbassa l'avait fait partir par avion avec Lalla, tandis que lui prendrait le bateau avec les quatre autres enfants. Cette année-là, ils avaient serré la ceinture jusqu'au dernier trou pour faire partir tout le monde, deux mois pleins.

Dans l'avion, Bassou s'était mis à crier car ses oreilles supportaient mal les variations de la pression atmosphérique. Le regard compatissant dont l'hôtesse de l'air couvrit Lalla lui fit comprendre qu'elle devait régler le problème, et vite. Elle défit son chemisier et donna le sein à Bassou, qui le mordilla de ses petites dents affûtées. Lalla pensa que son lait devait être amer tant elle se sentait triste. Depuis l'embarquement, elle n'avait pas cessé de pleurer non plus. Smaïl l'avait regardée partir désarmé par ce déluge de larmes, espérant qu'elles arrêteraient de couler avant l'atterrissage à l'aéroport de Béjaïa. Lalla détestait les voyages, elle appréhendait tout d'eux, la nostalgie et les maux qu'ils fabriquaient et se demandait à quelle malédiction était soumis son mektoub pour qu'elle traversât la Méditerranée plus souvent qu'une grue cendrée.

À quai, au milieu des familles qui oscillaient entre la France et l'Algérie aux mêmes dates que les siennes, Lalla aurait elle aussi voulu paraître impeccable. Mais les parfums capiteux émanant des costumes repassés et les odeurs de nourritures macérées dans du papier aluminium commençaient à l'écœurer avant même d'embarquer.

Elle avait expérimenté ce mal pour la première fois au cours de son voyage en bateau vers la France, à dix-sept ans, engoncée dans un soutien-gorge qu'elle avait acheté à Béjaïa et qui devait aller avec une tenue d'un nouveau genre, une jupe à soufflet s'arrêtant aux genoux et un manteau chaud coupé dans le même drap de laine. Les parents de Smaïl avaient envoyé l'argent nécessaire à la rendre présentable sur leur rive. Rien ne put stopper ses vomissements bruyants, rythmés par le roulis de la traversée. La tête renversée par-dessus bord, elle avait eu froid car elle avait ôté son manteau pour ne pas le tacher.

Malgré les petites boules de louban mâchées entre chaque régurgitation, Lalla eut du mal à supporter sa propre odeur durant les quatre heures de route à l'arrière de la voiture conduite par le père de Smaïl. Elle lutta contre les spasmes en plaquant un foulard contre sa bouche, les tempes battantes et le front luisant, tandis que son futur époux l'observait en silence dans le rétroviseur. Elle avait espéré qu'il détournât le regard, constatant dans le même temps que dans son souvenir le front de ce garçon n'était pas aussi grand. Un an plus tard, elle fit le trajet en sens inverse jusqu'à Tizi Ouzou. Grosse de Rym, leur première enfant, et désormais vacancière dans la maison où elle avait grandi, Lalla vomit encore sans interruption plusieurs jours après son arrivée. Elle essaya les années suivantes de s'asperger de musc – mais y renonça car il provoquait des haut-le-cœur chez Smaïl –, de respirer des savons et de fixer l'horizon, mais rien ne vint à bout de ses spectaculaires régurgitations de matières semi-liquides, pas même le jeûne. Dans son dos, la famille de son mari l'appelait Lalla-brr-brr, imitant le son des rots qu'elle faisait à son arrivée.

La tétée terminée, Bassou extatique blottit sa tête contre la poitrine de Lalla. Elle avait briqué et enrubanné son fils comme s'il allait être donné en offrande aux femmes de Tizi Ouzou avec les flacons d'eau de toilette, les paquets de bonbons et la vaisselle dont elle avait rempli la soute. Elles ne pourraient que tomber en amour pour ce blondin joufflu comme pour les objets rapportés en abondance, tout ce qui montrait que Lalla avait bien fait de partir yer Fransa, si on laissait de côté les hoquets et les sanglots.

La sourdine

Années 1970-1980, cité Brocard Frères

Les commerçants du Village n'avaient pas tellement à s'en plaindre, de ce Lotissement, car, grâce à lui, partaient chaque jour de la boulangerie une quinzaine de baguettes et autant de Malabar. Les enfants d'en bas disaient : « On monte au Village », comme s'ils ne lui appartenaient pas. Dans son épicerie, Yvette Berthier les voyait arriver, le poing fermé sur quelques pièces qui faisaient juste le compte. Envoyés par leurs mères, ils circulaient dans les trois rayons mal pourvus de la boutique, pour un paquet de lentilles et un autre de papier toilette, en attendant les prochaines courses à l'hypermarché. Ils étaient aussi clients du bar-tabac de la Denise, le week-end, où ils achetaient des jeux de cartes qui serviraient aux pokers du samedi soir chez Hassan Amrouche, des cartouches de Gitanes pour Moncef Taïeb, et le tabac à chiquer de Smaïl Benbassa. Quelques-uns des adolescents y achetaient pour eux-mêmes les cigarettes qu'ils fumaient en cachette – même adultes, ils n'auraient pas imaginé que cela pût être divulgué, pardon à eux. En revanche, ils pouvaient se fier à la Denise pour garder secrètes leurs mauvaises habitudes, comme celles de n'importe qui passant la porte de son café.

Les habitants du Village voyaient l'îlot Brocard comme une petite banlieue, commode pour se sentir concerné par les incendies du 31 décembre allumés aussi facilement que si les reporters télé avaient dit « Moteur » et « Action ». Aucune voiture n'avait jamais pris feu au Village mais, au vu de l'époque, on pouvait s'attendre à tout. Le Lotissement, à leurs yeux, était un quartier teinté Maghreb concentrant des familles qu'il était plus ou moins difficile de différencier. Les contacts étaient occasionnels, distants, polis, mais dépendaient aussi des caractères. Parmi les moins farouches, Bouzid Fahd, ouvrier tisseur apprécié du patron pour son sens du détail, sortait volontiers de chez lui pour se mélanger. Durant les après-midis tranquilles, Serge Legrain échangeait davantage de mots avec lui qu'avec les autres clients de son P'tit Bazar, où il vendait des journaux et des machins. Leur relation prit une si jolie tournure que des disputes autour de sujets d'actualité purent éclater entre eux sans dommage. Mireille Legrain eut beau demander à Serge de garder ses distances, agacée par leur manière de rire à l'unisson autant que par les piles d'*Auto Plus* que son mari ne rangeait pas, rien n'y fit. Un jour qu'elle avait entendu Bouzid chantonner « dor biha ya chibani, dor biha » en balançant ses mains près du visage de Serge, elle avait accouru pour secouer un *Nouveau Détective* entre eux, s'égosillant : « Mais qu'est-ce que vous branlez à la fin, qu'est-ce que vous branlez ? » Elle fit comprendre à Bouzid qu'une fois le journal acheté il n'était pas invité à s'éterniser. Il arrivait que Mireille eût mieux à faire que les surveiller et, disposé à l'accointance, Serge penchait alors son buste vers celui de Bouzid, séparés par le comptoir. En dehors de ce genre de camaraderie inattendue, de péripéties plus ou moins haletantes et de salamalecs convenus, le rapport entre le Lotissement et le haut du Village fut principalement pris en charge par Hassan Amrouche, tacitement désigné comme le chef de la cité Brocard, cheikh d'une tribu qui n'existait pas.

Il était considéré comme le plus habile à naviguer entre les pôles grâce à des qualités impossibles à allouer à d'autres selon l'avis général : une éloquence agréable, un humour grivois distillé quasi sans accent et une grande disponibilité. Hassan Amrouche avait donné de son temps pour le Village, tenu les buvettes des associations sportives, arbitré les matchs de foot des aînés, sans quoi, il en était persuadé, jamais on ne l'aurait considéré. Il n'aurait pas échangé son statut, se disant parfois que, s'il avait été français, il aurait sans doute accédé aux plus hautes fonctions, peut-être celle d'adjoint au maire. Il pouvait compter sur Fadma son épouse pour administrer la maison. Quand leurs enfants en partirent, Hassan leur prescrivit de ne pas oublier leurs origines mais, avec le temps et la façon que leur père avait eue de si bien composer avec le Village, ils ne surent pas s'il parlait de l'Algérie ou du Lotissement.

En leur attribuant des foyers mitoyens, Armand Kechichian ne s'était pas enquis de ce que Hassan et un autre de ses mécaniciens embauchés à la même date, Ali Boulanouar, n'avaient jamais pu se pifer. Pour Hassan, pas de surprise à voir un Oranais vulgaire et orgueilleux se précipiter dans la maison 6, qui donnait sur l'allée centrale du Lotissement, pour lui laisser la numéro 5, moins confortable, donnant sur les prés et les vaches. Ali avait ensuite garé sa voiture de façon que Hassan eût besoin de lui demander de la bouger pour sortir ou rentrer la sienne. Si leur jeu avait pris fin, peut-être leur aurait-il manqué à tous les deux. « Tout pour m'emmerder, cet abruti. » Fadma

Amrouche tempéra : « Il s'ennuie, il n'a que deux enfants. » Iouna Boulanouar qui venait de Corfou, en Grèce, leur semblait bien méritante de vivre avec un tel énergumène. Hassan imaginait qu'on y naissait particulièrement indulgent. Iouna avait toutefois le défaut de fumer un paquet de cigarettes par jour qui s'ajoutait à celui de son mari, et Fadma détestait cette odeur qui entrait chez elle par effraction.

La présence de la famille Perez en maison 9 ne nuança en rien l'image orientale qu'on avait du Lotissement, pas plus que l'emménagement de la famille Bornage dans la maison 1. Tandis que Christian Bornage passait ses journées au volant d'un camion poids-lourd, Jocelyne, son épouse, tissait chez Brocard Frères. Elle put donc prétendre à l'un des logements peu coûteux proposés par son patron, alors que personne n'imaginait des Français d'ici y emménager. Christian lui-même s'était montré réticent. « Chipote pas, c'est quasi gratuit et t'es pas obligé de fréquenter tes voisins, lui avait dit Jocelyne. Pis, vu comme t'es agréable, personne te courra après. » Christian craignait surtout que leur fils unique, Bertrand, ne se fondît trop bien dans le paysage. Il ne se doutait pas qu'en miroir Smaïl Benbassa essayait d'interdire à Farouk, son premier fils, toute relation avec le petit Bornage. Il avait de l'estime pour Jocelyne avec qui il échangeait des politesses à l'usine, mais il estimait que le rejet ostensible de Christian à son égard devait être a minima réciproque.

Les familles se partagèrent ainsi des blocs de béton blanchis desquels leurs souffles sortaient à l'unisson : quand une porte d'entrée à l'un des bouts de la longère était claquée, les deux foyers tremblaient. Armand Kechichian s'était cru dieu lare, mais les murs épais comme du carton rendaient l'harmonie impossible, à peine permettaient-ils une séparation visuelle à défaut d'une isolation phonique.

Le moins qu'on pût dire fut que Bouzid et Zouina Fahd souffrirent de cette promiscuité. Ce couple sans enfant, originaire de Sétif, partageait sa longère avec la famille Benbassa. Chaque jour, Bouzid cognait contre la cloison mitoyenne, ce qui produisait une réaction immédiate chez ses voisins. Ils mettaient leur musique en sourdine – mais pour combien de temps. « Ou je pars ou je deviens mahboul, plus personne me verra ici », menaçait Bouzid. Zouina ne se plaignait de rien pour ne pas alimenter le désarroi de son mari, qui s'asseyait au sol, les yeux dans le vague, suivant avec son doigt les volutes d'un tapis. Il se réfugiait au Café du Midi ou au P'tit Bazar, où Serge Legrain le recevait avec plaisir dès lors que Mireille, sa femme, n'était pas dans les parages. Depuis quelques années, son visage souffrait de mouvements convulsifs et Zouina, qui ne s'entendait pas trop mal avec lui, espérait qu'il ne devînt pas fou, même si elle pensait, quand elle observait sa façon de croiser et décroiser les jambes, qu'une bizarrerie habitait sans doute Bouzid depuis toujours.

Lorsque les cinq enfants Benbassa arrivèrent à l'adolescence, le charivari redoubla. Il y en avait toujours un pour tourner le bouton de la chaîne hi-fi sur la droite afin de mieux profiter des lignes de basse. Lalla leur demandait de se tenir à peu près tranquilles, afin de conserver des relations de voisinage acceptables, mais c'était sans compter sa propre passion pour la danse, indissociable d'une musique diffusée à haut volume. Elle était la plus inspirée de la maison, sourde aux protestations, montrant à ses enfants qu'aucune limite n'est infranchissable pour un corps.

La dame blanche

Septembre 1983, parking Brocard Frères

La voiture avait atterri sur son châssis au milieu du Lotissement sans que personne sût dire comment puisque ses quatre roues lui manquaient. Pas un centimètre de sa carrosserie n'était épargné par les bosses et les éraflures, à tel point qu'il était difficile d'en déterminer la couleur d'origine. Ses sièges étaient éventrés à de nombreux endroits, mais le volant tournait encore. Malgré son état de délabrement, les enfants se serraient dans l'habitacle selon des règles de préséance injustes mais habituelles – le privilège de l'aînesse, la force du poing. Pour éviter l'accident bête et parce qu'ils tenaient à la Renault 5, l'un d'eux avait collé un long ruban de Scotch marron sur son pare-brise fendu.

« On va te montrer ce que c'est, une chanson kabyle. Rien à voir avec ce que tu imagines. » Dans le coffre de la voiture, Jihane Benbassa, dix ans, et sa sœur Louisa, quatorze ans, essayaient d'accoutumer leur voisin Bertrand Bornage aux sonorités berbères. Assis sur le siège arrière, il s'était retourné face aux filles qui avaient l'intention de se donner en spectacle. Bertrand venait d'avoir quinze ans et ça n'était pas simple d'attirer son attention. Malgré ses cheveux filasse, il avait pour qualité de porter des jeans neige et de ne quasi jamais se mêler aux autres enfants du Lotissement.

Jihane ne parlait pas un mot de kabyle et garda Louisa à vue qui connaissait à peine mieux la langue de leurs parents. La petite Olfa Taïeb, qui venait d'entrer dans la voiture, voulut elle aussi profiter du spectacle gratuit. Les sœurs Benbassa entonnèrent un laborieux « A Vava Inouva » et leurs voix se mêlèrent sans charme pour rebattre un unique couplet et le refrain de la chanson la plus connue d'Idir. Bébé Bassou, qu'elles étaient obligées d'emmener partout avec elles, se mit à taper des pieds entre les trous du plancher pour les accompagner. Bertrand aurait préféré qu'Olfa Taïeb lui dispensât la leçon. Elle avait neuf ans, des pommettes hautes et lustrées, ses yeux bridés la faisaient ressembler à une Comanche égarée dans la contrée. La petite Indienne, disait-on d'elle. Elle le fascinait. Mais Olfa n'avait aucune raison de baragouiner cette langue inconnue, sa famille était tunisienne et elle aurait de toute façon refusé de se mettre en scène. Elle se contenta d'apprécier le concert pour ce qu'il était, une cacophonie absurde. Bertrand la lâcha des yeux et se tourna vers Jihane qui, en remuant les lèvres à contretemps, se démenait pour qu'il la remarquât. « Mais tu la sais pas ! » constata-t-il. Jihane répondit : « Je connais pas toutes les chansons kabyles. Je te ferais dire que c'est impossible, c'est comme en France, y en a au moins deux cents. » « T'es pas une vraie, tu mens », rétorqua Bertrand, trop heureux de découvrir la supercherie. Il la mit au défi de parler en barbare. En berbère, le reprit Louisa. Jihane ânonna une des rares phrases qu'elle connaissait – « Riy atas tayazet, J'aime le poulet » dont elle n'avait que peu l'utilité. Olfa et Louisa rirent de sa tentative. Écarlate, Jihane se plia en deux pour sortir de la voiture et passa devant Bertrand qui la regarda d'un air suspicieux.

La Renault 5 leur était utile surtout les soirs d'été, les enfants s'y engouffraient pour échapper aux chauves-souris dont ils craignaient les attaques en piqué.

« C'est jamais arrivé, arrêtez de balnav.

– La vie de moi qu'elles sont dangereuses ! C'est des rats qui volent. Elles s'accrochent dans les cheveux et si tu te débats elles te griffent le visage. C'est arrivé à Saloua Taïeb, c'est de là qu'elle vient, sa balafre au menton. »

Les étourneaux en nuée, les martinets dans leurs ébats et les avions de chasse, tout ce qui planait dans le ciel devint une menace qui leur permettait de s'entasser en se bousculant. À la nuit tombée, c'était à qui raconterait l'histoire la plus effroyable. Celle de l'enfant noyé dans un puits, coincé entre la vie et la mort, qui hantait les nuits de quiconque avait osé soutenir son regard remportait un certain succès. Mais rien ne supplantait celle de la dame blanche. Bien que la plus poncée, elle restait très efficace.

« Impossible de prévoir quand ça va t'arriver. Tu conduis tranquille. Ou bien c'est ton père si t'as pas l'âge, hmar ! Attention, il faut que ça soit la nuit ou très tard le soir. Il doit faire sombre sinon elle a aucun intérêt à venir. Là, grosse poisse, tu la vois tout à coup sur le bord de la route. Une longue longue forme, blanche comme t'as jamais vu. Elle a pas de visage, pas de pieds. Mais elle a une capuche. Elle t'attend. C'est arrivé plein de fois. Les accidents, toujours derrière le chenil, dans le virage, c'est un hasard, peut-être ? Le fils Coquard, il est mort comme ça, meskine. Oui, il avait bu, mais ça s'est passé pile à cet endroit, encore une fois. Quand tu la verras, tu sentiras tout de suite que c'est pas une vraie personne, c'est comme si elle brillait avec de la lumière à travers elle. Elle foncera sur toi comme un éclair. Et là, tu peux faire tes prières : ça va tellement vite que tu perds le contrôle de ta voiture. Tu la plantes et tu meurs. Tout le monde meurt dans la voiture, c'est obligatoire. Elle laissera jamais personne la voir et survivre. »

Bassou se mettait à pleurer très fort en entendant la manière sinistre dont les contes se terminaient et si Lalla l'entendait depuis sa terrasse, elle courait jusqu'au parking et ordonnait à ses enfants de rentrer en les faisant passer devant elle, pour distribuer une claque à chaque nuque. Bassou, morveux adoré, échappait à la correction, laissant couler les dernières larmes qui justifiaient d'avoir mis fin à une si belle soirée. N'imaginant pas qu'il pourrait disparaître, Lalla les privait ainsi du seul divertissement dont disposait le Lotissement.

L'épave

1984, parking Brocard Frères

« Dans le tissage comme dans bien des choses, tout est une question de tension », avait l'habitude de dire Armand Kechichian à ses ouvriers à leur arrivée dans l'usine. « Il faudra toujours que vos machines soient nettoyées et vos lignes ajustées, au risque de créer des accrocs et ça, chez Brocard Frères, vous n'en voudrez jamais. » Pour être liées entre elles, les fibres passaient sous des peignes qui alternaient montées et descentes en cadence. Le sergé et le satin naissaient de l'infatigable mouvement, dessus-dessous-dessus-dessous. Les machines faisaient un chambard que seuls supportaient des ouvriers soucieux de voir le tissu sortir dans les délais. Smaïl Benbassa s'accroupissait, il jetait à l'épaule les rouleaux de tissu puis avançait lentement vers les pyramides chatoyantes qu'il dressait sur palettes.

Ici, une tisseuse rechignait à la tâche et vomissait son étoffe à moitié lacérée. Un caprice. Là, une autre refusait de rentrer dans le mouvement de la production. Une grève métallique facile à mater. Hassan Amrouche poussait sa caisse de mécanicien pleine de chiffons noircis et de clefs à molette, il ouvrait les capots, démontait les roulements à bille, soignait les navettes, changeait celles qui s'étaient cassées d'épuisement. Quand les ouvrières qui nouaient à la main les faisceaux de fils dans la gueule ouverte de la machine étaient dépourvues de solution, il contenait mal sa fierté de leur en fournir une. Contrairement à Smaïl Benbassa qui sentait ses genoux faiblir après une nuit de travail, Hassan aimait le temps passé à l'usine, seul le brouhaha pesait lourd à la fin de ses heures. La route déclinait jusqu'au Lotissement et Hassan laissait ses jambes ankylosées goûter le moelleux et la facilité du retour bien qu'en arrivant il trouvât à maugréer. La Renault 5 désossée d'Otman, le fils aîné d'un autre mécanicien, Ali Boulanouar, gisait au milieu du parking depuis bientôt trois ans, à la vue de tous ceux qui passaient chemin des Brigands. La situation avait encore tendu ses relations avec son voisin immédiat, d'autant qu'Ali traitait le sujet avec désinvolture. « Hassan, arrête d'attraper mon fils, laisse-le tranquille. Cette génération, tu sais comme ils sont difficiles. Je m'occuperai moi-même de la voiture. » Ils savaient tous les deux qu'il n'en ferait rien. Hassan hésita à en toucher un mot à Jean-Michel Charbogne, mais le garde champêtre aborda la question en premier, aux abords du terrain de foot. Ce dimanche, l'équipe une du Village jouait son va-tout pour ne pas finir dernière de sa poule. « C'est pas joli, c'est sûr », avait-il dit à Hassan au sujet non pas du match pitoyable auquel ils assistaient mais de la voiture d'Otman. « Normalement, c'est pas normal. Mais que veux-tu que je fasse avec votre terrain qu'est pas communal. Il appartient au patron de ton usine alors faut voir avec lui. Ou bien vous entendre entre vous. » S'entendre entre voisins, Hassan n'y croyait pas, pas plus qu'il n'imaginait déranger Armand Kechichian pour si peu. Le patron se déplaçait rarement jusqu'au Village et, quand il le faisait, il filait directement à l'usine, sans crochet par le Lotissement. Il avait fait construire les maisons pour y loger ses ouvriers mais rien ne justifiait qu'il se mît à les border ou à trancher dans leurs querelles de voisinage, tant qu'elles ne débordaient pas au travail. Mieux valait qu'il n'en sût rien.

Hassan ne supportait plus la piètre image que l'épave renvoyait du Lotissement, qui n'en avait pas besoin. « Cet Otman, il est comme son père. Un vrai gougnafier. » L'année d'avant, le fils Boulanouar avait disparu du paysage pendant six mois. Il venait tout juste de fêter ses vingt-deux ans. Ali avait prétendu qu'il était parti en voyage tandis que sa femme, Iouna, avait évité les questions et augmenté sa consommation de cigarettes. Pour leur bonne réputation, ils avaient heureusement leur fille aînée Leïla, dont on pouvait toujours attendre le meilleur. Elle faisait des remplacements au guichet du bureau de poste du Village. Bien qu'elle ne fût pas sa fille, Hassan tirait une forme de fierté de son emploi : c'était une gamine du Lotissement qui prouvait que tous n'y étaient pas destinés à finir crapule ou perdant. Il aimait être servi par elle, aimable au guichet, car il prenait sa gentillesse pour du favoritisme. Un problème pour retirer telle somme du compte épargne ? Leïla ouvrait une autorisation exceptionnelle. Hassan prenait un air entendu et sortait de la Poste le menton haut. Ce fut elle qui l'avertit un samedi matin, à son guichet : « Vous allez être content, monsieur Amrouche, mon frère va enlever la voiture du parking. »

Le lendemain, à vingt et une heures passées, Hassan n'y croyait plus quand la dépanneuse déboula dans le Lotissement, conduite par un des amis d'Otman, un soi-disant employé de la casse. Hassan douta de son curriculum vitae : il l'avait souvent vu en pleine journée assis sur les marches du cinéma de Saint-Bol. L'épave fut évacuée en un seul morceau, habilement soulevée par la grue du camion et déposée sur sa remorque.

Constatant que le terre-plein avait été débarrassé de la carcasse de métal sans leur avis, les enfants protestèrent. Ils se rassemblèrent le matin autour de la tache foncée et rectangulaire que la Renault 5 avait laissée au sol. « On va aller où maintenant ? On va faire quoi ! » Mais Hassan avait déjà fait le tour des maisons et, parce que parfois la sérénité présidait à leurs décisions, les familles étaient tombées d'accord pour que le parking ne fût qu'exceptionnellement occupé et pour une durée limitée. À son père qu'elle tenait pour responsable de cette perte, Myriam réclama son retour. À dix ans, une grande partie de son monde s'effondrait. Hassan coupa court, maintenant qu'elle avait enfin disparu de sa vue, il ne voulait plus entendre parler de cette saleté de Renault 5. « C'est pas toi qui vas crever d'ennui. » Démunie, elle tenta de le faire revenir en arrière : « Maintenant ça ressemble plus au Lotissement. »

Les noisettes

Novembre 1989, chapelle des Brigands

« À la place de ses yeux, je vois deux grands trous noirs, elle m'appelle au secours avec une voix bizarre, douce et dégoûtante en même temps. Ma parole, j'ai des visions, comme si je devenais elle, avec son âme qui entre dans mon ventre. » Les joues rondes et émouvantes de Natacha Danais avaient visité Myriam Amrouche plusieurs nuits. « Tu trouves pas que j'ai des airs ? La même bouche ? Je me demande si elle était morte quand ce bâtard l'a balancée sur la plage, ou s'il l'a tuée sur place. » Elle accorda sa moue à ses questions. « Ça peut arriver à n'importe quelle fille », abonda Jihane Benbassa.

Le portrait de la petite Natacha diffusé en boucle par les journaux télé la leur avait rendue familière, à la façon d'une camarade de classe qu'on aurait à peine remarquée jusque-là. La jeune fille de treize ans souriait de biais façon Joconde, intimidée par l'objectif, ses boucles brunes nouées en queue-de-cheval. Son corps avait été retrouvé trois jours après son enlèvement, sur une plage de Vendée, à plus de cinq cents kilomètres de là. La fascination de Jihane et Myriam pour la tragédie provenait précisément du lieu où la jeune victime avait été kidnappée, et où elles imaginaient pouvoir l'être aussi un jour. Un parking Leclerc, tellement quelconque.

Myriam élabora le scénario des derniers instants de Natacha puis, Jihane protestant, chassa les images insoutenables qu'elle venait d'étaler devant leurs yeux. « Mon père dit que la peine de mort, ça vaudrait le coup dans ces cas-là. » Elles s'étaient accroupies sous un noisetier, en bordure du chemin qui descendait depuis le Lotissement. Vêtues d'anoraks qui n'avaient été beaux que neufs, elles avaient stoppé leur promenade pour allumer une cigarette. Elles monteraient ensuite jusqu'au cimetière des animaux où elles avaient pris l'habitude de flâner. Le lieu semblait n'avoir rien à voir avec la mort, au contraire, les sépultures de chats, de chiens et d'un singe en salopette formaient une faune prête à s'animer si elles patientaient suffisamment. Elles emprunteraient ensuite des chemins dont leurs chaussures connaissaient le plus petit caillou, qui traversaient la pampa du Village pour monter jusqu'à la chapelle désacralisée des Brigands.

Jihane réclama quelques minutes supplémentaires pour s'en griller une autre, l'air écœuré.

« J'aurais jamais touché à cette merde si tu m'en aurais pas donné. Et voilà que je fume comme un bonhomme, à même pas quinze piges.

– T'as pas besoin de moi pour faire n'importe quoi de ta vie. »

Myriam écrasa sa cigarette avant de l'avoir terminée, de peur d'être surprise. Elle ramassa quelques noisettes tombées au sol, qu'elle fourra dans les poches de son blouson, afin de les présenter plus tard sur la table de la cuisine comme preuve de sa randonnée, puis elle obligea Jihane à se remettre en marche. « J'ai peur de perdre ma virginité avec un connard. » Myriam comptait se débarrasser de la sienne le plus vite possible, comme d'une question purement technique. Jihane désapprouvait son empressement mais commentait toutefois les multiples hypothèses qui pouvaient faire aboutir le projet de son amie dans l'année, si Dieu le voulait. Myriam jetait son dévolu sur tel spécimen du lycée puis changeait d'avis la semaine suivante, avec l'espoir d'en trouver un meilleur. « T'as tout planifié, le mec, le spot, il te reste plus qu'à trouver la date. Ayou, une criminelle du cul, ma parole, une obsédée. » Myriam passait en effet une partie de son temps libre à réfléchir à la question. « C'est vous qu'êtes obsédés, à force de répéter qu'il faut pas niquer, vous pensez qu'à ça. » Si elle comptait n'en faire qu'une formalité, elle aspirait malgré tout à trouver un partenaire suffisamment dégourdi et concerné pour ne pas bâcler cette première fois. Bénéficiant de libertés que Jihane n'avait pas, elle sortait le samedi soir grâce à des mensonges grossiers et consignait avec moult détails ses expérimentations dans des cahiers à gros carreaux. Un mercredi après-midi, son père était tombé sur l'un d'entre eux, qu'elle avait recouvert trop négligemment d'un livre d'histoire-géo, sur la table du salon où elle faisait ses devoirs. Hassan avait été comme foudroyé en découvrant sous la plume de sa fille des scènes obscènes, d'un érotisme cru. Myriam l'avait embobiné : « J'ai honte de ce cahier », avait-elle improvisé en pleurant. Elle avait soutenu qu'il ne s'agissait pas de projets mais d'inventions, sorties de son imaginaire corrompu. « C'est pas un journal, Papa, c'est un roman. Je te jure, wallaradim, rien n'est vrai. »

« Dis-toi que t'as de la chance. Ton père, il réfléchit comme un Français, il te laisse tout faire. C'est comme s'il s'en foutait. » Myriam savait que Jihane formulait un reproche injurieux où pointait un peu d'envie, mais elle répondit comme si elle ne l'avait pas entendu. « C'est vrai qu'il maîtrise le français, la folie. Honnêtement, c'est le seul du Lotissement à s'exprimer comme ça. »

Jihane fut piquée au vif.

« Ta mère par contre elle le parle tellement mal. La mienne a dix fois moins d'accent.

– Si, quand même. Les Kabyles, vous faites des gl-gl à tous les mots.

– La tienne, elle fait comme des u à la place des e, c'est difficile de la comprendre sans vouloir te vexer. »

« Jvufère » pour « je vais faire », disait Fadma Amrouche, dont le sibyllin du langage était principalement dû à ses hésitations à prendre la parole. Ses u s'ouvraient tellement qu'ils disparaissaient, elle leur substituait des e et des a. « Teu mèt l'vesta », ordonnait-elle aux enfants quand ils se préparaient à sortir. Ils s'en amusaient, « Yem, c'est un os pour Michel Leeb. »

Comme Jihane, Myriam comprenait à peine quelques rudiments du tamazight mixé au darija de l'Est algérien de ses parents. Ils préféraient qu'elle n'embrouillât pas ses apprentissages à l'école avec la langue de la maison, mais trouvaient aussi très arrangeant de parler devant elle sans qu'elle y comprît rien. Elle avait souvent eu le sentiment d'être une étrangère chez elle.

« J'aimerais bien t'y voir, à leur place, sans savoir lire ni rien. »

Le vent s'engouffrait maintenant dans leurs blousons ouverts. Jihane avait déroulé sa longue écharpe pour que Myriam la nouât autour de son cou, se greffant comme une siamoise. Elles passèrent devant l'étang moucheté des derniers nénuphars qui refusaient de faner. Un auvent monté sur pilotis, dont une barrière à bascule assurait sommairement la fermeture, avait été fabriqué pour abriter le lama en cas d'intempéries. Elles continuaient de le trouver très exotique. « T'en approche pas, tu vas prendre une grosse khnouna dans la figure. » Leur itinéraire les fit passer devant la ferme du vieil André

Chambon et de son fils Vincent, dissimulée par un portail rouge haut de presque trois mètres, derrière lequel s'élevaient les caquètements de dizaines de poules. La mère et avant elle la grand-mère Chambon avaient vendu leurs œufs en frappant aux portes de chaque maison du Village, été comme hiver. Elles passaient parfois dès l'aube et trouvaient alors sur les paillassons les quelques francs que coûtait leur douzaine. Une fois arrivées au sommet de la colline où se perchait, inexpugnable, la chapelle des Brigands, les adolescentes appuyèrent leurs nez rougis par le froid contre le vitrail de sa porte. Une lourde chaîne à laquelle pendait un cadenas faisait plusieurs fois le tour de la poignée. Dépitées et fourbues, elles entamèrent leur retour en longeant la départementale, sur laquelle les voitures les croisaient sans ralentir.

« Je dois rentrer, prévint Jihane. Rym va dire ce soir à mon père qu'elle sort avec un Marocain. Il va péter une durite, Louisa et moi faut qu'on soit là pour le calmer.

– Ça va, c'est pas non plus un céfran qu'elle vous ramène », releva Myriam.

Elles mâchèrent plusieurs chewing-gums à la menthe pour se débarrasser de leur haleine de fumeuses et frottèrent des pissenlits contre leurs doigts. Le père de Myriam l'obligeait à venir l'embrasser sur les deux joues quand elle rentrait, « Tu dis pas bonjour, ya malpolie ? », il croyait que les odeurs de sa fille le renseigneraient sur ce qu'elle avait bien pu fabriquer hors de la maison. Elles secouèrent leurs cheveux de sorte que la poussière de leur délit en tombât. Les gestes étaient mécaniques, copiés chez l'une et l'autre à mesure qu'elles inventaient de nouvelles stratégies de dissimulation.

En poussant la porte, Jihane fut accueillie par Bassou qui suçotait une tablette de chocolat fondue entre deux tranches de pain. Il tentait d'effacer les traces que ses doigts laissaient sur son manuel de CE2, resté fermé. « Arrête de bouffer », lui dit-elle, ce à quoi il répondit en criant : « Tu pues la cigarette ! » Elle lui administra une claque sur le haut du crâne et son petit frère se mit à pleurer. Smaïl sortit du salon trop tard pour régler le conflit qui s'était éteint de lui-même car Jihane avait serré l'enfant dans ses bras, mais il s'emporta malgré tout. Il en avait ras l'boul et menaça de marier ses trois filles qu'il trouvait très effrontées pour des Benbassa. « Que d'autres s'occupent de vous, moi ça y est j'ai donné ! »

La soirée se poursuivit autour des felfels que Lalla avait sortis du four. La dernière à laquelle Smaïl s'attendait pour briser la quiétude enfin obtenue dans la cuisine était son aînée. Rym profita d'un moment de silence pour lâcher, impavide : « Puisque tu as parlé de mariage, baba, j'ai des choses à te dire. »

Le bunker

Mars 1990, L'Empire, discothèque

Lalla n'avait pas tout quitté, ni sacrifié ses élans, pour faire de ses cinq enfants des âmes perdues. Aussi voulut-elle dans un premier temps cacher à son mari que Jihane avait disparu. Elle était sortie samedi en fin de matinée et n'était toujours pas de retour à la nuit tombée. Les heures avaient défilé et l'inquiétude pris toute la place. Un peu avant vingt-deux heures, Farouk, qui venait d'atteindre sa majorité, s'était mis à crier toute glotte dehors : « Je vais aller chez les Amrouche, cette connasse de Myriam sait quelque chose, elle sort tout le temps, ils vivent comme des Français, wallah. » « Va pas alerter le voisinage », l'avait stoppé Lalla en kabyle, même si elle ne souhaitait rien d'autre que savoir où Jihane se trouvait.

« Elle a que seize ans, il peut tout lui arriver. »

Smaïl ne dîna pas, il marcha en pantoufles entre les meubles de la cuisine qui laissaient passer son large corps. Quand il sortait devant la maison pour préparer son accueil à Jihane, Farouk rentrait, puis inversement. Ils se cognaient contre Bassou qui les suivait sans savoir quelle attitude adopter. Si Jihane avait réapparu pendant ses petites rondes, Smaïl ne savait pas ce qu'il aurait été capable de faire. Vers deux heures du matin, la famille

Benbassa se coucha en laissant le verrou ouvert, sans réussir à fermer l'œil. Lalla s'était allongée sur le canapé du salon dont les boursouflures de cuir et les coutures inconfortables étaient acceptables pour une nuit sans sommeil. Avant l'aube, Louisa crut entendre des coups donnés sur les volets de la chambre qu'elle partageait avec sa sœur évaporée. Épouvantée, elle tenta de feutrer leur bruit en les ouvrant, mais les lamelles de bois montées sur une structure métallique vieille de vingt ans poussèrent des gémissements aigus. L'air frais fondit sur son visage et ses bras nus. Au-dessus d'elle, une toile sombre et étoilée ne lui donna aucune indication sur l'heure qu'il était. Elle sursauta en entendant Farouk qui venait d'entrer dans la chambre.

« Qu'est-ce que tu fous ?

– Tais-toi ! Tu m'as fait peur. J'ai cru entendre un bruit dehors, mais y a rien.

– Qu'est-ce qu'elle fabrique ? Elle t'a parlé de quelque chose ?

– Bien sûr que non. Je l'aurais jamais laissée faire, le papa et la maman pourraient en mourir, la vérité.

– J'espère pour elle qu'il s'est passé un truc grave. Sinon je vais la fumer.

– Arrête de faire le zed, Farouk, va plutôt te coucher. Demain, elle sera là. »

Il sortit et elle l'entendit qui parlait avec Smaïl, levé à son tour. Louisa regarda encore une fois à l'extérieur. Ses yeux s'habituaient au noir. En face d'elle, la maison des Taïeb bloquait la vue. En penchant la tête vers la gauche, elle retrouva la perspective sur le champ qui plongeait jusqu'à un bosquet et un maigre cours d'eau invisible depuis sa fenêtre. Elle ne pouvait qu'imaginer la profondeur du panorama, certainement peuplé d'âmes froides et tapies. Sa sœur s'y était-elle enfoncée ? Avait-elle les pieds mouillés par l'eau du ruisseau, le manteau déchiré par les épines des mûriers ? Tout à coup, elle crut voir une silhouette dont la clarté se détachait dans la nuit glisser derrière la maison des Taïeb, à vive allure. Louisa attrapa les volets avec affolement et se prit les mains dedans. Quand elle se retourna, elle vit Bassou qui se tenait debout, la figure froissée. « J'ai cru voir la dame blanche », lui dit Louisa pour le faire sourire alors que l'enfant semblait prêt à pleurer. « Moi, je partirai jamais », dit-il. Elle l'invita à se glisser près d'elle et il s'endormit aussitôt sous la couverture de laine. La nuit ne voulait pas de Louisa, ses paupières tombaient mais des secousses légères réveillaient son corps à intervalles réguliers. Comme les autres, dans la maison, elle attendit les premières lueurs du jour pour se lever.

« On va devoir téléphoner à la police un dimanche ? » s'interrogea Lalla. Après le déjeuner, Farouk fit pour la énième fois de la journée un tour dans les hauteurs du village, jusqu'au parc municipal, puis vers les terrains de foot du quartier des Potelières. Il avait un besoin dévorant que sa sœur retrouvât sa place. Devant la maison, Bassou attendait Farouk et reculait pour le laisser passer, posant des questions qui recevaient un silence inquiétant pour réponse. Il aurait voulu aider aux recherches mais elles semblaient nécessiter un niveau de rage qu'il ne savait pas atteindre.

Lorsque Farouk s'ennuyait, et ce n'était pas rare, il se divertissait en tirant une mèche des longs cheveux roux de Jihane. Deux ans seulement les séparaient. Il l'appelait petite haloufa ou, les jours de paix relative, poil de carotte. Jihane comme Rym avaient hérité de la chevelure rousse de leur mère, qu'elles avaient du mal à discipliner, tandis que Farouk et Louisa s'étaient contentés d'un brun très commun.

Presque chaque jour, elle repoussait son frère avec les poings.

« Tu me dégoûtes des filles, lui disait-il.

– Et toi des mecs. »

Ils partageaient une intimité que ni l'un ni l'autre ne supportaient. Les odeurs dégagées par quantité de choses liées à Farouk, ses chaussures, son haleine, son passage aux toilettes, étaient de la pire abjection pour Jihane. Lui ne supportait pas de la voir sortir de la salle de bains avec une serviette coincée sous les aisselles et maquillait sa gêne par des récriminations agacées. À maintes reprises, ils en étaient venus aux mains. Une fois, à bout, Lalla était intervenue armée d'une cuillère en bois, qui s'était brisée sur la tête de Farouk dans la rafale de coups distribués de manière équitable à ses grands enfants.

Il estimait que le retour de sa sœur lui incombait. Il devait tout mettre en œuvre pour que la famille ne connût aucun autre drame que leurs disputes habituelles. Farouk se posta sur la place, au centre du village, où il n'avait pas l'habitude de se rendre et jeta des regards fous sur chacune des voitures qui passaient. Bassou l'avait suivi, de plus en plus effrayé.

Dans le petit salon du Chalet des jeunes, Jihane et Myriam s'étaient blotties dans les bras de deux garçons, gentils, modérés dans leurs effusions. Elles plastronnaient devant les autres adolescents car leurs invités étaient plus âgés, avec cet air de venir de Lyon. Tous les quatre avaient passé la nuit à L'Empire, une discothèque enfouie au sous-sol du centre commercial de La Part-Dieu. Elles avaient circulé pendant la journée dans le bunker, d'une boutique à l'autre, nanties de quoi se payer en milieu d'après-midi un menu Happy Meal. Au centre de la tour commerçante, une fontaine crachait un jet d'eau de plusieurs dizaines de mètres de hauteur, qui provoquait un tumulte infernal. Le temps d'une après-midi, Jihane et Myriam n'en avaient pas souffert, préoccupées par leur rendez-vous du début de soirée avec Cédric et son ami de la salle de sport, un certain Christophe, qui vivaient dans le quartier de Gerland. Ils avaient dansé toute la nuit puis, à la gare de Gorge-de-Loup, ils avaient embarqué dans le premier car du dimanche pour le Village. Ils avaient mangé des croissants. Myriam savait que le Chalet serait ouvert en fin de matinée, pour y nettoyer toute trace de la soirée tartiflette de la veille. Sa grande cuisine était garnie du matériel dont la cantine de l'école s'était débarrassée et de longues planches sur tréteaux autour desquelles on pouvait s'attabler si on avait entre quatorze et dix-sept ans. Un billard et un babyfoot animaient la mezzanine, sous laquelle des canapés défoncés en velours côtelé meublaient un petit salon. Leur couleur moutarde s'accommodait bien des taches. Un chien, qui n'aurait pas dû être autorisé à pénétrer les lieux, s'était soulagé sur un de leurs coussins d'assise, il manquait depuis lors à l'inventaire, comme la plupart des balles du babyfoot.

Jihane vida le cendrier pour le remplir de ses propres mégots, en prenant soin de garder une partie de son corps en contact avec celui de Cédric. Le vendredi, elle avait dit à Myriam : « J'ai le droit de rien. Non et non, ils ont que ce mot à la bouche. Depuis que je suis née, c'est celui que j'ai le plus entendu. Tout ce qui va m'arriver, c'est mourir sans avoir rien vu de ma vie ! Y a pas moyen, pour une fois qu'on trouve des mecs bien, je vais profiter de ma soirée et après, s'ils veulent me massacrer, rien à foutre. Qu'ils le fassent et de bon cœur. » Elle avait prévu de rentrer chez elle après le départ des garçons par l'unique car du soir, de manière très simple, en ouvrant la porte. Engourdie par le manque de sommeil et la joie qu'elle s'était offerte, Jihane estima que si par miracle sa famille ne la questionnait pas, elle ne dirait mot. Depuis la veille, tous les vœux qu'elle avait formés s'étaient réalisés, il était donc possible que l'enchaînement des choses fût parfait, par une prière au bon Dieu ou par la seule force de sa volonté. La magie ne se dissiperait peut-être pas une fois à la maison, où aucun compte ne lui serait demandé. Il n'y en avait d'ailleurs pas tant à raconter. Une nuit impérissable en boîte, la musique d'Ultra Naté qui l'avait confortée – *you're free to do what you want to do, you've got to live your life* –, des baisers à l'excès et le corps hypersensible, beaucoup de cigarettes, même pas d'alcool. Sur la piste de danse, les nombreuses dents de Cédric qu'il découvrait en permanence avaient été drôlement phosphorescentes, comme le t-shirt de Christophe qui moulait ses biceps. Ils avaient été heureux de jouer aux quatre font la paire, quand une des filles allait aux toilettes, l'autre la suivait. Non, sincèrement, il n'y a rien à relater, rien de si incroyable, pensa Jihane.

Dans le petit salon calme et enfumé, personne ne s'attendait à un tel fracas. « Je savais que je vous trouverais ! Ils sont tous devant le chalet, là ! » Farouk avait ouvert la porte de bois branlante d'un coup de pied sec, alors que la poignée fonctionnait très bien. Derrière lui, Bassou apparut livide, comme réduit. Jihane se leva sans précipitation. « Allez toi ! » hurla son frère, triomphant. Si elle tardait trop, il allait devoir adapter son attitude à la démesure de son irruption. Mais Jihane avait oublié son sac à dos et dut revenir sur ses pas pour le chercher pendant une minute, trop longue, autour des pieds de son petit ami. Cédric, qui la tenait encore dans ses bras quelques secondes avant, essaya de comprendre et de s'excuser en même temps, en ahanant quelques mots : « Quoi, mais c'est quoi, y a quoi, on fait rien. » Jihane lui trouva une voix contrefaite, elle aurait préféré qu'il se tût plutôt que Farouk eût à l'entendre. Il la laissa passer devant lui et remarqua qu'elle n'avait pas peur, tandis qu'elle attrapait la main que Bassou lui tendait.

Puis il regarda Myriam, restée assise. Elle aussi s'était dégagée de l'étreinte de son petit ami. Farouk n'irait pas alerter les Amrouche mais il ne voulut pas s'en tenir là. « Toi, espèce de petite connasse, t'avise plus de t'approcher de ma sœur ! Si je te croise au Lotissement, t'as intérêt à tracer ta route. »

Les coccinelles

Juin 1994, hypermarché Carrefour Écully

Bassou ne savait jamais sur quoi il tomberait en rentrant chez lui, une dispute en cours, un repas commencé sans lui, une transe de Lalla devant la cassette vidéo de la chanteuse Karima. Ce mercredi midi, dans le car qui le ramenait du collège, il espéra que sa mère avait préparé une tortilla de pommes de terre ou un gratin de macaronis avec, s'il avait de la chance, du khobz maison. Il pétait la dalle. Lorsqu'il ouvrit la porte, à l'approche du moment de se rassasier, il vit Amalia, sa nièce de cinq ans, en larmes, rouge et hoquetante, visiblement au centre d'un drame. Ses cheveux roux, identiques à ceux de sa mère et de sa grand-mère, étaient maintenus par des barrettes pailletées.

Rym criait par-dessus la tête de sa fille, face à Lalla impassible qui essuyait un plat dans un torchon : « Qu'est-ce qui vous a pris ? C'est pas des cadeaux qu'on fait sans demander aux parents, je peux pas le croire ! » Amalia avait placé ses mains sur ses oreilles, qui avaient été percées le matin même. Aux alentours de neuf heures, l'enfant était montée dans la Clio de Jihane, derrière sa grand-mère.

Dans la galerie marchande de Carrefour Écully, entraînées par la pop music diffusée à un niveau sonore propice à la flânerie, elles avaient fait un arrêt à la boutique Histoire d'Or. Là, une vendeuse évanescente d'à peine vingt ans, dont la force des doigts était insoupçonnable, avait saisi un pistolet puis chlack chlack serti le visage d'Amalia de deux petites coccinelles plaquées or.

« Elle nous le réclamait depuis l'année dernière, ça lui fait tellement plaisir, regarde comme elle est mignonne », fit Jihane un peu lasse de la réaction de sa sœur aînée. Rym tentait d'attraper sa fille, qui pleurait en maintenant un casque de protection avec ses mains dès que sa mère l'approchait.

Rym aimait que son enfant côtoyât sa famille, qu'elle entendît parler kabyle et passât du temps avec cette grand-mère qui dansait encore dans son salon presque chaque jour, comme une athlète, à cinquante ans passés, entraînant avec elle qui en était capable. Elle aimait aussi qu'Amalia utilisât pour pyjama ces minuscules robes brodées traditionnelles, qu'elle avait achetées comme des souvenirs folkloriques. Mais elle ne voulait pas renoncer à maîtriser les principes éducatifs de sa fille, dont Lalla se fichait tout à fait, agissant comme bon lui semblait avec cette enfant. Entre autres motifs d'agacement, le coucher à minuit d'Amalia parce que « ça va, c'est le week-end, y a pas école demain », les morceaux de kesra donnés en dehors des repas parce qu'« il est chaud, c'est maintenant qu'il est bon ». « C'est du gavage », répondait Rym en essayant d'ôter les morceaux de galette des mains de la petite.

Après son divorce, elle n'avait plus eu le choix de laisser Amalia chaque mercredi au Lotissement. Par une attitude légèrement désagréable, Lalla en profitait pour rappeler à sa fille qu'elle avait eu un avis très clair sur les chances de réussite d'une alliance avec un

Marocain, et que les compromis qu'elle avait accepté de faire n'avaient pas fait durer la pastorale.

Les parents Benbassa s'y étaient d'abord opposés en apprenant l'origine de leur futur gendre. Rym s'était défendue. « Jamais rien qui vous convient, je me demande ce qu'il faut que je fasse pour que vous soyez contents. Chez nous, se marier, c'est pire que grimper l'Everest, wallah. » Elle avait vanté sans relâche ses mérites de jeune musulman travailleur et obtenu que le mariage avec Kamel se fît dans l'année de leur rencontre. Ils avaient cédé, regrettant toutefois : « Des Kabyles, y en a qui sont bien, de bonne famille et qui habitent pas loin, c'était pas difficile à trouver. » Le consentement du jeune couple fut recueilli par Bruno Jacquemetton, le maire du Village. On y parlerait longtemps, encore ahuri, de la centaine d'invités massés sur le parvis, tapant des mains au son des bendirs que faisait vibrer un petit groupe de musiciens. Ils avaient chanté les louanges des tourtereaux en arabe. Moulée dans une robe blanche scintillante, Rym avait relevé ses cheveux de dix centimètres au-dessus de son front et s'était juchée sur des talons au moins aussi hauts. Elle avait dansé les mains mêlées à celles de son mari, sans lâcher son bouquet de pivoines. Plusieurs voitures décorées d'un blason rose et blanc avaient klaxonné, impatientes d'infiltrer le cortège qui partait depuis le parc municipal. Les youyous, le pompon. Comme la cérémonie, la fête fut très réussie. Du foie gras halal fut servi en hors-d'œuvre, écrasé sur un petit blini que Lalla avait mangé du bout des doigts en acquiesçant. Elle avait progressé depuis le dîner de rencontre avec la belle-famille, dans un appartement de Saint-Priest, en banlieue lyonnaise. Lalla avait trouvé du meilleur goût les plateaux d'argent et la banquette molletonnée du salon oriental mais était restée bouche close devant les plats plus soignés les uns que les autres servis par la mère de Kamel. Rym avait cru mourir de honte mais Lalla avait peur du srhol et des mauvais sorts, dont elle était persuadée que les Marocains avaient la spécialité, voire le réflexe.

Dans la cuisine, Rym fulminait. « Regardez-la, maintenant, on dirait une Rom », estima-t-elle, impuissante à priver Amalia de ses nouveaux bijoux.

Bassou s'était débarrassé de son cartable comme d'un sac-poubelle, en le jetant sous le porte-manteau surchargé. « Qu'est-ce que vous avez à vous afficher comme ça ? On vous entend de dehors. » Il se fit aussitôt chasser : « Mêle-toi de ce qui te regarde avant qu'on te perce les tiennes, et la langue aussi. » Il ne demanda pas son reste, même si le projet d'un diamant porté à l'oreille gauche le taraudait depuis quelque temps. Regrettant les morceaux de poulet qu'il ne pouvait pas atteindre, suintant dans un plat derrière sa mère, il se rabattit sur un paquet de Chocos pris à la volée dans le placard du salon, avant de ressortir de la maison.

Bassou traversa le Lotissement pour monter au Village, convaincu d'y retrouver d'autres adolescents aussi contrariés que lui par les repas de famille. Toufik lui emboîta aussitôt le pas. Le petit Taïeb passait son temps le nez à la fenêtre, prêt à sortir comme un diable de sa boîte dès que quiconque présentant un intérêt entrait dans son champ de vision. Bassou n'eut pas besoin de se retourner pour savoir qui réglait son pas sur le sien. Il accéléra et tourna brusquement dans la rue de l'église, décidé à rallonger son trajet plutôt qu'arriver au parc suivi d'aussi près par son voisin.

Le sheitan

Mai 1994, chemin des Brigands

Les familles Taïeb auraient pu laisser penser qu'elles formaient un groupe plus homogène que celui des Algériens puisqu'elles étaient cousines. Il n'en était rien ; en termes de rapports de voisinage, on en connut rarement d'aussi mauvais.

Né à Monastir de la demi-sœur de son oncle, lui-même aîné d'une famille de treize enfants issus de trois épouses différentes, Moncef avait trois années de plus que Zitouni. Malgré des disputes sans fondement connu à Monastir, les cousins se suivirent jusqu'en France où ils travaillèrent aux mêmes endroits et firent le même nombre de quatre enfants. Ils préféraient s'imiter plutôt qu'être seuls. Après avoir appris à filer le coton chez Motte-Bossut à Roubaix, ils eurent vent d'embauches intéressantes dans la région de Lyon et choisirent de s'installer au Village, en 1970. Dans l'usine d'Armand Kechichian, ils mangeaient leur casse-croûte de la nuit l'un à côté de l'autre, épongeant le fond de leurs gamelles avec du pain qu'ils partageaient si l'un d'eux n'en avait pas.

Au Lotissement, leurs épouses adoptèrent la même inconstance dans leurs relations. Elles jaugeaient la façon dont leurs couples s'étaient formés : Zitouni avait choisi Emna qui avait bien voulu de lui en retour, quand Moncef s'était plié à l'oukase familial, tout comme Montserrat. À elle, la tunique enrobant des hanches larges et le poids des visites familiales ininterrompues ; à sa voisine, les jupes crayon, les cheveux coupés court et l'air qui allait avec. Chacune estimait que sa tenue était la plus appropriée et reprochait à l'autre de ne pas l'adopter.

Moncef aurait voulu que son aînesse jouât en sa faveur au cours de ses prises de bec récurrentes avec Zitouni, qui survenaient généralement à mi-chemin entre leurs deux maisons. Mais son cousin lui refusait cette marque de respect et, un samedi de mai qui n'avait rien eu de particulier jusque-là, les deux familles donnèrent à voir l'ampleur de leurs dissensions. Échevelée au milieu du parking central, Montserrat essayait de se dégager du joug de son mari Moncef qui la retenait d'une main tandis que, de l'autre, il brandissait une pioche. Il menaçait de l'abattre sur Emna et Zitouni qui proféraient des insultes, débraillés et dopés par la dispute qui s'éternisait depuis la tombée du jour.

Emna ne parvenait pas à calmer sa rage. Un peu plus tôt dans l'après-midi, elle s'était à demi évanouie en surprenant les jeux épouvantables des benjamins de chacune des familles, Toufik et Hamza, qui avaient douze et treize ans. Ils s'étaient abrités sous les noisetiers du chemin des Brigands, les pantalons baissés aux genoux.

Contraints de se comporter en ennemis alors qu'ils auraient aimé explorer l'étendue des passe-temps possibles entre cousins, Toufik et Hamza avaient pris l'habitude de se cacher. À l'abri des buissons, ils n'avaient que quelques minutes pour laisser libre cours à leur imagination et, dans l'urgence, se révélaient très inventifs.

Emna reprochait à Montserrat de ne pas savoir

éduquer son dernier, Toufik, et ruait à chaque fois que la querelle commençait à s'essouffler. Montserrat quant à elle ne savait pas par quelle insulte ni quelle calomnie commencer concernant Emna qui, entre autres infamies, aurait été vue chez Favotte, le boucher du Village, qui ne vendait que de la viande provenant d'animaux non égorgés, starfallah. Les deux femmes se faisaient face et leurs maris se tenaient légèrement en retrait, ni l'un ni l'autre n'ayant de réelle prédisposition pour la rixe. Les autres habitants du Lotissement furent alertés par les cris et certains mirent le nez dehors, Hassan Amrouche le premier. Il comprit en tentant de s'interposer qu'il s'agissait d'une histoire impliquant les garçons, dont il suggéra qu'ils ne faisaient peut-être que mesurer leurs jets d'urine, comme tous les gosses. La remarque de Hassan fit basculer Emna dans une colère plus noire encore. Elle se cabra et projeta son corps en avant pour s'en servir de massue, retenue in extremis par Zitouni.

Pendant la dispute, Emna qualifia Toufik d'inverti ou plus exactement de hataï, ce qui convainquit Moncef d'aller chercher une petite pelle à neige pour se donner de la contenance ainsi qu'un air plus redoutable. Son inclination n'était certes pas à la guerre mais il était temps selon lui de montrer à Zitouni sa supériorité d'aîné, par le truchement d'une arme improvisée. Il espérait empêcher sa propre femme d'énucléer celle de son cousin, sans quoi cette querelle prendrait des proportions délétères. Tout Monastir allait être alerté inutilement.

Emna cracha en direction du sol, sans salive. « Ton fils ! Il va faire un voyage direct pour l'enfer, qu'il ne s'approche plus de Hamza. Enferme ce sheitan dans un asile. » Montserrat admit le coup comme si elle l'avait reçu entre les côtes, au-dessus de son ventre gras. Elle ressentit une immense tristesse mêlée de honte car elle n'était pas loin d'être d'accord : son Toufik, son eazizi, n'avait jamais adopté le comportement attendu. Dans les premières années de sa vie, il fut rarement à ce qu'on lui disait, tour à tour excité puis apathique, réagissant de façon désordonnée et imprévisible. Parmi les quatre enfants de Montserrat, il était indéniablement le plus laid, sa tête carrée dodelinant sur un cou maigre. Né la même année que Bassou Benbassa, l'angelot d'à côté, Toufik avait souffert de la comparaison. Tandis que l'un grandissait autant qu'il grossissait, l'autre restait rachitique et biscornu, décevant. Le docteur Gigarel ne voulait pas accabler ces pauvres gens et ne proposa rien, les Taïeb eux-mêmes préféraient ne pas voir posé sur leur fils un diagnostic qui aurait fait de son léger déficit une réalité. Il ne fallait pas que le monde sût, pas plus que le premier concerné. Montserrat, elle, aimait le nez large et mal proportionné de Toufik où le sourire démarrait : les narines se dilataient d'abord, puis les lèvres découvraient des dents éloignées les unes des autres. Son physique de gargouille convenait à sa posture, l'enfant passant le plus clair de son temps le dos collé au mur de la maison, à surveiller les allées et venues des gens du Lotissement.

Toufik comme Hamza avaient filé dès le début de la querelle, le deuxième recevant de son père une claque au passage. Tandis que leurs parents n'en finissaient pas de régler des comptes, Olfa intercepta Toufik à la maison, livide et en sueur. Sa sœur le serra dans ses bras, puis le secoua en lui intimant de ne plus retrouver ce petit imbécile de Hamza. « Pourquoi tu te fourres dans des histoires, avec un cousin en plus, on dirait que tu cherches toujours ce qui peut arriver de pire. Qui a commencé, c'est lui ou c'est toi ? Ne mens pas. Je veux que tu me jures de ne plus faire ça, même si Hamza vient te chercher, même s'il te supplie ou s'il te fait peur. Il faut arrêter, Toufik, sinon tu vas tuer maman. » Le garçon souffla par le nez, il fixait sa sœur mais son regard passait au travers d'elle, il attendait que le flot de reproches tarît – il finissait toujours par tarir. Olfa avait fléchi les jambes pour mettre son visage à hauteur de celui de son frère et, de profil, si l'on cherchait bien, on pouvait remarquer une vague familiarité dans leurs traits. Mais il fallait y mettre du sien, car Olfa était une espèce de roseau si long qu'elle se tenait toujours penchée d'un côté ou de l'autre, son rideau de cheveux noirs balayant sa taille. Elle les attachait parfois en nattes et son surnom d'Indienne ressurgissait.

Comme il en avait assez fait ce jour-là, Toufik décampa vers la salle de bains sans protester quand Olfa lui ordonna de faire sa toilette. Assis sur le bord de la baignoire baquet, il se demanda s'il jouerait de nouveau avec son cousin. Pas avant longtemps, c'était sûr, car ce trouillard de Hamza aurait peur de créer de nouveaux ennuis. Déçu, Toufik laissa couler un filet d'eau froide sous lequel il ne comptait pas mettre même un doigt.

Les maquereaux

Juin 1994, maison des Amrouche

Il n'était pas difficile de savoir quand les Taïeb avaient mis du poisson au menu. Moncef le faisait cuire sur la grille d'un barbecue métallique qui embaumait le Lotissement. Missionné par sa mère, Toufik se chargeait d'en offrir à l'un ou l'autre des voisins et il n'était pas dix-huit heures quand il frappa à la porte des Amrouche. Les maquereaux fourrés au persil encore fumants étaient disposés dans une assiette que Fadma avait elle-même garnie, quelques jours avant, de baghrirs, des crêpes spongieuses imbibées de beurre et de miel. Un pot de bsissa dense comme du sable mouillé, recouverte d'une couche d'huile d'olive, avait lancé les allers et retours entre les deux cuisines. Au Lotissement, la plupart des femmes s'échangeaient certaines de leurs spécialités qui ne les auraient pas davantage étonnées si elles avaient été rapportées du bout du monde. « Saha, merci. C'est vrai qu'il est bon, le poisson de Montserrat », jugeait Fadma, tout en n'y touchant pas. Il lui restait sur l'estomac, disait-elle, ses Aurès natales ne l'avaient pas habituée aux produits de la mer.

Les assiettes n'étaient jamais rendues vides sauf quand elle envoyait un plat de sfeunj chez les Perez ou chez les Bornage, il revenait propre et léger, ce qui convenait à tout le monde car, selon l'un des proverbes favoris de son mari Hassan : « Musulman, tu peux manger chez le juif mais pas dormir sous son toit, tu peux dormir chez le chrétien mais pas manger à sa table », ou quelque chose dans ce goût. Le Lotissement obéissait à ces règles tacites de vie collective dont l'approbation générale était la condition, sans jamais avoir pu vérifier leur pertinence puisque, ici, le musulman n'était pas démonstratif, le chrétien peu croyant, et que manquait le juif.

Quand les enfants frappaient à sa porte munis des plats de leurs mères, Fadma ne les laissait pas repartir sans un biscuit, ce qui laissait le temps à Hassan de veiller à ce qu'ils fussent irréprochables. L'école, où tu en es, les pneus du vélo, il faut les regonfler, va pas faire le mariole sur la place du Village, c'est bien d'avoir des copines mais mollo quand même. Tout pouvait se dire surtout si ça permettait de maintenir le taux de chronique à bon niveau : il notait que le petit Hamza Taïeb ne sortait plus depuis qu'il avait cousiné d'un peu trop près avec Toufik ; que chez les Benbassa, le divorce de Rym et le célibat de Louisa, Farouk et Jihane, avaient parsemé les cheveux roux de Lalla d'un peu de blanc. Elle venait d'ailleurs de les recouvrir d'une teinture ammoniaquée tirant sur le jaune. « Claire Chazal a emménagé à côté de chez nous », avait dit Hassan.

Concernant les plus jeunes, il n'en supportait pas les cris aigus et, s'agissant des plus âgés, il espérait qu'aucun ne jetterait l'infamie sur le Lotissement, en y attirant les gendarmes, par exemple. En plus de la verdure à perte de vue et des œufs de la ferme toute l'année, l'avantage du Village, estimait-il, était de ne pas avoir à vivre dans un immeuble au pied duquel les enfants n'auraient rien de mieux à faire que négocier le prix des barres de shit. Hassan prenait régulièrement des nouvelles de chaque tête du cheptel Brocard.

Une fois Toufik entré dans la maison Amrouche à l'invitation de Fadma, il se vit proposer un cigarillo imitation Delacre, qu'il enfourna aussitôt. Hassan en profita pour enquêter avec la finesse dont il avait le secret. Contrairement à son mari, Fadma appréciait la présence des enfants sans contrepartie, surtout depuis que les siens, Dihya, Mokhtar et Afsia, avaient quitté la maison. La dernière, Myriam, venait de les imiter. Elle s'était inscrite à la fac pour suivre des études d'espagnol régulièrement entravées par des nuits de fête. Le dimanche, elle revenait chez ses parents pour cuver ses alcools blancs à l'aide d'une chorba. Quand elle entendit Toufik discuter avec ses parents, Myriam ferma la porte du salon. Son état vaseux lui rendait crispante la façon charitable dont sa mère accueillait ce petit laideron. Le garçon finit par s'asseoir à table et Fadma par pousser la boîte métallique devant lui, il y restait encore trois ou quatre gâteaux secs dont un nappé de chocolat, qu'il lorgna. Hassan éteignit le poste de radio qui diffusait à tue-tête les rires de Philippe Bouvard pour questionner Toufik sur ce qu'il ferait de ses prochaines vacances.

« Tu voudrais pas t'inscrire au foot, plutôt que rester devant la télé toute la journée. Fais le stage pour ceux qui ont jamais joué.

– C'est pas que je veux pas mais. Comme la dernière fois c'était pas. Là c'est pas que je voudrais pas. Mon père aussi. Il faudra qu'aux vacances j'y joue et après je vois. »

Ne comprenant rien à la réponse bafouillée par l'enfant, Hassan s'en détourna en levant les yeux au ciel, au désespoir de voir un petit voisin s'exprimer un jour correctement. Toufik préleva de la boîte un biscuit plat recouvert d'amandes effilées. Il regretta aussitôt de ne pas avoir porté son choix sur le chocolat et les échangea.

Chtah

Octobre 1994, maison des Benbassa

Le son des flûtes aiguës et des bendirs qui vrombissait derrière les fenêtres annonçait un spectacle qui consterna Bassou avant même qu'il ne le vît. Julien l'accompagnait, les oreilles dressées vers la musique qui sortait de la maison. Bassou savait que sa mère était en train de tordre le bassin d'un côté puis de l'autre à une vitesse considérable, tournoyant sur elle-même, les bras écartés et tendus comme si elle se préparait à décoller.

La mécanique de ses pieds était millimétrée : étonnamment peu mobiles en comparaison du reste du corps, ils se soumettaient à une transe euphorique et incoercible. Rym et Louisa, les deux premières filles de Lalla, la rejoignaient parfois. Jihane préférait rester assise et observer la tornade de foulards noués autour de leurs fesses. Elle comptait leurs mouvements saccadés, parfaitement juxtaposés au rythme des tambourins. Enregistrées sur des cassettes vendues cinquante francs rue Paul-Bert, à Lyon, les paroles des chansons étaient à peine audibles. Elles tapaient des mains. Afous, afous. Lalla suivait le mieux la pente des sons, les à-coups des instruments semblaient provenir de son propre corps qui les anticipait au millième de seconde. Les hanches, les hanches. Les muscles roulaient sous toute la jambe droite, massive et contractée, qui se terminait par un pied blanc tendu en pointe. Puis la jambe gauche, même affaire. Chtah chtah. Les reins hardis, cambrés puis ronds, le cou mobile. Elle s'agitait, riant de se livrer à une telle débauche de gestes dramatiques. Plus jeune, il n'était pas rare que Bassou entrât dans la mêlée, encouragé par Lalla qu'il n'était pas possible de voir plus radieuse. Il se fourrait dans ses jambes et se faisait bousculer par les fesses de sa mère, il manquait de tomber, reculait puis revenait en s'ébattant.

C'était un des rares moments de répit qu'elle s'offrait. Lalla criait presque chaque jour, ses enfants s'ingéniant à la rendre amehbult. Elle aurait dû se douter de ce qu'ils lui feraient subir car déjà, à l'accouchement, pas un ne lui avait épargné les pires souffrances. « Jusqu'au cinquième, jusqu'au dernier d'entre vous, j'ai cru que j'allais mourir ! » leur rappelait-elle, les soupçonnant de prendre un malin plaisir à poursuivre leur forfait. Jihane suggérait de passer un peu de Matoub Lounès dans le radio K7. « Challah qu'elle danse, aujourd'hui », espérait-elle.

Bassou poussa la porte d'entrée et, suivi par Julien, accéléra le pas en direction de sa chambre pour éviter que son ami n'assistât au ballet. Il était donné dans le salon, visible depuis l'entrée et Julien, épaté, attendait secrètement de tomber dessus. Les occasions étaient rares car, la plupart du temps, c'était Bassou qui se rendait chez les Tortorici, dans le lotissement rose et neuf du haut du village. Les parents de Julien l'aimaient bien. Solange et Bernard estimaient, ce qui n'était pas si faux, être supérieurs à bien des Villageois en étant capables de laisser tout son espace à l'amitié nouée entre leur fils et cet adorable jeune de chez Brocard. À l'Aïd, Lalla leur faisait parvenir des makrouds et des boules cocos. Bernard fondait dessus et à chaque fois qu'il en proposait à Bassou, il les refusait : « Non merci. J'en suis pas fan. » Pas une fois Bassou n'avait jugé une cuisine supérieure à celle de sa mère, mais il ressentait de la honte à l'idée de manger des pâtisseries arabes devant le père de Julien. Bernard constatait, les lèvres nappées de sucre : « Y a que vous pour pas aimer ça. » Un jour que le grand-père de Julien en avait aussi goûté plusieurs, il les avait qualifiés d'étouffe-chrétien, avant de partir dans un éclat de rire, satisfait de son bon mot. Il fut obligé de l'expliquer car personne n'avait ri : « Ce sont des gâteaux musulmans, alors ils étouffent les chrétiens. Vous l'avez ? » Solange surveillait Bernard. « Lâche donc ce plat et arrête de te gaver. Il est impossible celui-là, un aspirateur à bouffe. » Elle tenait à ce que son couple ne pesât pas plus de cent vingt kilos sur la balance, en additionnant leurs deux charges.

Solange aurait aimé s'alléger de bien d'autres lourdeurs, vivre au Village depuis toujours, par exemple. En prenant un emploi à Lyon, elle avait imaginé s'extraire de cette campagne si paisible où, paraît-il, elle avait eu la chance de grandir. Lorsqu'elle se maria à Bernard, il lui fit comprendre que leur vie de famille ne trouverait pas de meilleur nid qu'au Village, avec les grands-parents tout à côté, trop heureux d'aller chercher leur unique petit-fils à la sortie de l'école. Aussi, quand Bernard apprit qu'un nouveau lotissement sortirait de terre au-dessus du parc municipal, à l'opposé de celui de Brocard Frères, signa-t-il un engagement d'achat sur plan d'une des villas Phénix. Tout le périmètre fut pavé de dalles corail. La même couleur servit à crépir les murs, donnant au lotissement d'en haut l'aspect d'un gros gâteau couvert de pâte d'amande.

La chambre de Bassou était bien plus petite que celle

de Julien, qui débordait d'un nombre invraisemblable d'objets, un sabre katana bleu accroché au-dessus du lit, une chicha de verre achetée quelques centaines de francs place des Terreaux, à Lyon, qui faisait le guet près du bureau. Bassou trouvait qu'un narguilé aurait aussi donné beaucoup de style à sa chambre, mais son père lui aurait dévissé la tête s'il l'avait pris en train de fumer, bien que lui-même chiquât à longueur de journée.

Cette chambre, Bassou la partageait avec son frère aîné, qui faisait grincer sous son poids le sommier du lit superposé. À vingt-deux ans, Farouk ne comptait pas quitter le foyer. Il épargnait l'argent de ses missions intérimaires sur un compte en banque et profitait des plats de Lalla. Il avait laissé son petit frère coller des posters aux murs à sa convenance, car il s'en moquait. Farouk passait ses soirées à Saint-Bol, avec quelques potes appuyés contre sa Golf GTI. Malgré l'encombrement et l'étroitesse des lieux, Julien aimait être chez les Benbassa. Il y avait lui aussi un statut particulier, car Smaïl et Lalla n'avaient pas donné l'habitude à leurs premiers enfants de ramener des Français à la maison. Aucune interdiction n'avait jamais été exprimée mais il allait de soi pour la famille qu'elle ne divulguerait ni ses usages ni son créole dont on apprenait à l'extérieur qu'ils étaient incorrects. Les erreurs étaient bien compréhensibles, mais ça n'était pas une raison pour les étaler. Julien avait cet air blasé et poli, discret, qui lui permettait de naviguer chez les Benbassa en eaux familières.

Ni Lalla ni Solange ne le savaient, mais Julien et Bassou s'appelaient aussi Roméo et Steve. Sans se consulter, leurs mères avaient toutes les deux choisi un deuxième prénom pour leurs garçons afin d'y loger des fantaisies secrètes. Julien avait eu pendant plusieurs semaines, in utero, une sœur jumelle dont Solange dut avorter dans des circonstances qui la traumatisèrent durablement. Tôt dans la grossesse, celle qu'elle aurait voulu appeler Juliette présenta des risques de handicap et Bernard la convainquit, malgré les larmes, d'accepter une interruption de grossesse sélective. Solange s'y résolut et passa les mois suivants dans un état de tristesse dont la naissance de Julien ne parvint pas à l'extirper. En mémoire de Juliette, la petite jumelle perdue, Solange ordonna à son mari de déclarer la naissance d'un Roméo à la mairie. « D'accord mais en deuxième », avait obtenu Bernard, qui dut abandonner le prénom de son père, Yves, initialement prévu pour tenir cette position. Il avait combattu le projet loufoque de sa femme – la dépression ne pouvait pas tout lui autoriser – de faire référence à ce Roméo à chaque fois qu'ils appelleraient leur petit bonhomme. N'était-il pas un amoureux transi moulé dans un collant pastel, ce personnage de Molière ? « De Shakespeare », avait rectifié Solange. À l'employée de mairie il épela le prénom de Julien, se rapprochant phonétiquement de Juliette, suivi de Roméo, et la dame avait signifié sa satisfaction par un sourire entendu, ce qui le conforta dans son opinion : c'était un prénom grotesque, bon à faire fondre les fonctionnaires et les midinettes. « Le jour de son mariage, ça fera rire l'assemblée », avait dit Yves, jeune grand-père qui garda pour lui sa déception afin de ne pas heurter Solange. « Elle est encore fragile, il faut y aller piano piano avec elle. » Lalla quant à elle considéra qu'avec son cinquième enfant il était temps de s'accorder une coquetterie. Elle avait trouvé Steve McQueen formidable dans *Papillon* et dans les séries rediffusées, séduite au point de demander à sa fille aînée comment l'acteur s'appelait. Elle avait hésité avec Bobby, le gentil de son feuilleton favori, mais ses filles s'y étaient fermement opposées : « Ayeum, cette hchouma, ayou, pense un peu au bébé quand il va grandir. » Pendant qu'elles parlaient du deuxième prénom, Smaïl fit le choix du premier en pensant à Bassou, un copain d'enfance resté en Kabylie et dont il n'avait plus de nouvelles. Lalla quant à elle fut entendue par le Prophète ou l'un de ses auxiliaires, car son fils naquit auréolé du même casque clair que celui de Steve McQueen.

Julien et Bassou, Roméo et Steve, s'étaient confié qu'ils détestaient la façon dont ils avaient été nommés, ce qui acheva de sceller leur amitié. Le jour de la rentrée, ils se cherchaient des yeux dans la cour, ils espéraient s'installer côte à côte en classe même si, assez vite, ils seraient séparés. Dans le troupeau d'adolescents massés devant le collège, ils savaient se retrouver, l'un entendant la voix de l'autre, attiré par la couleur d'un vêtement connu ou d'autres signaux invisibles que le temps avait créés pour eux seuls.

Comme le cirque de Lalla durait souvent toute l'après-midi, Julien trouvait des prétextes pour sortir de la chambre de Bassou : une envie pressante d'aller aux toilettes ou de se servir un verre d'eau. Il en profitait pour passer la tête à la dérobée dans l'entrebâillement de la porte vitrée du salon. Les foulards valsaient, les filles montaient le volume. Lalla pouvait danser sans s'arrêter pendant plusieurs heures. Bassou n'était pas dupe du manège de Julien, mais il laissait couler. Lui-même était fasciné par certaines lubies de Solange, comme celle de fumer des cigarettes à la chaîne dans un salon qu'elle nettoyait jusque dans ses moindres recoins. La petite entreprise de BTP que Bernard dirigeait marchait si bien qu'épuisée par les monstrueux embouteillages entre Lyon et le Village, elle avait donné sa démission au cabinet comptable où elle faisait l'accueil. Seule chez elle, Solange attendait Julien et Bassou qui entraient dans la cuisine avec leurs airs de dadais affamés, impolis comme des typhons. Après leur passage, elle balayait les miettes de Quadro dont ils s'étaient empiffrés sans avoir pris le temps de s'asseoir.

Pour Julien, Lalla en train de danser, c'était sensationnel. Il n'avait jamais vu ça. Le bruit sortait du salon en filets stridents. « C'est mon sport de la semaine », justifiait-elle auprès de Smaïl qui tentait parfois d'y mettre un terme. Elle le chassait en faisant avancer son corps palpitant dans sa direction. Lui non plus n'avait jamais vu personne se comporter de la sorte, à Tizi Ouzou pas plus qu'ailleurs, mais il battait en retraite devant la frénésie qu'il était incapable de maîtriser sous son propre toit.

La biquette

Janvier 1995, parc municipal

Bassou préférait généralement rejoindre Julien au parc et laisser sa famille là où elle était. Mais il devait supporter de voir Toufik Taïeb débarquer les mains dans les poches, mal fagoté malgré ses vêtements de marque. Sa mâchoire ballante, son air de crapaud endormi et sa façon de respirer bouche ouverte lui faisaient honte, plus encore que s'il avait été son frère. Comme ils venaient tous les deux du Lotissement, Bassou craignait qu'on ne les mît dans le même sac. Ses cheveux presque blonds et son nez parfaitement rond lui donnaient, c'était comme ça depuis la petite enfance, plus de chances de passer au travers des invectives. Les copains du Village disaient « beurs » plutôt qu'« Arabes », auquel ils ne recouraient que pour être très insultants. À la maison on en disait de bien plus salées. Bassou préférait que cela tombât sur un autre.

La plupart du temps, personne ne faisait attention à Toufik, qui ricanait aux blagues avec quelques secondes de retard, en poussant son rire trop fort. « Bic-bic vavient de cavompravendre on diravait. » Bic-bic ou biquette lui avaient été attribués en surnoms, diminutifs de bicot, semblait-il. « Lavautre mavongavol mavedavonne envavie dave lavui mavettre davé javifles. »

Toufik avait l'impression que ce javanais inaccessible était spécialement utilisé en sa présence mais continuait de rejoindre le groupe, estimant avoir droit à sa dose de glandage. Tranchant dans les syllabes, ils intercalaient entre la consonne et la voyelle des [AV] escamoteurs, à une vitesse fulgurante réglée sur leur volonté d'inventer le baragouin le plus codé. Au collège, cette langue de feu avait valu des heures de colle à ceux qui, si virtuoses étaient-ils à la manier, restaient assez naïfs pour la croire inaudible aux oreilles des profs. Les non-initiés, dont Bassou et Julien faisaient partie, assistaient démunis à des conversations entièrement conduites dans ce jargon. Les filles en étaient tout à fait exclues, aucune ne l'avait appris. « Vous avez l'air de gros golmons quand vous parlez comme ça », leur avait dit Vanessa Maligex qui, pour la peine, fut traitée de gravosse pavute. « Ravegavarde cavommavent la maveuf favait stavyle ellave pavortave savé cavouillaves. Quavestce quavelle vaveut, quavon lava bavouillave ava plavusieurs. » Vanessa qui avait compris la teneur générale du propos les avait rembarrés. Elle ne se laissait jamais insulter et roulait les joints mieux que la plupart d'entre eux.

Ils étaient une quinzaine, parfois jusqu'à deux fois plus quand les villages voisins s'aggloméraient, sans convenir d'un horaire précis, qui se retrouvaient sur les bancs de béton armé, traitement anti-dégradation, les après-midis sans match de foot ni tenaille familiale. Les mieux lotis chevauchaient un BW's Yamaha rutilant, une clope entre les doigts comme s'ils étaient nés avec cette manie. La plupart n'avaient qu'à regarder les albums de famille pour avoir une idée de ce à quoi ressemblerait leur vie d'adulte. La plupart accepteraient un jour le cadeau qui leur était offert, de poursuivre une lignée dans le Village, à l'abri du tumulte des villes surpeuplées et mal peuplées, dont ils ne connaissaient que les commentaires qu'en tiraient leurs parents. En attendant, le meilleur moyen de ne pas finir copies conformes était encore de ne pas se faire comprendre d'eux.

Le parc était divisé entre des terrains de basket sans lignes au sol et des buttes de verdure ponctuées d'arbres hauts et de buis touffus. Au centre, un tourniquet, un toboggan et une balancelle tape-cul subissaient les assauts du groupe qui y suspendait ses jambes et ses bras trop grands. Au fond, un cabanon de béton avait un temps servi de buvette pendant les fêtes de village. À cause de multiples dégradations et d'un incendie, son rideau restait fermé sur ordre du maire. La petite bande montait parfois sur son toit pour se donner une vue et des sensations. Jean-Michel Charbogne, le garde champêtre, les avait un jour surpris. Bassou l'avait vu arriver, reconnaissable à son képi, et il avait gagné deux entorses en sautant du haut des deux mètres cinquante du cabanon.

À la fin de ces longues après-midis narcotiques, Toufik attendait de faire le trajet du retour avec Bassou, qui espérait l'inverse. Moncef Taïeb, poussé par Montserrat, venait parfois lui-même récupérer leur fils. Il arrivait vêtu de sa blouse de travail qu'il ne quittait jamais. Sans elle, on ne l'aurait pas reconnu. Au moment de l'embauche des ouvriers à l'usine Brocard Frères, on leur donnait le choix entre une cotte classique, une salopette à manches longues avec glissière s'ouvrant du col au pubis, et une blouse fermée jusqu'aux genoux par des boutons-pression. Le tissu des deux bleus de travail était le même, solide et lavable à l'infini. Le père de Toufik avait opté pour la blouse, pour ses grandes poches dans lesquelles tenaient ses lunettes et ses paquets de Gauloises, et la portait en permanence au-dessus de ses propres pantalons, y compris pendant ses jours de repos. Ainsi accoutré, lunettes double foyer sur le nez pour ne pas manquer son fils, Moncef se tenait à bonne distance des adolescents, conscient de l'incongruité de sa présence à cet endroit et agitait la main dans l'espoir que Toufik, presque aussi myope que lui, le prît en compte.

Plus jeune, Bassou n'avait pas été aussi incommodé par son voisin du Lotissement et il avait même répondu à ses envies saugrenues. Dans les moments de calme, Toufik cherchait toujours à livrer le poids de sa tête à quelqu'un, trouvant un support sur des genoux ou une épaule. Bassou l'avait souvent laissé faire, il lui était même arrivé de rouler des mèches de ses cheveux pour lui former des nœuds affectueux derrière les oreilles. Du plus loin qu'il se souvînt, Toufik s'était toujours échiné à se fourrer dans des situations impossibles et risquées. Une après-midi, Hamza Taïeb, le cousin de Toufik, l'avait encouragé à descendre à vélo la pente raide qui dégringolait du parking. « Vas-y, on l'a tous fait », avait-il menti. Toufik avait serré dans ses mains les poignées du guidon, à cheval sur sa monture impatiente. Seules les pointes de ses pieds touchaient le sol qu'il avait relevées pour se lancer sur le versant, tellement abrupt que les roues eurent à peine le temps de fonctionner. Un mètre ou deux séparaient le bas de la butte et le mur de la maison de Hamza. Le vélo, qui n'avait pas eu l'espace de bifurquer ni de poursuivre sa route, s'était écrasé contre le crépi. Les enfants avaient glapi de ravissement en voyant Toufik se relever, les jambes et la moitié du visage griffées au sang. Il s'était éloigné en se tenant le bras, abandonnant son vélo plié. D'après ses hurlements, il avait dû souffrir atrocement.

Les autres avaient continué à jouer sur le terre-plein et l'après-midi s'était achevée sans chahut. Plus tard, en classe de CM1, Toufik ne fut choisi par aucun des groupes d'élèves formés pour animer le spectacle de fin d'année. Ne renonçant pas à son passage sur scène, il prit le parti d'une performance individuelle. Le grand jour, Toufik avait saisi le pied du micro à deux mains et chanté, faux, « Hélène » de Roch Voisine. « L'amour sur la plage désertée, nos corps brûlés enlacés, comment t'aimer si tu t'en vas dans ton pays loin là-bas » était sorti de sa bouche en cœur tandis qu'il fermait les yeux, devant la salle stupéfaite.

Ils avaient désormais quatorze ans et Bassou rentrait chez lui exaspéré soit par le tableau donné par Moncef Taïeb venant chercher Toufik, soit par le trajet qu'il faisait aux côtés de cet encombrant jacasseur, qui commentait les moindres détails de l'après-midi. Il en aurait pleuré. Et sa mère qui lui demandait d'être compréhensif. Lalla répétait : « Meskine, il faut l'aider. Il habite à côté et vous avez le même âge », comme si les deux constats avaient un rapport. « Sois gentil avec lui, fais pas des histoires », préconisait-elle à son fils qui ne comptait pas garder sa répulsion par-devers lui encore longtemps.

Les canuts

Février 1995, collège Les Quatre Vents

Comme Bassou imitait Julien et inversement, ni l'un ni l'autre n'avaient lu le roman de Bernard Clavel que Pierre-Jean Trogneux avait demandé à ses élèves de finir pendant ce qu'il appelait les vacances au ski. Julien et Bassou pensaient avoir fait le gros du travail en se procurant l'édition recommandée de *La Révolte à deux sous* avec, en couverture, le dessin d'un homme du peuple hâbleur emmenant derrière lui des ouvriers de la soie, menacés au premier plan par des baïonnettes qui semblaient sortir des mains du lecteur. « On va en lire la moitié en cours, qu'est-ce qu'il y a besoin de se le cogner en plus à la maison. » Les notes de Julien dépassaient rarement la moyenne, celles de Bassou naviguaient dans les mêmes eaux molles. L'arrivée en classe de quatrième avait été comparable pour eux à un crash en pleine mer. Dans la noyade, ils s'évertuaient à écrire des mots d'excuse pour leurs absences et à perfectionner les signatures de leurs parents. Pierre-Jean Trogneux s'était aperçu de leur énième mystification, à l'occasion d'un devoir en classe consistant en un questionnaire à choix multiples.

« Qui est Pataro et quel rôle joue-t-il dans le roman de Bernard Clavel ? » voulait savoir Trogneux, qui avait généreusement proposé :

A. Un canut de Lyon qui mène la révolte
B. Le magistrat de la ville qui veut étouffer la révolte
C. Un coursier infirme qui court la ville et permet à la grève de s'organiser

La longueur des suggestions donnait un indice assez visible, n'est-ce pas, mais les deux collégiens n'avaient rien remarqué et, copiant l'un sur l'autre, ils avaient coché la réponse A. « C'était la réponse C. » Il avait rendu leurs copies aux garçons en lançant : « Voilà un bel exemple du travail de petits fumistes. » Pierre-Jean Trogneux savait de quoi il retournait puisqu'il enseignait au collège Les Quatre Vents depuis treize ans pendant lesquels il avait eu affaire à des palanquées d'adolescents qui auraient préféré être ailleurs plutôt qu'en sa compagnie. Et ces deux-là en étaient. Bassou avait gardé le compliment pour lui, craignant de se faire réprimander une seconde fois et bien plus fort par son père, mais Julien, indigné, n'avait pas voulu en rester là. Le lendemain matin, Bernard Tortorici avait saisi son téléphone. « Vous vous rendez compte que votre enseignant traite nos enfants de fumier. » Le principal du collège public de l'Arbrûle avait coincé Pierre-Jean Trogneux avant qu'il n'entrât dans la salle des professeurs. « Je n'ai pas dit fumier mais fumiste. Ne me dites pas qu'on va perdre du temps avec cette histoire. » Et si, car le père de Julien n'en démordit pas. Partageant avec son fils un caractère réputé bien trempé, qui lui paraissait être la marque de son sens de l'honneur, Bernard partit plus tôt du chantier qu'il supervisait à trois kilomètres du collège, ce qui tombait bien, pour se rendre au rendez-vous fixé. La dernière sonnerie de la journée avait retenti dans les couloirs et Julien avait attendu son père devant le portail, mortifié d'avoir à traverser la cour à ses côtés, dans le sens inverse des autres collégiens, signifiant qu'il avait un problème à régler. D'abord, il avança comme s'il allait à l'échafaud puis il surmonta sa gêne, car il estimait être dans son bon droit. Il n'était pas possible de se faire insulter de la sorte : tout prof qu'il était, Trogneux devait morfler. Julien se tint donc près de Bernard, calant son pas sur le sien, un sac Chevignon pendant à l'épaule. Tout dans son attitude criait : « Oui, je suis avec mon père mais détrompez-vous : c'est pas eux qui m'ont convoqué, c'est nous qu'on va faire sa fête à Trogneux. » Bernard tint à échanger des poignées de main avec le professeur de français puis avec le directeur. Par ce geste trop familier, il entendait montrer son respect de l'institution dont il n'attendait pas moins en retour. Ils s'installèrent tous les quatre dans une salle de classe vide, où Pierre-Jean Trogneux venait de donner sa dernière heure de cours. Les devoirs du lendemain étaient inscrits sur le tableau vert, qui consistaient dans l'analyse des champs lexicaux et des registres de vocabulaire utilisés par le magistrat de Lyon et par le petit coursier de la rue, dans le roman de Bernard Clavel. Le père de Julien se sentit tout à coup en terrain miné.

Lorsque la conversation, au bord de la dispute, porta sur la définition des termes employés ce jour-là devant la classe de quatrième C, Pierre-Jean Trogneux se donna du mal pour ne pas être condescendant. « La fumisterie, monsieur, consiste dans le fait de se moquer du monde, et c'est ce que fait Julien, il se moque de nous. Cela n'a rien à voir avec le crottin de cheval ni avec une quelconque insulte à l'encontre des collégiens. Ils habitent d'ailleurs tous à la campagne », ajouta-t-il. Bernard Tortorici reprocha au professeur de jouer sur les mots. L'enseignant tenta de résumer la situation en qualifiant le travail de Julien d'inexistant, tandis que le principal s'inquiéta de son échec probable au brevet, dans un collège déjà mal classé dans l'académie. « Il va falloir songer à un métier qui t'intéresse, Julien. Tu peux mettre une croix sur le lycée général mais ça veut pas dire que tu vas te tourner les pouces. » Une vingtaine de minutes était passée quand chacun se leva, dans un bruit de chaise typique, en se saluant froidement. Bernard resta silencieux pendant le trajet du retour, reprochant intérieurement à son fils l'humiliation de cette entrevue. « Lis ce putain de bouquin », finit-il par lui intimer, en fixant la route.

Julien aurait pu le faire, d'autant qu'il avait aimé certains passages étudiés en classe. Celui où Pataro, par exemple, refuse la pièce d'argent d'un marchand de soie fielleux qui lui lance alors : « Fripouille ! Tu seras pendu avec la racaille ! » Le petit coursier lui répondant : « Et mon cul, y sera pendu ? » Dans ta gueule, le riche fabricant. Les marchands étaient appelés fabricants et cette incohérence, le romancier l'avait bien relevée :

« Les fabricants sont les plus forts. La preuve : ce sont les canuts qui fabriquent, ce sont les marchands qu'on appelle fabricants. Les pauvres n'ont même pas le droit d'être ce qu'ils sont ! »

Anne-Sophie Mazalon avait levé la main pour dire : « C'est pas une incohérence, de les appeler fabricants plutôt que marchands, c'est une injustice. » Sa remarque avait fait exulter Pierre-Jean Trogneux. Il avait bondi de son estrade pour s'approcher des élèves et les convertir mieux. « Oui, oui, c'est exactement le sujet que je veux que vous abordiez, celui de la justice sociale. Pourquoi les canuts se révoltent-ils ? » Bassou qui avait oublié de faire profil bas prit la parole pour couper la chique à cette petite lèche-cul d'Anne-Sophie : « Pour deux sous, monsieur : c'est écrit dans le titre. » « C'est bien la seule chose que vous ayez lue, Benbassa ! »

Les bonbons

Février 1995, maison des Benbassa

Bassou n'avait pas ouvert le roman mais un passage lu en classe l'avait frappé, dans lequel il apprenait que les canuts vivaient sur leur lieu de travail, avec leurs familles.

« Les ateliers, qu'on évite d'aérer pour préserver les soieries des variations de température et d'humidité, puent un mélange d'huile mécanique, de cire, de teinture, de soie, de cuisine pauvre et de sueur. »

Jusque-là, Bassou n'avait pas fait le lien avec son père, mais la description des odeurs lui rappela qu'il avait reniflé quelque chose de comparable dans l'usine Brocard Frères, des effluves puissants et âcres, ceux de la graisse des machines et de son contact avec le métal tiède, des vêtements imprégnés de sueur ici aussi. Bassou n'y était entré qu'une fois, pour accompagner Smaïl qui vidait ce jour-là son vestiaire. Son père avait arrêté de travailler à quarante-six ans, ne parvenant plus à lutter contre des crises d'angoisse auxquelles il était en proie depuis longtemps. Soulever et transporter les rouleaux lui demandaient une force qu'il ne trouvait plus, le tissu pesait lourd et glissait de son épaule basse. « Vous faites une dépression, monsieur Benbassa », avait diagnostiqué le docteur Gigarel. Il lui avait prescrit des anxiolytiques avec une posologie de cheval. Son œil droit déjà endommagé devint tout à fait aveugle et ce handicap sortit définitivement Smaïl de l'usine. Il reçut en 1987 un courrier stipulant son incapacité totale de travail et demanda au médecin d'augmenter les doses de ses médicaments, ce que Gigarel refusa. « Je suis pas beaucoup allé à l'école mais je sais lire, ils me disent que je suis un incapable. » Smaïl se rappelait pourtant avoir soigné le nettoyage et l'empilement des rouleaux, lui-même se serait qualifié de bon manutentionnaire, loyal et appliqué, bien qu'un peu lent les dernières années.

Il ne retourna à l'usine que pour vider son casier. Craignant le regard de ses anciens collègues, dont certains étaient aussi ses voisins du Lotissement, il se munit de Bassou, pour faire diversion et pour que, peut-être, Henriane Molette offrît au blondinet alors âgé de six ans un de ses bonbons à l'anis mis à disposition sur son bureau. Le garçon avait traversé le vaste atelier, impressionné par le bruit des tisseuses alignées comme des colosses au combat. Comme prévu, la secrétaire lui tendit une boîte de bonbons en lui frictionnant les cheveux.

Smaïl rêva longtemps des gestes qu'il avait répétés dans les règles, chez Brocard, avant d'être englouti par des images morbides. « Quand je ferme les yeux, je vois la mort, je vous dis que je la vois, elle s'approche ! » Il se sentit épuisé, plus encore que lorsqu'il passait ses nuits dans le hangar de stockage puis ses journées à mal dormir, réveillé par l'effervescence dont sa maison était constamment traversée. Ses enfants eurent du mal à le regarder errer dans la cuisine et, comme Lalla, ne lui épargnèrent pas leur gêne qui confinait au mépris. « Personne me parle chez moi », confia-t-il à Bouzid

Fahd. Son voisin eut du mal à croire dans la solitude dont souffrait Smaïl, au vu du bastringue qu'il entendait à travers la cloison.

Les cottes bleues furent lavées et rangées au fond d'un placard. Lalla attendait que son mari tournât le dos pour les jeter, mais rien n'échappait à Smaïl, malgré son œil clos. Elle ne supportait pas son omniprésence fantomatique, ses remarques sur tout et ses grognements d'ours malade. Une dispute éclatait chaque jour.

En écoutant d'une oreille le commentaire de texte que son professeur faisait de *La Révolte à deux sous*, Bassou songea soudain à son père, à ce qu'il eût pu appartenir à cette caste nue et laborieuse dont il découvrait l'existence. Jusqu'alors, il avait gardé du monde une vision enfantine et rudimentaire opposant ceux qui dérangeaient à ceux qui n'avaient pas envie de l'être, de laquelle il tirait le sentiment de ne pas faire partie de la bonne équipe.

Bassou aurait voulu parler avec Smaïl de son travail à l'usine, lui demander si les étoffes qu'il avait transportées avaient été de la soie, comme chez les canuts, mais il n'osait pas. Il craignait de le blesser ou de l'entendre une fois encore parler de la mort. Bassou but d'un trait son verre de lait froid sans laisser le temps à l'Ovomaltine de s'y dissoudre et Smaïl s'aperçut que son fils le regardait de manière insistante.

Plus tard, il demanda à sa sœur Jihane :

« Mais le papa, c'était un canut ?

– Qu'est-ce que tu racontes. Les canuts, ça existe plus. C'était une autre époque.

– Le papa était quand même pas payé au mètre de tissu ?

– Mais non, imbécile. T'as cru qu'il était né dans quel siècle ? Il recevait un salaire, j'en sais rien, cinq mille francs par mois, peut-être.

– Mais c'est rien du tout, ça. En fait, ils auraient pu se révolter eux aussi.

– Pour quoi faire ?

– Pour un meilleur salaire, je sais pas.

– Tu les vois, les vieux du Lotissement, taper un zbeul à l'usine ? T'as de ces idées. Qu'est-ce qui te prend, depuis quand l'usine et le travail du papa t'intéressent ? »

Y en a qui ont été pendus dans le livre, pensa Bassou, des agitateurs et des grévistes qu'on avait fait taire pour l'exemple, pour que passât chez les autres l'envie de réclamer. S'ils s'étaient révoltés, que leur serait-il arrivé, aux ouvriers Brocard ? Y avaient-ils seulement songé ? Qui aurait noué la corde au cou de Hassan Amrouche ou de Bouzid Fahd parce qu'ils auraient demandé davantage d'argent ? Pour Bassou, la nuque de son père était brisée depuis longtemps. Smaïl n'avait plus mis les pieds dans l'usine depuis plusieurs années mais il en parlait comme s'il lui appartenait encore. Il espérait qu'elle ne l'avait pas oublié.

La farce

Janvier 1995, restaurant Le Penalty

La chaleur de la cuisine et ses effluves de beurre protégeaient Le Penalty du vent glacial qui butait à sa porte. « Quel zef », fit Bruno Jacquemetton, le maire du village, en s'asseyant à la table de Raymond Maligex. Son premier adjoint l'attendait dans une posture statuaire, le journal déplié par-dessus un ballon de gamay. La salle était bondée, certains finissaient déjà leur dessert. Le maire commanda un demi de blonde à Agnès Thévenin qui s'exécuta, son corps maigre filant entre les chaises toutes épaissies par les manteaux qui y étaient suspendus. Elle venait de quitter Tarare, une sinistre ville des contreforts du Massif central, la seule qu'elle eût jamais connue, après avoir fait son calcul : l'emploi de serveuse dans le restaurant du village à vingt heures par semaine lui permettrait de régler pile les charges d'un deux pièces-cuisine, avec une chambre pour ses deux fils. Il mettrait surtout suffisamment de distance entre elle et le père des gosses. Le Penalty venait d'être repris et de l'ancienne décoration de l'établissement ne restait que la frisette sur les murs, ils avaient été soulagés de tout un fatras de casques militaires français datant de la Seconde Guerre mondiale, de paniers qui avaient servi à la cueillette des cerises, et d'une collection de porcelaines mêlant chatons et pin-ups. Complet tous les midis, le restaurant proposait désormais des plats roboratifs et servis gentiment. Collées à sa vitrine, des affiches annonçaient la prochaine soirée des pompiers et son dîner de grenouilles à la salle polyvalente, le repas dansant et la raclette du club de tennis.

« Alors, mon Bruno, on va se faire faire des dentiers neufs maintenant. Tu vas vite te rendre compte que le bonheur de tes administrés tient pas à beaucoup plus que ça. »

Raymond avait une façon à lui de sourire tout en gardant un air sévère. La spécialité du jeudi, un plat débordant de choux farcis et de coquillettes au beurre, fut déposée à leur table, qu'ils se partagèrent. Ils virent arriver en plus, devant eux, un petit bol de salade verte et d'oignons rouges sans avoir eu besoin de le demander à Agnès. Dans son assiette, Raymond planta des coups de fourchette précis, pour attraper une portion de pâtes égale à celle de chou et de viande. Il avait plié son vieux corps longiligne qui rendait minuscule la table devant lui. Il mangeait vite, en s'essuyant régulièrement le bas du visage. Bruno avait fini par s'habituer à la verrue qui surmontait le menton de son premier adjoint et à sa façon de parler sans attendre d'avoir avalé sa bouchée.

L'ouverture du cabinet dentaire faisait l'événement au Village, qui en attendait un nouveau depuis presque dix ans.

« Il va emménager dans l'été avec son fils, un jeune Pierre. Je passerai un coup de fil au principal de Notre-Dame pour qu'il y fasse une bonne rentrée. J'ai demandé aux Grataloup que les travaux au-dessus du cabinet soient finis dans les temps. Ce sera un sacré grand appartement, ils vont s'y perdre.

– Va savoir ce qu'y a bien pu se passer dans cette famille pour qu'ils se retrouvent tous les deux.

– Je lui ai pas demandé sa biographie, mon Raymond. S'il veut bien accrocher son diplôme de dentiste dans la salle d'attente, c'est suffisant pour moi.

– Il faut qu'on lui réserve sa place de parking. On lui a promis et, ça, j'y crains que le Didier vote contre. Qu'il va le trouver pas juste ou ce genre de vues.

– Le Didier est, pardonne-moi, un con. Il est pas foutu d'être calife mais pour nous emmerder, ça, il a su se faire élire.

– C'est sûr, on y voit pareil.

– On a réussi à faire venir un dentiste mais quand il s'agira de trouver un médecin pour remplacer Gigarel qui est plus tout frais, on sera vraiment dans le pétrin. Si Didier veut pas faire des dizaines de kilomètres pour une grippe, faut qu'il s'attende qu'on déploie encore plus de moyens que quelques mètres carrés de parking devant la place.

– Notre Gigarel qui fume comme une cheminée, c'est étonnant qu'il soit toujours là. On devrait le mettre dans mon cimetière pour animaux, avec sa bonne tête de braque, il y sera comme chez lui. »

Ils rirent en même temps que Bruno s'assurait qu'ils n'avaient pas été entendus.

« Et dis-moi, j'espère que ce sera bientôt plus un sujet, les histoires de camping du Vincent. J'y vois pas beau, moi, et je suis pas le seul, déclara Raymond en sauçant son assiette avec le pain de chez Boisset. Qu'on n'aille pas soutenir des trucs qui ressemblent pas au Village. » Bruno avait confiance dans son adjoint, mais il n'appréciait pas toujours qu'il lui murmurât à l'oreille à tout propos. Il avait pourtant beaucoup appris auprès de lui, l'intérêt de dévoyer un chemin rural pour la circulation, la liste des cocufiages de ces trente dernières années et à demander l'os pour les clefs des toilettes, dans la cour extérieure du Penalty. En s'installant dans le village vingt ans auparavant, Bruno n'aurait pas imaginé qu'il en deviendrait le maire, ne pouvant asseoir sa légitimité sur aucun sédiment familial. Il savait que le mérite de cette accession revenait d'abord à son épouse Caroline qui, comme institutrice à l'école élémentaire, fit le plus gros pour l'intégration du couple. Affables, montés sur ressort, les Jacquemetton s'étaient démenés au point de faire oublier qu'ils avaient été de ces Lyonnais en transhumance. C'était à eux que l'on devait la renaissance de la section tennis du club sportif. Ils avaient même initié à partir d'un jeu de mots le Ball' du Tennis, devenu une institution établie chaque premier week-end de juin, pendant laquelle ils paradaient, légèrement au-dessus du lot sans que ce fût mal pris. Ils avaient élevé dans leur maison rénovée trois enfants irréprochables. Bruno savait se faire apprécier car, tout prof d'économie qu'il avait été, dans un lycée privé de Lyon, il oubliait d'être condescendant. Sa candidature ne fut donc pas débattue et au contraire encouragée par Raymond, qui n'avait pas envisagé de suggérer à son propre fils, Hugo, de se présenter. Il le jugeait pataud, infichu de s'illustrer en société et d'avoir un avis sur les choses. Par contraste, il prit du plaisir à faire la promotion de Bruno.

Son deuxième mandat se déroulant sous des auspices favorables, le maire en briguait un troisième, satisfait de porter comme s'il les avait toujours connus les atours du hobereau tranquille. Sa proximité avec la grande ville, la réputation de ses fruits primés, ses débits de boisson permettant de consommer à toute heure et ses commerces bien approvisionnés ramenaient toujours plus d'habitants au Village. Bruno y était considéré et, s'il avait du respect pour Raymond, il aspirait à une certaine sérénité.

« Là-dessus, mon ami, soyons raisonnables. C'est pas sérieux : comment veux-tu empêcher Vincent Chambon de faire ce qu'il veut de son étang ou de son champ ? J'ai déjà permis à tout ce qu'il y a autour de devenir constructible.

– Il y a des exceptions, parfois.

– Raymond, n'en fais pas une affaire de principe s'il te plaît. Ça n'est pas à l'ordre du jour. »

Ils burent un café puis s'arrêtèrent près des tables pour échanger quelques mots. Bruno paya l'addition en se penchant vers la cuisine, pour féliciter le cuisinier de la perfection de sa farce. Avant de sortir, il releva la date de la soirée raclette sur l'affiche scotchée à la porte et dit à la serveuse, en lui posant la main sur le bras : « C'est pas bien grave, ma petite Agnès, mais l'événement a déjà eu lieu, le week-end dernier. » Elle conserva son sourire, penchée sur une tarte au citron qu'elle coupait en six parts identiques. Raymond qui n'aimait pourtant pas le sucre en avait mangé au dessert car, au Penalty, on la donnait acide, sans meringue ni tralala. Dehors, ils levèrent leurs cols et marchèrent en direction de la mairie. Bien que courbé, Raymond paraissait immense à côté du maire qui devait allonger deux pas quand son adjoint en faisait un.

Les lampadaires

Janvier 1995, mairie du Village

Le conseil municipal se réunissait le soir même dans l'antichambre de la salle des mariages, où quatorze hommes et trois femmes se confinaient autour d'une table ovale démesurée qui mangeait l'espace. Quelques chaises étaient disposées contre un mur, à destination des villageois curieux de la séance. La majorité des élus portaient les noms de leurs prédécesseurs, selon un principe d'administration dynastique de la commune, dont on aurait pu croire qu'elle était transmise de père en fils plutôt que le fruit d'élections régulières. Quelques néoruraux étaient entrés dans le cénacle, mais on retrouvait encore et depuis des décennies les Molin-Prieur, les Maligex et les Coquard, représentants des producteurs de fruits, les Hyvernaud, les Chambon, chez les laitiers, les Legrain, les Mouterde, chez les commerçants, et les Grataloup qui tenaient la plomberie-zinguerie sur la place. La prérogative sur les sièges d'élus, entre les mains de petits clans, ne garantissait pas la quiétude au sein du conseil, où s'exprimaient au contraire des ressentiments anciens et toujours vifs. Les Molin-Prieur et les Hyvernaud avaient réussi à transmettre sur trois générations des rancœurs portant sur une classique histoire de cadastre remanié en faveur des uns, les autres s'estimant spoliés, touchés dans leur dignité. La dernière génération avait mené le conflit jusque devant le tribunal, par atavisme plus que par instinct de propriété. Bruno craignait à chaque réunion du conseil qu'il ne se rejouât.

Ce mercredi soir, deux dames avancées en âge, d'humeur à commenter à voix haute chacune des délibérations, s'assirent sur les chaises réservées au public. Au-dessus d'elles, le portrait de François Mitterrand feuilletant *Les Essais* de Montaigne voisinait avec une reproduction acrylique du Village, tout en longueur et en clair-obscur. On reconnaissait l'église et, selon une perspective audacieuse, la chapelle des Brigands. L'artiste avait traité le paysage de nuit, avec un dégradé de mauves et de jaunes qu'il aurait aussi bien pu choisir pour peindre la baie de San Francisco. Peu après son investiture, Bruno avait fait l'achat du tableau au marché des arts du Village et, en le découvrant, Caroline était restée pantoise. Il avait dû rassurer sa femme. « Je le ferai accrocher à la mairie. »

Entre autres formalités sans débat, le maire mentionna la gratuité de la salle des fêtes octroyée de tradition à l'amicale des chasseurs pour son repas de fin de saison. Bruno y faisait un bref passage afin de partager un verre de vin, mais fuyait avant le défilé de gibiers qui durait tout l'après-midi. Puis ce fut à Didier Grataloup, délégué aux équipements et à la vie associative, que revint la tâche de justifier une dépense imprévue.

« Je me demande quel est l'hurluberlu, en espérant que ça soit pas vous Monsieur le maire, qui a eu la riche idée de graver les noms des morts directement sur la porte du columbarium. On va tout de même pas la changer à chaque fois que, dans une niche, l'urne d'un nouveau macchabée remplace celle d'un plus ancien.

C'est que les familles tiennent à pleurer le bon mort ! » Les deux dames du public pouffèrent. Bruno certifia que le problème était entre de bonnes mains, espérant que le compliment musèlerait Didier jusqu'à la fin du conseil. La séance aurait dû s'achever de façon consensuelle, puisque la porte du columbarium avait déjà pris beaucoup de temps, mais Raymond n'avait pas pour habitude de laisser ses idées stagner. Il prit la parole sur un ton tragique car, vraiment, ça ne passait pas. Il avait du mal à voir la nouvelle génération fouler aux pieds ce qui faisait que le village était le Village. Les projets d'Ange Chambon, paix à son âme, que son fils Vincent tenait à réaliser, le navraient et il ne comprenait pas que sa désapprobation ne fût pas partagée, publiquement au moins.

Vincent avait dû reprendre à tout juste vingt-quatre ans la ferme de son père, Ange, brutalement décédé d'un AVC, un dimanche soir, au sortir de la salle de traite. Emma Chambon les avait depuis longtemps laissés en tête-à-tête, elle-même ayant succombé à un cancer des poumons le jour où Diana Spencer épousait le duc de Cornouailles. Vincent se souvenait parfaitement des images diffusées ce 29 juillet 1981 sans le son, dans la salle d'attente de l'hôpital, d'une Lady Di crémeuse, pendue au bras de son escogriffe de prince, auxquelles serait à jamais liée la mort de sa mère. Il n'avait pas encore fêté ses douze ans. Emma lui avait dit au revoir alors qu'elle semblait déjà partie, frêle et introuvable entre les draps de l'hôpital. L'exploitation dont il avait hérité quinze années après comptait un cheptel de quarante vaches laitières, un verger de cerisiers et de pêchers, et des champs de fourrage dont la partie située sous le quartier Brocard Frères deviendrait bientôt constructible. Son père y avait fait couler un étang artificiel dans lequel les touristes néerlandais auxquels il rêvait pourraient pêcher les gardons planqués sous les nénuphars épanouis. Ange Chambon avait appris à dire *hallo* et Vincent lui répondait *welkom* pour le faire rire. En donnant vie à son idée, il ne pouvait pas rendre meilleur hommage à son père. « C'est pas grand-chose, ce sera des emplacements propres pour les tentes et puis quelques roulottes, pour que ça fasse joli. » Mais son pas grand-chose restait coincé en travers de la gorge de Raymond Maligex qui, avec son mètre quatre-vingt-treize, n'était pourtant pas une petite nature. Pour lui, le camping était une énième billevesée des Chambon, à la limite de la provocation. Depuis l'arrivée du lama dans leur pré, quatorze ans auparavant, il les surnommait « les Chameau ». Le sobriquet s'était répandu dans le Village, mais Ange pas plus que Vincent n'avaient eu besoin de simuler l'indifférence, le persiflage ne les ayant jamais intéressés même lorsqu'ils en étaient la cible.

Le grand Raymond attendait du conseil municipal qu'il fît pression sur Vincent et avait bon espoir de réussir car on le craignait ; le vieux se servait de sa mémoire infaillible et bien informée comme d'un carquois d'où il tirait des flèches acérées.

« J'en vois qui baissent les yeux alors qu'il s'agirait de vous réveiller. Vous êtes priés de pas vous défiler, qu'on parle un peu en élus responsables, de ce qu'on est en devoir de préserver ici. Ça serait malheureux que les petits caprices des uns fassent taire tous les autres. »

Si l'idée des Chambon ne regardait personne, elle finirait par faire du village un Palavas-les-Flots pour Lyon et sa banlieue, en imaginant le pire. Raymond préférait ne pas assister à ça de son vivant, et il ne se voyait pas mourir avant un paquet d'années. Vincent ne prenait que rarement la parole en séance mais, après l'estocade du vétéran, il n'eut d'autre choix que de parler sans fard de son amour pour ce Village qui relevait l'exploit de tenir en équilibre au sommet d'une colline, offrant à la vue de la vallée son clocher topique et la vague rouge de ses toits.

« Il suffit de le regarder depuis la nationale pour l'aimer. Tout le monde a envie d'y monter, lâcha-t-il, le visage rouge. Je vois pas ce que les touristes pourraient faire de mal ici, ni en quoi ça vous gênera.

– Vincent, c'est une vraie connerie, réfléchis un peu, gronda Raymond. Quand ton champ sera constructible, tu pourras toujours y mettre cinq-six maisons pour que nos gosses continuent d'habiter ici. Tu te feras bien plus d'argent qu'avec ces sottises à mobiliser ta terre pour des guignols d'Allemands en camping-car. »

Le maire essaya de couper court. Il était vingt-deux heures passées.

« Revenons aux affaires publiques, s'il vous plaît, et à un sujet annexe à étudier à la prochaine séance, pour qu'on en finisse. J'en ai déjà parlé à certains d'entre vous : M. Amrouche, que vous connaissez, m'a une fois de plus alpagué ce samedi au sujet de l'éclairage du chemin qui descend jusqu'au Lotissement Brocard Frères. Il a même envoyé une lettre recommandée le mois dernier. Je propose que l'on mette au vote cet aménagement et son coût avant l'été. Je vous en donnerai une estimation bientôt. »

Vincent Chambon saisit la balle au vol. « On va pas toujours faire comme si ce lotissement était pas dans le village. Ils ont des gosses en âge de voter, je vous signale. Je suis d'accord pour qu'on traite de l'éclairage dès le prochain conseil. » Le grand Raymond avait la longueur de jambes suffisante pour prendre le rebond et ne rata pas cette occasion de donner une fois encore le fond de sa pensée. L'évocation du Lotissement lui donnait des suées, il se souvenait de l'Arménien maraudant avec son idée de cité, cherchant à acheter un terrain pour la construire. Il l'avait reçu, ça, l'autre petit patron en avait pris pour son grade. En lui cédant, Ange avait récolté sa petite somme d'argent mais encore trop modeste au goût des autres paysans qui lui reprochèrent de brader les terres. La tendance des Chambon aux points de vue fantasques sur les personnes qui ne venaient pas du Village exaspérait Raymond.

« Ne joue pas au chevalier, Vincent. C'est pas pour les péquins d'en bas que tu veux des lampadaires. Je te vois venir. C'est pour toi et tes histoires de camping que tu veux de la lumière, ça t'arrangerait bien que l'éclairage y descende, si tu crois qu'on l'a pas compris ! Mais je vous le dis tout net, je voterai contre. Et si Brocard commence à devenir une priorité dans le budget, on s'en sortira plus de leurs demandes. Les gens sont tous pareils, tu donnes ça, ils réclament ça. »

Personne ne se sentit le courage d'abonder ni d'aucune réaction, car il s'agissait de lever la séance. Après le départ des élus, Bruno s'enferma dans son bureau, au-dessus de la salle des mariages. Il n'avait rien de chaleureux, deux armoires de métal remplies d'archives faisaient face à une fenêtre qui donnait sur l'église. Il se décida à quitter la mairie à son tour, aux alentours de minuit, pour rejoindre le lieu-dit des Potelières. Le vent avait giflé le Village toute la journée et la nuit apportait enfin le silence auquel on avait droit ici. Sa voiture était restée garée devant Le Penalty. Avant d'y entrer, Bruno constata que l'affiche obsolète de la soirée raclette avait disparu de la porte vitrée, seul un angle de papier était resté coincé sous le Scotch. Malgré la pénombre dans laquelle la salle du restaurant était plongée, il vit les chaises qu'Agnès avait posées en équilibre sur les tables pour passer la serpillière. Bruno pensa à elle, aux manches de ses pulls informes relevées jusqu'aux coudes et à son visage silencieux. Il se promit de revenir au restaurant le lendemain. Au menu, il aurait le choix entre de la brandade et du foie de veau.

L’organza

Février 1995, usine Brocard Frères

Deux heures du matin étaient passées et Julien attendait toujours Bassou. Ils s’étaient donné rendez-vous au croisement du chemin des Brigands et de la route montant droit vers la place, sous le dernier lampadaire, car il n’y avait toujours pas d’éclairage au niveau du Lotissement Brocard.

« Qu’est-ce que tu foutais, bordel ? Je me les pèle depuis une heure.

– J’entendais pas mon père dormir, je pouvais pas sortir.

– L’entendre dormir, qu’est-ce que tu racontes ?

– Normalement avec les médocs il ronfle à onze heures, mais là c’est comme s’il savait que j’allais sortir. Putain à croire qu’il l’a fait exprès, pile ce soir. Ma fenêtre fait grave de bruit, j’étais obligé d’attendre. S’il ronfle pas, c’est qu’il dort pas.

– Et ton frère ?

– Il est sorti. Il est plus jamais là. La maison, c’est devenu l’hôtel pour lui. Viens, on s’en tape. On va pas traîner ici. »

Julien portait des gants de ski et un bonnet Kangol qui lui tombait sur les yeux. Ils se mirent en marche et il ne leur fallut pas plus de cinq minutes pour rejoindre la rue du Nord.

Le petit portillon des Legrain ne fut pas difficile à enjamber. Un mur de deux mètres séparait leur jardin désordonné de l'usine qui se trouvait de l'autre côté, invisible et silencieuse.

« Ils ont pas de chien, j'espère.

– Arrête de flipper, c'est toi qu'as eu l'idée, maintenant on y va. »

Les Legrain n'étaient pas couchés, le rez-de-chaussée était éclairé et des silhouettes passaient devant les rideaux de mousseline. Lorsque la porte de la maison s'ouvrit, Bassou et Julien se jetèrent au sol, faisant craquer sous leur poids un amas de branches mortes qui attendaient d'être portées à la déchetterie ou de pourrir avant le printemps. Les garçons réglèrent leur respiration l'un sur l'autre pour ne faire plus qu'un corps, moins repérable dans l'obscurité du fond du jardin. Le rire de Serge Legrain résonna sous le porche de la maison, auquel la voix d'un autre homme répondit dans un murmure : « Arrête, t'es vraiment con, on va se faire coincer. » Ils furent silencieux pendant plusieurs minutes puis chuchotèrent si bas, si proches l'un de l'autre, à l'abri de l'auvent d'où pendait encore une guirlande de Noël, qu'il ne fut plus possible de les entendre. Bassou voulut vérifier s'ils étaient encore là mais Julien le retint par le bras en secouant la tête. Ils attendirent pendant un temps qui leur parut interminable, frigorifiés, puis la porte-fenêtre s'ouvrit à nouveau. Legrain et son ami disparurent, rejoignant le théâtre d'ombres du salon. En chantant « *I feel love* », Donna Summer les aspira dans la lumière qui aurait mérité d'être plus tamisée.

Quelques minutes plus tard, Julien se releva et joignit ses mains dans le creux desquelles Bassou logea son talon. Il l'écrasa de tout son poids, lourd pour son âge, et se hissa par-dessus le mur sur lequel courait une plante épineuse. Il se plaignit de ce qu'ils étaient dans une jungle. Une fois perché à califourchon, il attrapa la main de Julien, mais son élan ajouté à l'impulsion avec laquelle il le souleva du sol les fit basculer tous les deux de l'autre côté. Ils chutèrent comme deux masses dans la cour de l'usine et restèrent allongés, sur le dos cette fois, plusieurs secondes. Pris d'un fou rire, ils s'agrippèrent par les mains pour sentir leurs corps contusionnés, anesthésiés par le froid et la joie d'avoir réussi leur coup.

Une fois debout, sûrs d'être entiers, ils se lancèrent dans une exploration du site et furent déçus de ne trouver que des palettes empilées à l'arrière du bâtiment rectangulaire, réfractaire aux intrusions. Bassou estima que la nuit avait été suffisamment périlleuse et riche en émotions, mais Julien refusa d'abandonner. « On n'est pas venus pour rien, la vie de ma mère qu'on va rentrer. » Il repéra une lucarne rectangulaire encastrée dans le mur épais, qu'il poussa de toutes ses forces. Elle s'ouvrit. Ils n'en revinrent pas. Julien se faufila en se tortillant et Bassou, après avoir hésité, eut du mal à introduire son corps qui coinça au niveau du ventre puis des fesses. De l'autre côté, Julien tira sur l'écharpe de son ami afin de désobstruer l'étroite fenêtre. « Tu vas m'étrangler ! Doucement pélo.

– Y a pas de gardien.

– Qu'est-c'tu voudrais chourrer ? Du fil ?

– C'est un truc de malade, ce spot, s'émerveilla Julien. Ton père taffe plus ici ? »

Bassou s'était déjà éloigné, au milieu des machines muettes. Il monta l'escalier et, sur la mezzanine, se trouva face à une porte de bois bleue. À sa hauteur, il lut le nom de A. Kechichian gravé en lettres noires. Il secoua la poignée mais la porte ne céda pas, résistante depuis des siècles. Celle d'à côté avait aussi été caroublée, par M. Zagazig d'après ce qu'annonçait la petite plaque. On n'entrait que rarement dans le bureau du directeur commercial. Armand Kechichian l'avait embauché au début des années 1980 et Morsi Zagazig était devenu l'autorité de référence depuis que le patron n'y mettait plus les pieds qu'une ou deux fois par an. La manière de parler du jeune directeur était jugée élégante, malgré un léger accent dont il n'était pas évident de déterminer l'origine. Il expliquait être né en Égypte mais on supposait alors qu'il venait d'une famille aisée et francophone, à moins que ses études à Paris ne lui eussent donné son raffinement. Morsi Zagazig, un nom qui envoyait du bois, qui faisait arabe mais pas trop, pensa Bassou. Il l'avait aperçu quelques fois et son aspect ne prêtait pas à confusion, teint mat, cheveux épais, profil aquilin et grands cils noirs. Il vivait dans un duplex, à l'Arbrûle, la commune la plus importante du coin, et circulait parfois au Village, son épouse au bras, dans des vêtements choisis et coordonnés. Ils devaient être foutrement riches, estimait Bassou.

Mireille Legrain aimait le voir franchir le seuil du P'tit Bazar, pour s'approvisionner en papeterie. Morsi Zagazig ne regardait pas à la dépense, il achetait plusieurs magazines, des féminins pour sa femme, du papier à lettres avec des chevaux en surimpresssion pour sa fille, les stylos à bille les plus chers du bac. Madame Zagazig devait elle aussi être égyptienne, supposait Mireille, épatée par sa bombe de cheveux sombres et brushés. Une chose était sûre, il y avait Arabe et Arabe.

Bassou observa le vaste atelier de fabrication depuis le haut de la galerie. Julien s'était jeté dans un godet de tractopelle qui contenait des chutes d'étoffes multicolores et les brassait comme si un magot s'y trouvait. Quand Bassou le rejoignit, Julien prit un pan de popeline imprimé de fines rayures et lui enturbanna la tête. Bassou se laissa faire en lui soufflant au visage la fumée du joint qu'il venait d'allumer.

« T'es ouf, éteins ça, il doit y avoir une alarme incendie. »

Julien enroula autour de sa taille un large morceau de batiste fleurie puis le noua avec un ruban d'organza taché. Il secoua les hanches pour faire voler les pans. « Je trouve pas mon blouson », dit-il en replongeant les mains dans la montagne molle de tissus. Il en sortit sa doudoune noire siglée Fila, soudain fade.

Bassou entra dans la salle de pause avec son cône allumé. Julien le suivit et s'approcha du calendrier accroché au mur, ouvert au mois de juin de l'année 1972. Il posa son doigt sur le sexe du modèle qui fixait l'objectif, à demi allongé. Les cheveux bruns de Miss Juin tombaient en boucles vagues devant ses seins, avec une pudeur dont ses jambes ouvertes ne s'embarrassaient pas.

Près des deux tables en contreplaqué, le réfrigérateur qui devait dater de la même année diffusait un boucan familier. Bassou y trouva des bières qu'ils burent, ainsi que des yaourts 0 % goût fraise qu'ils avalèrent sans cuiller, en les versant dans leurs gosiers. Julien ouvrit un Tupperware, le renifla puis en mangea le contenu, un reste de salade de riz-maïs-lardons. « Super bon, dix sur dix la bouffe, ici. » Le festin de Brocard se poursuivit avec des papillotes dont le sachet éventré dormait sur une étagère depuis un mois. Julien laissa tomber le joint dans la petite bouteille de verre qu'il venait de vider. Bassou s'était éloigné pour rejoindre un autre bureau, ouvert à sa curiosité cette fois.

Les objets étaient placés sur le mobilier de façon maniaque et symétrique. Bassou ouvrit les portes coulissantes d'une armoire et regarda les dossiers qu'elle contenait. Il parcourut de l'index tous ceux qui commençaient par la lettre B. « Qu'est-ce que tu cherches ? » Julien se tenait dans l'encadrement de la porte. Une trace, un certificat qui parlerait des nuits de Smaïl passées ici, des heures soumises au vacarme cadencé des machines, une photo d'ouvrier médaillé, des bons points décernés par le patron.

« Rien, répondit Bassou en cherchant encore quelques secondes.

– Qu'est-ce que tu pourrais trouver de toute façon ici, y a ni thune ni quoi. »

Julien annonça qu'il avait perdu son bonnet. Il était trois heures et demie du matin. Près d'un étui à lunettes gravé au nom d'Henriane et de plusieurs tampons alignés au millimètre, Bassou repéra une petite boîte de bonbons à l'anis, qu'il glissa dans sa poche.

Le mahboul

Mai 1995, Café du Midi

« Même chez nous, ce genre de choses arrive maintenant. L'usine s'est fait vandaliser en début d'année, rapporta Jean-Michel Charbogne, le garde champêtre, un dimanche matin. C'est à se demander où faut habiter dans ce pays. » La Denise ne montrait aucune impatience devant les observations et les taches incrustées aux tables de son café. « Ça sent le sapin chez Brocard. On y rentre comme dans un moulin, l'Arménien la fait même plus gardienner. » Avec des gestes lents et sûrs, elle servait les ballons de blanc, sans s'émouvoir de la goutte qui tombait sur le zinc. « Tiens, v'là ton perroquet, bois donc plutôt qu'à bavasser. »

De jour comme de nuit, il régnait au Café du Midi une pénombre rassurante qu'aucun rayon de soleil ne venait perturber, empêché par les publicités Pernod Ricard floquées sur la vitrine. Le bar-tabac ouvrait de sept heures à vingt et une heures, sans interruption et, le dimanche, il n'était pas rare que Bouzid Fahd fût le premier de ses clients. La Denise aimait son air dérouté, elle lui apportait des sirops de menthe ou des petits noirs qu'il commandait bien serrés. Elle ne savait pas les servir autrement. La télé était allumée pour eux deux, sans le son, car il n'était l'heure que des images.

Suivi par d'autres clients, Hassan arriva avec un campagne fariné frais, acheté à la boulangerie Boisset. Il paya quelques francs un Monaco et son espoir de voir des symboles identiques apparaître sur un ticket, qu'il griffa avec une pièce de monnaie. Peut-être se multiplierait-elle par milliers, par millions, challah. La Denise écoutait d'une oreille les conversations dont aucune ne méritait encore qu'elle s'en mêlât. Bouzid commanda un autre café et sembla tout à coup s'animer. Il remua les lèvres et son visage hors de contrôle fut assailli de tics. Hassan redoutait toujours ce moment où, sans que personne ne lui demandât rien, Bouzid se mettait à pérorer à haute voix. Il avait enchaîné une série de plissés-déplissés du nez avant de déclamer : « Ah ça, pour voter Le Pen vous êtes là, mais pour faire le boulot, y a plus personne. » Le dimanche précédent, Jacques Chirac avait été élu président de la République et Jean-Marie Le Pen, arrivé en quatrième position, s'était félicité de son propre score. Tout le monde apprécia qu'on commentât enfin les événements politiques de la semaine, car cela créait toujours une joyeuse atmosphère au café. Bouzid, à qui on devait ce plaisir, se déclara blasé de vivre dans un pays d'hypocrites. Hassan l'avait souvent blâmé pour les crises de nerfs auxquelles il se laissait aller en public : « Arrête de parler comme un mahboul, comme si tu étais perdu au milieu des Français. Bien sûr que des gens voteront toujours FN ! On les connaît, mais Le Pen il passera pas, les Juifs laisseront jamais faire. » En s'énervant, Bouzid agita les épaules et Hassan se demanda si d'autres que lui remarquaient ses gestes qu'il n'aurait su attribuer qu'à une femme. Il n'était pas le seul à relever les façons de Bouzid mais la Denise n'aimait pas que ses clients se chahutent en dehors de certaines limites. Même lorsqu'ils étaient très alcoolisés, elle savait mettre le holà sur les injures : par exemple « vieux con » passait mais « gros pédé », elle n'aimait pas. Elle-même se gardait de donner son avis la plupart du temps, même si elle n'en pensait pas moins ; il n'était pas nécessaire ni même question que de son bistrot soit exclu ce qui n'était pas homogène.

« L'Algérie, allez-y, vous verrez que c'est aussi bien qu'ici, poursuivit Bouzid sans chercher à faire de lien entre ses idées. Vous croyez quoi ? On a été traités comme des esclaves mais c'est fini, on se laissera plus faire. On a tout là-bas, maintenant. » Dans son emportement, Bouzid renversa le contenu de sa tasse. « Il ferait mieux de prendre un pastis, ça le calmerait », pensa Pascal Chatelard, qui vivait et travaillait en symbiose avec la Denise. Il lui demanda pourquoi il était là, en France, si tout était si bien dans son pays. Bouzid se leva en bafouillant et en se contredisant puisqu'il le fallait pour rester dans la joute. « Et alors, je travaille, moi, si vous êtes pas au courant. Je me tue ici, je suis chez moi à la fin. Allez bonne journée la compagnie. » Hassan avait perdu à ses jeux de grattage et décida de rentrer lui aussi, en laissant une meilleure impression que son voisin. Il amusa son auditoire : « Hé ! C'est dimanche, oubliez pas de prier. » L'odeur de vin ordinaire, mêlée à celles du Cif, de l'urinoir des toilettes et du tabac qui avait imprégné ses vêtements, indiquerait à Fadma où il avait passé la moitié de sa matinée.

Ils prenaient à la gorge mais les effluves du café ne déplaisaient pas à Toufik. Plusieurs fois par semaine, il y achetait les Gitanes de son père et, comme souvent, il s'y éternisa. La Denise lui donna le paquet de cigarettes ainsi que sa monnaie, mais Toufik la regarda de ses gros yeux blancs et ne partit pas. Il se plaqua contre le comptoir haut d'où seule dépassait sa tête. Il la posa dessus, lourde, pour écouter les battements du zinc.

« Qu'est-ce qu'il fout, ce gosse ? » demanda Pascal Chatelard, qui donnait un coup de chiffon à côté des cheveux du petit Taïeb. Toufik n'avait aucune réponse à fournir, il ne faisait que patienter car bientôt il se fondrait dans le décor. Sous peu, on lui proposerait de goûter aux saveurs du Café du Midi, un millilitre de pastis, une lampée de vin blanc, il ne pouvait pas savoir à l'avance.

Autour du nouveau Président français, les avis divergeaient mais la Denise fit consensus en haussant les épaules : « Comme si ça allait changer quelque chose. » Toufik savait parfaitement de qui on parlait, il regardait souvent Black Jack à la télé, la marionnette emplumée de Jacques Chirac qui ponctuait ses phrases par des crac-crac. Il ne manquait jamais le « Bébête Show », d'autant moins que l'émission se terminait par la prestation des cocogirls, de jeunes comédiennes qui se dénudaient entièrement à l'heure du dîner en famille.

Toufik fit mouche dans le bar en disant crac-crac avec deux doigts levés, et l'un des clients lui donna sa chope, dans laquelle il restait un fond de bière.

« En voilà, une biquette qui biberonne, dit-il en riant.

– Doucement, là », protesta la Denise.

Elle essuyait un de ces verres à double fond qui tombaient sans se briser. Toufik lui sourit, il espérait la rassurer autant qu'elle-même le faisait par sa présence chaleureuse, sa charpente solide vissée au bar. Il l'aimait bien, elle était gentille, elle ne discutait pas. Il sortit une Gitane du paquet de son père puis la crapota calmement. Chez la Denise, l'interdiction de vendre des cigarettes aux mineurs était passée à la trappe au moment même où la loi Évin avait été promulguée, quelques semaines avant. « Mon bar, c'est pas une église, nom de Dieu. Qu'on y vient pas pour lire la Bible. Qu'ils viennent me contrôler, je saurai les accueillir. » La Denise présageait : « Un jour, avec leurs idées à la con, on pourra plus allumer une tige chez moi. » En attendant, le prix des cigarettes avait augmenté et elle avertissait les clients : « C'est pas dans ma poche que ça tombe, ils me saignent et j'en crèverai sûrement avant vous. » Aucun de ses habitués n'avait fait médecine mais ils savaient que les petits muscadets qu'elle éclusait dès neuf heures le matin auraient sûrement sa peau, avant les taxes. Ils n'allaient pas jusqu'à le lui dire car aucun n'appliquait le conseil à son propre cas. Un soir, elle avait disparu tout à trac de derrière son comptoir et on avait mis un certain temps à s'apercevoir qu'elle était tombée, ivre morte comme on dit si bien dans ces cas-là.

À quarante-cinq ans, la Denise en paraissait dix de plus, ce qui ne l'avait pas empêchée de se mettre en couple avec Pascal Chatelard. Ces deux-là avaient surpris leur monde. De quatorze ans son cadet, Pascal avait fréquenté le Café du Midi par intermittence, jusqu'à une fracture de la clavicule qui le mit au chômage et le rendit plus assidu. Dans la torpeur du débit, il oubliait les douleurs de son dos. À la fin d'une journée qui n'avait rien eu de spécial et sans un mot qui pût laisser supposer ce qui allait arriver, il était resté après la fermeture. Elle ne l'y avait pas explicitement invité mais il monta avec la Denise à l'étage, par l'escalier qui reliait le bar à son appartement. Dès lors, Pascal ne fit que modifier sa position dans le bar, se déplaçant de l'autre côté du comptoir. Et comme il n'était pas homme à ne rien faire, il obéit aux directives de la Denise, pour laquelle il avait toujours eu beaucoup de respect. Il circulait entre les tables sans jamais se défaire de sa lavette rose, demandant aux copains s'ils comptaient reprendre la même.

Les yeux bleus qui barraient le large visage couperosé de la Denise disaient assez clairement à ses clients qui était la patronne ici, mais elle n'avait pas échappé aux regards en biais quand Pascal avait apporté ses valises chez elle. Une petite foule s'était bousculée dans son troquet, s'enquérant de sa santé, voulant vérifier de ses propres yeux les on-dit : « Pascal qui sort plus de chez la Denise et c'est pas que pour boire ; elle est plus toute jeune mais elle lui joue de la flûte quand même, au gaillard. » Elle ne s'était pas irritée, la curiosité des villageois faisait marcher son percolateur et se vider les cubis. Pascal avait aussi choisi le flegme et leur stratégie paya car on s'habitua à leur couple comme s'il avait toujours existé entre ces murs.

Quand un client lui tendit un second verre d'anisette à moitié plein, Toufik l'avala cul sec et rit avec les autres. Il était midi passé. La Denise regarda l'horloge et lui recommanda de rentrer. « Allez, gamin, ça suffit, ta mère t'attend. Tu reviendras bien demain ou un autre jour. » Il ne voulut pas lui créer d'ennui et sortit, fier et cambré. Il se croyait prêt à affronter les âges prochains. Il prit le chemin du Lotissement avec la tête qui tournait légèrement, porté par la sensation d'avoir participé à ce qui pouvait se passer de plus important dans le village.

Le coma

Mai 1995, Café du Midi

Dès le dimanche qui suivit, il y eut bien plus important à dire comme à faire. Une énergie colossale était engagée à ce que la fête des conscrits fût, comme chaque année, la plus belle jamais vécue de mémoire de villageois. Tous ceux qui étaient nés au cours d'une année se terminant par le chiffre cinq, du nourrisson jusqu'au centenaire, étaient célébrés. Pour se distinguer, ils s'affublaient de couleurs de carnaval, du rose pour les enfants de dix ans, du vert pour ceux qui, à vingt ans, savaient qu'il ne fallait surtout pas manquer ça, du bleu pour leurs aînés de soixante ans. De ses origines militaires la tradition entretenue avec ferveur au Village n'avait gardé que le défilé et la beuverie.

Toufik s'était levé tôt pour se rendre à la salle polyvalente où il trouva Germaine Grataloup, vice-présidente émérite du comité des fêtes. Depuis six heures le matin, elle passait en revue et apportait les dernières retouches aux attributs des conscrits, leurs canotiers enrubannés, leurs cocardes qu'ils porteraient épinglées à la poitrine. Elle observa Toufik du coin de l'œil qui n'avait rien à faire ni là ni ailleurs mais se déplaçait du fond de la salle à la scène comme si sa présence était normale. Il n'était pas de la « classe en 5 ». « C'est bon, les voilà », la prévint-il, content d'être utile, quand il vit arriver de manière erratique la dernière cohorte, des conscrits âgés de vingt ans. Germaine leur fixa les cocardes en vitesse bien qu'elle détestât travailler dans la précipitation. Elle apportait le même soin en toutes choses, des leçons de catéchisme qu'elle dispensait le samedi matin à la comptabilité de la plomberie-zinguerie familiale tenue sans salaire ni formation. Et elle se félicitait, puisque son mari ne pensait pas à le faire, que tout fût tenu au cordeau.

Germaine reçut le dernier des conscrits, Thierry Coquard, à dix heures tapantes. « Tu vas rater le départ du défilé », prédit-elle une aiguille coincée entre les lèvres, avant de lui conseiller d'y aller mollo sur les pintes. « Pleure donc, Germaine, comme ça tu pisseras moins ! » Thierry la saisit par la taille et lui déposa un baiser sur la joue avant de partir en courant. Elle rassembla le matériel de couture sorti de la commode de sa chambre, acceptant ce type de familiarités ce jour-là mais pas un autre. Et au fait, il était où, le p'tit moche de la cité ? Sans bruit, Toufik avait disparu à la suite de Thierry qui s'était pressé de rejoindre la place du marché. Il était arrivé juste à temps pour s'infiltrer dans le cortège mis en branle par les premières fausses notes tonitruantes de la fanfare. Entre les corps bariolés des conscrits, Toufik aperçut Bassou et Julien, de l'autre côté de la rue. Il tenta de fendre la colonne enrubannée, trop dense pour qu'il y parvînt, il lui aurait fallu couper dans les groupes solidement agrafés par les coudes. Il ne traversa qu'après le passage des nourrissons de l'année, poussés par leurs mères dans des landaus tout-terrain, mais ne trouva plus personne qui l'intéressait. Dépité, il suivit le défilé jusqu'au parc municipal où le photographe fit de grands gestes pour ramasser les villageois.

Devant l'objectif, ils levèrent leurs canotiers en signe de liesse. Quelques-uns des conscrits se firent tirer le portrait dans des poses simiesques, les joues rouges et les yeux en croix. Ces clichés se vendaient très bien. Dans la vitrine de sa boutique, le photographe en avait exposé un particulièrement réussi de deux sœurs conscrites de 1984, qu'il n'avait jamais enlevé depuis cette date. On y voyait Rym Benbassa, vingt ans cette année-là, qui entourait de ses bras sa sœur Jihane, à quelques semaines de fêter ses dix ans. Il avait retouché les contrastes de façon que leur peau fût aussi blanche que leurs cheveux étaient orange. Leurs boucles se confondaient et, sensibles à l'humour du photographe, elles découvraient des dents qui se chevauchaient. En onze ans, la photo lui avait été achetée à plusieurs reprises par des personnes qui n'étaient pas de la famille.

Bassou et Julien s'étaient dissimulés derrière la haute porte de l'église pour faire apparaître des doigts d'honneur sur les photos de Mireille Legrain, la marchande de journaux. Elle posait sur le perron avec sa nièce, sa belle-sœur et son grand-père, fiers d'être conscrits car, après tout, ça ne vous arrivait que tous les dix ans, sans se douter des gestes obscènes lancés dans leurs dos. C'était un jour où l'on ne se méfiait pas. Thierry Coquard préféra à la messe qui leur était pourtant consacrée un passage par la terrasse du Café du Midi. Il s'y attabla vers midi et commanda pour lui et ses congénères plusieurs tournées de pastis. Sans se presser, la Denise les leur apporta. Ils enchaîneraient les verres tout l'après-midi pour patienter jusqu'au veau marengo du dîner de gala, servi avec son gratin et du viognier. Thierry ne cachait pas sa fierté à se promener depuis plusieurs mois au bras de Vanessa Maligex. Elle venait d'avoir quinze ans. Leur couple faisait la fierté de leurs parents qui se connaissaient bien. Le frère de Vanessa, Antoine Maligex, célébrait comme Thierry son plus bel âge. Tout était parfait, contenu dans un périmètre sûr.

Ils braillaient « Du rhum des femmes c'est ça qui rend heureux », c'était leur jour. Isabelle Lecha, la correspondante du journal local, s'était accoudée au comptoir devant une tasse de café, prête à rapporter une journée dont elle connaissait le déroulé par cœur. Elle se donnerait un peu de mal pour diversifier ses descriptions. « Les nonagénaires, qui se comptaient cette année au nombre exceptionnel de huit, ont été choyés. Les conscrits les plus jeunes leur ont réservé un accueil spécial, formant une joyeuse haie d'honneur à l'entrée de la salle des fêtes. » L'heure du bouclage avancée à vingt heures ne lui laisserait pas le temps de peaufiner les détails, ses textes ne feraient que légender des dizaines de photos imprimées sur deux doubles pages.

Bassou et Julien s'étaient approchés de la terrasse, avec l'envie de s'immerger et d'apprendre, pour quand ils auraient vingt ans. Ils n'en avaient encore que quatorze. Toufik se mit dans leur ombre. Bassou jeta un regard par-dessus son épaule et s'agaça de le voir, maigrelet et tout proche, faire des petits signes de la main à la Denise. « Tu vas te mettre bien à ce que j'y vois », lui fit la tenancière.

Vanessa s'approcha d'eux munie d'un biberon monstre qu'elle avait attaché à son cou à l'aide d'une cordelette, rempli d'un litre de vodka et de jus de pomme. Elle sirotait le cocktail depuis le début de la journée et le partageait de bon cœur. Elle le colla à la bouche de Bassou qui mordit la tétine. Un jet s'en échappa qui atterrit sur son t-shirt et il paniqua, à cause de l'odeur qu'il allait ramener à la maison. « Vas-y, calme-toi, t'es complètement schlass », lui dit-il. « C'est que de la pillave ! » lui répondit Vanessa en riant. Julien rejeta la tête en arrière et ouvrit grand la bouche pour accueillir la mixture qui était montée en température. Toufik plia le cou en s'approchant pour connaître le même sort.

Quand le biberon fut vidé, Vanessa s'assit sur les genoux de Thierry et but dans n'importe lequel des verres posés devant elle. En milieu d'après-midi, l'envie d'aller aux toilettes fut trop forte, elle s'appuya sur l'épaule de son petit ami mais ne réussit pas à faire un pas et s'étala brutalement sur le sol. Thierry se leva en faisant basculer sa chaise, incapable de prendre une décision concernant ce corps qui était encore soudé au sien une minute avant. « Elle fait un coma itilique ! » devina Julien. Vanessa avait perdu connaissance. Sa jupe tire-bouchonnait au-dessus de ses cuisses et l'une de ses ballerines avait voltigé sur la route. La Denise saisit un téléphone rangé sous le comptoir pour appeler les pompiers. Leur caserne se trouvait à quelques centaines de mètres mais le contingent était composé de bénévoles qui, pour la plupart, étaient eux aussi en train de se murger méticuleusement à la buvette de la salle des fêtes.

Antoine avait placé sa sœur sur le flanc, dans ce qu'il supposait être la position latérale de sécurité. « Putain mais fais-lui du bouche-à-bouche, tu sais lui faire ! » cria quelqu'un à Thierry. Il ne sut pas s'il s'agissait d'une plaisanterie ou d'un conseil avisé. Au prétexte qu'il avait ramassé sa ballerine, Toufik se sentit autorisé à entrer dans le cercle formé au-dessus du corps de Vanessa. Au bout d'un certain temps, trois pompiers arrivèrent en camion pour transporter l'adolescente abrutie de vodka et pastis pur, qui fut bientôt déclarée hors de danger. Son petit ami n'eut pas besoin de renoncer à sa journée qui se déroulait sous un soleil de printemps fantastique. Rien ne gâcherait la fête, pas même cet incident qu'Isabelle Lecha n'imagina pas mentionner dans son article.

De l'amour et du pain

29 mai 1995, salle polyvalente

Au Village, on n'en était pas revenu de ce que Jean-Jacques Goldman voulût bien, après sa tournée des Zénith, chanter dans un si modeste gymnase, mieux taillé pour le bal des pompiers, le spectacle de l'école primaire et les entraînements de basket que pour un concert avec les chœurs de l'armée rouge. La scène, les gradins, le système son et les jeux de lumières furent montés en une demi-journée, sortis de semi-remorques qui avaient défoncé la pelouse du terrain attenant.

La fête de la cerise fut exceptionnellement avancée à la date du concert qui put alors être présenté comme l'épatante clôture de la journée. Dans l'après-midi, les chars et les tracteurs ployant sous des décors floraux circulèrent à travers les rues du village pour célébrer le printemps et porter chance à la nouvelle saison des fruits. Pendant ce temps, les musiciens de Goldman firent leur balance. Quelques curieux agglutinés devant les portes s'offrirent un concert décousu mais gratuit et entendirent plusieurs fois les paroles de « Rouge », « Y aura des jardins, de l'amour et du pain, des chansons du vin, on manquera de rien ». C'était comme si Goldman parlait du Village. Pour le JT de TF1, il avait été filmé en extérieur, les vallons verdoyants s'étendant idéalement derrière lui pour illustrer cette « tournée des campagnes ».

« On s'était promis qu'après la tournée conventionnelle des grandes villes, obligatoire, on s'en offrirait une petite, juste comme ça, pour prendre notre pied. On s'est dit tant qu'à faire des toutes petites salles, ce serait dans des endroits où personne va jamais. Et puis tout se fait un peu comme ça, c'est des associations derrière, alors les loges, bah ça peut être un atelier de poterie. Et puis y a le maire qui vient nous rendre visite, avec une médaille ou trois bouteilles de pinard, ouais, c'est très chaleureux. »

Assis devant un demi de blonde, à la terrasse du Penalty, le maire s'était efforcé de faire bonne figure devant la caméra des journalistes : « Je me suis fait donner les paroles de toutes ses chansons et on remarque très vite que Jean-Jacques Goldman est un homme avec de grandes qualités humaines. » Plus tôt, Bruno Jacquemetton avait invité les équipes techniques à un pot de l'amitié, avec des briochettes aux pralines, du jésus tranché épais et du côtes-du-rhône. Quelques choristes russes s'étaient joints au goûter. « Ça les change de la vodka, ils apprécient le pays. »

L'affiche du trio « Fredericks, Goldman et Jones » scotchée à la devanture de la boucherie Favotte avait fait seule la promotion de cette date spéciale. Mireille Legrain se rappellerait longtemps la file d'attente qui s'était formée devant son P'tit Bazar, unique point de vente de l'étape, jusqu'à l'église et encore après, dans la rue du Nord, le long de l'usine Brocard Frères. Certains en avaient demandé des liasses, alors Serge Legrain avait décidé de limiter le nombre de billets par personne. Fanny Jacquemetton, la fille du maire, s'était vantée devant les caméras de télévision d'en avoir acheté dix-sept et on s'était demandé si elle avait bénéficié d'un passe-droit. Tout était parti le dimanche, en une matinée.

Le stress du garde champêtre s'était amplifié à mesure que l'événement approchait. Le jour du concert, Jean-Michel Charbogne s'était vu pousser des jambes élastomères qui le faisaient passer d'un bout à l'autre du Village et conduire son utilitaire à une allure excessive. Il avait lui aussi été interviewé par les reporters de TF1 :

« Bien sûr qu'il y a des consignes, ça s'organise pas n'importe comment un truc pareil. Je veille par exemple à ce qu'on n'ait pas des vendeurs de saucisses qui s'installent à tort et à travers, parce que normalement c'est pas normal, on doit leur faire payer un droit de place. Et justement, je cherche les élus du village, j'ai le problème qu'on m'écoute pas tellement, alors je vous laisse. »

Elles ne furent pas interrogées mais, sous la houlette de Germaine Grataloup, l'inamovible vice-présidente du comité des fêtes, une dizaine de femmes eurent à cœur de garnir des demi-baguettes de saucisson, élevées en pyramides sur des tréteaux.

Jean-Michel Charbogne avait redouté qu'à un moment les barrières ne pussent contenir l'agitation. On en avait rarement vu de si grande. Mais Bassou, qu'est-ce qu'il en avait eu à foutre de tout ce barouf pour un ringardos à cheveux longs qui chantait des trucs débiles. Le soir, il entendit les lignes de basse qui déferlaient par vagues, portées par le vent qui ne rencontrait aucun obstacle jusqu'à la maison des Benbassa. Jihane et Louisa s'assirent sur la terrasse, pour deviner le titre de la chanson qui diffusait depuis le quartier des Potelières. « Je viens des plaines, je suis des montagnes, ces terres-là sont les miennes, ce sont nos campagnes, à nous depuis la nuit des temps, nous étions là avant. » Elles se lassèrent au bout de quelque temps car le souffle du vent n'était pas régulier. Au Lotissement, seule Josiane Bornage avait acheté des billets, pour elle et son fils Bertrand, avec l'appréhension toutefois que seuls les titres du dernier album ne fussent chantés, aux dépens de « Quand la musique est bonne » sur laquelle elle faisait très bien les chœurs, « bonne bonne bonne ». Son mari Christian n'avait pas voulu entendre parler de ces conneries, pour lui, en dehors de Johnny et, à la limite, de Renaud, rien n'était digne de s'appeler musique.

Les voix puissantes du chœur de l'ancienne armée rouge grondèrent, en réplique aux notes aiguës de Goldman. Bassou entendit l'écho de la foule. « Du temps qu'on aura cru saisir, mais que reste-t-il à écrire, des vies où l'on aura eu peu, si peu à choisir. » En pleine forme, Josiane agita les poings devant elle comme sur un tambour et Bertrand, hypnotisé par le spectacle et piégé dans le chaudron crépitant des lasers, ne lui demanda pas d'arrêter. Puis, vers minuit, le silence avait brusquement tout recouvert, s'étirant vers un matin tout tranquille et serein.

Le million

Septembre 1995, col de Malval

Incroyable, « la France a les yeux braqués sur nous », songea Farouk. Le grand frère de Bassou voyait enfin un intérêt à habiter le Village, lui qui, confit d'inhibition, réfléchissait à deux fois avant d'y circuler. Il poursuivait ses missions d'intérim dans un garage automobile planté en bord de la nationale de Lyon et, le soir, retrouvait d'autres jeunes Arabes devant le cinéma de Saint-Bol. Rien de ce qui se passait au Village ne semblait le concerner, le Lotissement en contrebas était un îlot, un dortoir où sa yemma veillait à ce qu'il eût de quoi manger, emballé dans le four.

Aux premières loges pour deviner le souffle court de l'ennemi public numéro un, caché dans les replis du col de Malval, Farouk se sentit pour une fois au bon endroit. De gros bourdons tavelaient le ciel, exécutant un ballet mystérieux, allaient et venaient à une vitesse réduite comme s'ils souffraient de leur poids. Le bruit de leurs hélices était nettement perceptible. Les hélicoptères sortaient chaque jour et des gendarmes ratissaient le terrain, à quelques kilomètres seulement du Village. « C'est la grosse artillerie, ils ont même fait appel aux types du GIGN, avait rapporté le garde champêtre sûr de ses sources. Ils ont mis un poste de commandement à Vaugneray. » On connaissait cette petite ville voisine car on y apprenait à nager. Un car spécialement affrété transportait les écoliers du cours préparatoire pendant vingt minutes de virages en épingle. Pour Farouk comme pour tous les anciens élèves du Village, Vaugneray sentait le chlore de sa piscine. Ils ne l'imaginaient pas devenir le théâtre de la chasse à l'homme la plus médiatique de France.

La preuve qu'il était dangereux : Khaled Kelkal valait un million de francs. C'était l'estimation fantasmée de la forte récompense promise par Jean-Louis Debré, ministre de l'Intérieur, à celui qui aiderait à l'arrestation du responsable de l'attentat de la station Saint-Michel. La bombe avait explosé en plein Paris, au mois de juillet, mais le nom du suspect ne fut donné que plus tard, après l'explosion d'une autre bonbonne de gaz, près d'une école juive de Villeurbanne. Sa prononciation varia d'un présentateur télé à l'autre : le Jaled, à l'espagnole, était la plus réussie, on disait Qaled si on ne se sentait pas de faire mieux ou Raled dans le pire des cas.

Les enquêteurs qui s'attendaient à lever un ponte du gangstérisme, en lien avec les services secrets algériens, tombèrent sur cet ancien étudiant de Vaulx-en-Velin devenu malfrat et pensionnaire régulier de la prison. Début septembre, le pays fut tapissé de cent soixante-dix mille avis de recherche. *Wanted*. Sur les différents angles de vue, une photo en pied le montrant les bras ballants, trois portraits dont un de profil, Kelkal ne se départissait pas de son air quelconque. Il était pourtant devenu célèbre.

Aperçu trois semaines plus tard par deux chasseurs, le terroriste entama sa dernière course dans les forêts giboyeuses de Vaugneray. Pas un journal n'était entré dans la maison des Benbassa mais quand Farouk apprit que la traque se jouait à quelques pas, il se procura au P'tit Bazar tous ceux qui montraient en une le visage aplati du fuyard, couronné de bouclettes serrées. Il en lisait la moindre ligne, n'avait jamais connu de feuilleton plus haletant. Il avait vingt-trois ans, un an de moins que Kelkal. Farouk aussi était un garçon discret, et même timide, avec des bouillonnements dans le ventre, des rages contenues et l'envie parfois de tout péter. Pas aussi fort, il n'était pas fou, mais avoir son mot à dire, au moins une fois dans sa vie. Bassou calqua l'enthousiasme de son frère en ouvrant les journaux puis fut lui-même happé. Avec le secret espoir de rencontrer le fugitif, il se mit à rôder dans le quartier des Potelières, où des maisons cossues éloignées du centre du village se cachaient derrière de gigantesques thuyas. Le calme plat. Il traîna vers le stade de foot et la salle polyvalente, là où Jean-Jacques Goldman avait chanté quelques semaines auparavant. Une fois démontées, les armatures de la scène et des gradins avaient été stockées devant les anciens vestiaires du stade de foot puis n'en avaient plus bougé. À l'affût, Bassou passa sa tête entre les piles de métal et de bois, encore fatiguées du concert. Une planque idéale pour un gangster, pensa-t-il, qui avait certainement progressé dans la région avec le sens aiguisé de la dissimulation qu'il lui supposait. Bassou l'imagina glisser son corps amaigri à travers la structure et parvenir à ouvrir les vestiaires, condamnés depuis que le gymnase avait été bâti. Il y voyait Kelkal ouvrir les robinets rouillés et boire à leur embouchure, se fichant que leur eau coulât marron. À la sortie des douches vétustes, le type se serait assis sur un des bancs, le temps de la réflexion, sans répit. Les chiens étaient à ses trousses. Un million de francs. La somme présentait de l'intérêt. Mais Bassou savait qu'il ne préviendrait pas les autorités en cas de face-à-face avec le Dalton de la banlieue lyonnaise. Et Farouk était d'accord.

« Imagine. Il se cache au Lotissement. Il a coupé par les champs et il arrive devant la maison même si c'est risqué vu que, ici, y a pas de forêt. Mais on n'a qu'à dire qu'il se planque dans les buissons, vas-y qu'il rampe dans le ruisseau. Il passe dans les jardins, il trouve une vago ouverte mais pas de clef sur le contact. Il a grave besoin de trouver de la bouffe. Et il tape à notre porte super fort, on a l'impression qu'il va péter un carreau. C'est pour qu'on vienne vite. Et là, t'ouvres et tu tombes sur la tête à Kalkal, commença Bassou.

– On pourrait dire qu'il s'est mis plein de boue sur le visage pour se camoufler.

– Ouais bonne idée. Il a encore des forces. Il a mangé des trucs de la nature, des animaux qu'il a tués, genre des souris, des oiseaux.

– Réfléchis deux secondes dans ta tête. Il peut pas faire de feu, il va se faire repérer, et il va pas les bouffer crus.

– Bah raison de plus pour qu'il défonce la porte : il a une dalle, gros, comme toi quand Ayeum elle fait des frites. Et il a besoin de téléphoner. Là, faudra lui dire tout de suite qu'on est de son côté. On t'a reconnu, t'inquiète, on dira rien.

– C'est Khaled Kelkal en face de toi, pas Cheb Khaled, si t'as pas encore compris. Il est plein de bagarre. Tu vas te pisser dessus.

– Pas du tout ! Il me fera confiance. On est dans ton camp, wallah Khaled. Il peut même avoir des bombes.

– Toz, des bombes ! Là, il est en mode Alcatraz. Il a juste un flingue et la vie de moi il va te le mettre sur la tempe.

– N'importe quoi, c'est pas un film.

– Bien sûr que oui, y a pas qu'au cinéma, neuneu. Tous les keufs de France sont sur ses côtes, il va pas se faire emmerder par un gamin.

– Moi je l'aiderai, je t'ai dit.

– Et tu vas lui faire quoi ? Un sandwich ? Imagine le papa, en panique. Et toi, bien sûr, tu vas lui dire : "Assieds-toi, ma mère va te servir un café." Ayeum, elle fera rien du tout, elle sera déjà tombée dans les pommes. »

« Un million de francs, quand même. » La famille Benbassa se disputa sur la marche à suivre en cas de rencontre avec Khaled Kelkal, sur la façon dont il fallait se manifester auprès des autorités ou se taire, sur ce qui ferait de soi un héros. « Avec un million, on rachète tout le Lotissement, on se fait un spa de psychopathe chez les Boulanouar. On rase la maison des Bornage et on la remplace par une big piscine. Avec un pentagliss. Sans pitié, les Taïeb on les vire pareil, pour faire un bowling. »

L'état de tension dans lequel la traque de Kelkal avait plongé le pays était partout visible. Les coups de filet en banlieue lyonnaise n'aboutissaient à rien mais nourrissaient le feuilleton de l'actualité. Dans les galeries des hypermarchés, des militaires en treillis s'étaient mis à patrouiller avec leur mitraillette en bandoulière. Bassou remarqua que Lalla se raidissait derrière son chariot quand elle passait près des sentinelles, les talons de ses sandales en faux python claquaient moins fort.

Un vendredi soir, c'en fut fini. Une journaliste annonça sur France 2 qu'un homme avait été abattu sous ses yeux, par les gendarmes. Grâce à ses efforts pour contenir l'excitation du direct et employer le conditionnel, aucun trouble ne transparut sur son visage. La mort de Kelkal fut confirmée dans la nuit et, dans les jours qui suivirent, Farouk déclara que c'était dégueulasse. Il se rendit à Saint-Bol pour se morfondre avec des copains. Bassou, qui n'avait pas le droit de l'accompagner, partageait pourtant son sentiment d'injustice : « Je suis dégoûté, ils l'ont tué comme un chien. » Un vague soulagement cohabita toutefois avec le désarroi de Farouk car, pendant cette chasse à l'homme qui l'avait tenu en haleine, il avait aussi eu peur, pour lui et pour la réputation des Arabes déjà bien pourrie. Plus tard, Bassou griffonna le nom du criminel dans son agenda, dont la plupart des pages étaient décorées de virgules Nike, de pénis éjectant des petits traits fougueux et d'injures que Julien lui avait laissées en guise de marques d'affection. Au dos d'un devoir de français sanctionné d'un dix sur vingt, Bassou dessina également une bonbonne de gaz qui s'apparentait à une grosse théière. Pierre-Jean Trogneux, qui avait ramassé la copie tombée au sol, l'observa avec attention. Le doute concernant la nature de la forme oblongue lui fut levé par le « Kalkal » qui la surplombait.

Le hmar de Givors

Juillet 1996, maison des Benbassa

Lorsqu'elle regardait son oncle, un homme lent et mou dont le profil était parfaitement identique à celui d'Alfred Hitchcock, Louisa Benbassa se disait que Dieu ne se prenait pas la tête, il utilisait depuis des millénaires des moules dans lesquels il coulait les humains, et khlass. Tonton Boualem vivait dans le quartier des Vernes, à Givors, à quarante kilomètres du Village, où les enfants Benbassa aimaient passer leurs samedis car ils s'y sentaient éperdument libres. Ils goûtaient l'exotisme de jouer et de discuter jusqu'à la tombée de la nuit au bas des tours.

Hors son visage lippu et son travail de verrier à l'usine Danone, Boualem avait pour particularité de connaître depuis plusieurs mois les affres d'un deuxième divorce qui donnait lieu à d'interminables conversations téléphoniques avec Smaïl. Tous les deux partageaient une forte émotivité qu'ils ne cherchaient pas à dissimuler et la tendresse de Smaïl pour son cousin lui fit surmonter sa gêne à parler à Louisa.

Elle n'aimait pas être dérangée pendant la diffusion d'*Urgences* et quand elle vit apparaître la silhouette hésitante de son père du coin de l'œil, elle espéra qu'il renonçât. Mais Smaïl finit par marmonner un « Ça va ? » incongru. Louisa leva les sourcils et attendit la suite tandis que George Clooney découvrait une trace de chaussure, pointure 43, imprimée dans le dos d'un nourrisson. Smaïl fut lui aussi absorbé par le docteur qui venait de coller un coup de poing en plein dans le visage du père maltraitant, cheh, puis revint à l'idée qu'il s'était promis d'exposer à sa fille ce soir-là. Il se racla la gorge. Voilà, Boualem en avait assez de son divorce. Il fallait qu'une issue soit trouvée pour qu'il pût enfin changer de vie, challah. « Et ? » demanda Louisa, détournée du téléviseur. Et tonton Boubou espérait qu'elle l'aidât à rédiger un courrier dans lequel tous les reproches nourris à l'encontre de sa femme seraient exposés. Il en rallongeait la liste à mesure que les chances de la retrouver s'amenuisaient et répétait son prénom comme une incantation, « Telja ci, Telja ça. » Signifiant neige en kabyle, il lui seyait parfaitement car elle avait un teint d'albâtre enviable et envié mais qui, au sens de pureté, lui convenait moins d'après la façon dont Boualem la qualifiait depuis leur rupture. Il avait adoré tout ce qui désormais la discréditait à ses yeux, sa façon de porter du fard à paupières turquoise et, aux pieds, des escarpins de cuir embossé. Petites, Louisa et Jihane les dérobaient sur le paillasson de l'entrée pour faire de brefs allers-retours chaotiques dans leur chambre pleine de lits, sans que Telja les houspillât. Boualem l'avait épousée en secondes noces. « Il a laissé la première parce qu'elle était stérile », racontait Lalla, désolée pour la répudiée. Telja sortait aussi d'un mariage, mais Boualem avait quand même pris cette tin yebran, avec enfant de surcroît. Ils en firent trois autres ensemble. Chaque naissance marqua une courte pause dans la dispute spectaculaire et permanente que le couple donnait à entendre aux voisins, dans leur immeuble de Givors.

Leur histoire, c'était *Dynastie*, résumait-on chez les Benbassa. Et comme dans tout bon soap opera, le drame patientait en embuscade.

« Juste une lettre, assura Smaïl à sa fille. Il va te raconter et toi tu vas le dire mieux, en français. » La première fois qu'il avait parlé de son mariage raté à maître Naftali, Boualem avait perdu ses moyens, ainsi qu'un temps dispendieux à injurier sa femme et tous ses ancêtres. Il espérait que, muni d'un récit clairement rédigé, le prochain rendez-vous avec l'avocat fût plus efficace. Louisa mesura vite l'ampleur du bourbier. Il faudrait se coltiner au moins une heure de face-à-face avec hemmi Boubou pour un courrier dont elle doutait de l'utilité. D'un autre côté, elle était curieuse de ce qu'elle allait entendre et se sentit même flattée. Chez les Benbassa, elle avait grandi sans susciter d'intérêt, coincée entre Rym, une aînée flamboyante, et Farouk, un premier fils que Smaïl avait été hamdoulah soulagé de mettre enfin au monde. Louisa n'était ni garçon ni splendide, juste une deuxième de cinq enfants qui s'entêtait à se lisser les cheveux et dormait dans le bas des lits superposés. Pour ne pas causer de souci, elle avait choisi les mêmes études médicosociales que sa grande sœur mais s'était attachée à en sortir moins bien classée. On ne lui cacha pas que Rym aurait dû être sollicitée la première, pour rédiger la lettre de Boualem, mais elle était occupée à élever seule une petite fille de cinq ans, ce qui justifiait qu'on lui fichât la paix. Aussi, quand son père lui demanda cette faveur, Louisa acquiesça-t-elle malgré la catastrophique exposition des intimités à laquelle elle était sûre d'assister.

Boualem se présenta le samedi suivant, au volant de sa Renault 21 bleu métallisé, après cinquante minutes de voiture entre le quartier des Vernes et le Lotissement. Son menton double était rasé de près et, comme toujours, il sentait très fort l'eau de toilette. Il accepta un café mais ne se servit pas dans l'assiette de biscuits que Lalla avait posée sur la table, encore tout à ses pensées qu'il échouait à organiser.

Quand sa grosse figure trembla, les salamalecs furent écourtés. Smaïl et Lalla comprirent que Boualem avalerait Louisa dans le tourbillon de sa tragédie. « J'ai travaillé toute ma vie, toute ma vie. » Il ponctua ainsi ses phrases en répétant sans exception tous ses derniers mots. Jusqu'où allait-il remonter comme ça ? Boualem ne partirait pas avant d'avoir vidé son barda, pour que l'on sût quel homme il était et que cette brêle d'avocat plaidât enfin en sa faveur. Non, il n'avait pas rechigné à la tâche depuis trente ans qu'il tenait l'un des postes les plus durs de la verrerie de Givors. Vêtu comme un spationaute envoyé au casse-pipe, il passait des fours aux zones froides pour nettoyer les lignes de flottaison, chaque nuit. La température avoisinait les onze cents degrés. « On a le feu au cul », disaient les ouvriers. Il enfilait alternativement des gants de coton pour se protéger du chaud et d'autres de cuir pour plonger les mains dans le verre brisé. Quand ils étaient hors d'usage, il les rapportait à la maison. Tout un tas s'était accumulé dans le placard à chaussures, qui attendait que Boualem se mît au bricolage. En revanche, la chemise et la cagoule dont il se couvrait ne pouvaient pas être sorties de l'usine, l'interdiction était stipulée en gros caractères sur une affiche collée dans les vestiaires, *warning*. Les kits de vêtements en amiante devaient être remplacés régulièrement et jetés dans le bac prévu à cet effet. Louisa se demanda s'il était nécessaire de tout prendre en notes mais elle continua à écrire à l'encre turquoise sous la dictée de son oncle. La tête penchée sur sa copie, elle était studieuse.

Lalla s'agitait devant un cuiseur qui annonçait un mesfouf aux fèves pour le déjeuner, elle ouvrait et fermait le réfrigérateur pour en sortir une plaquette de beurre qui allait fondre dans la semoule, une bouteille de soda fluo, quelques fruits. Smaïl s'était installé à l'autre bout de la table de la cuisine, la chaise tournée vers la porte extérieure, comme s'il comptait partir d'une seconde à l'autre. Bassou sortit du salon en laissant la télévision allumée et, bien qu'il n'y fût pas invité, s'attarda dans la cuisine. Il ne voulait rien manquer.

« J'ai gagné notre argent et Rabbi m'est témoin, j'ai fait tout, tout pour cette femme. Quand je l'ai prise, c'était une moins que rien. Oui, tu as entendu ! Toute seule avec sa petite fille, j'ai dit oui, tu t'inquiètes pas, je vais l'élever. J'ai travaillé de nuit pour avoir une meilleure paie. Mon patron, il me disait, Makhloufi, tu es un bon ouvrier, alors il a versé mes primes à l'avance pour qu'elle aille voir sa mère en Algérie à chaque vacance.

– Hemmi, geignit Louisa, tu penses que c'est important pour l'avocat, ça ? »

Il plaça ses deux coudes sur la table et agita ses mains à quelques centimètres du cahier, dans l'espoir qu'y fussent jetés les bons mots.

« Elle m'a dit dégage et je suis parti. Je peux plus rentrer dans ma propre maison. Mes enfants, ils me parlent plus. Elle me dit reviens, je reviens. Elle téléphone toute la journée, à sa famille, à ses copines. Elle parle de moi comme d'un chien. Mais à chaque fois, elle me rappelle. Je reviens. Je lui donne encore tout ce que j'ai. Le hmar de Givors ! Voilà ce qu'on dit de moi. » Lalla lança des regards inquiets en direction de Smaïl. « Pour coucher avec moi, ça, oui, elle veut bien. Mais après je dois partir, elle veut pas de moi pour vivre comme tout le monde. C'est normal, hein, c'est normal, ça ? Le juge doit lui dire que c'est interdit. » Louisa garda le stylo levé, interloquée par les révélations de Boualem autant que par ce qu'il croyait savoir de la justice. Elle le regarda s'époumoner : « Mais qu'est-ce qu'elle veut à la fin ! Elle veut de moi comme mari ou comme amant ? Ala adar-ik ! » Jihane poussa à ce moment la porte de la maison, laissant s'engouffrer avec elle le vent frais de l'extérieur. Elle semblait ravie de sa bonne fatigue. « Bonjour, hemmi, tu vas bien ? » Boualem n'était pas au mieux, non, il était même en surchauffe, les joues rouges et tombantes.

Smaïl profita de cette interruption pour clore la séance. « Écoute ya Boualem, Louisa va faire ce qu'elle peut avec ça. » En s'échappant, Louisa murmura : « Pas grand-chose, à mon avis. » Une vingtaine de minutes plus tard, carapatée dans sa chambre, elle entendit le moteur de la Renault 21 se mettre en marche. Boualem n'était pas resté pour profiter du mesfouf de Lalla, qu'il adorait pourtant.

« Tonton Boubou, en vrai, il est trop tchalé de sa femme, analysa Bassou. “Viens, pars, reviens, repars”, elle sait pas ce qu'elle veut. Vous êtes trop bizarres, les meufs, wallah, je me souhaite pas ça.

– Qu'est-ce que t'y connais, petit puceau ? lui demanda Louisa. Tu vas pas nous donner des leçons de mariage, toi qu'as jamais galoch' personne.

– Qu'est-ce t'en sais ! Tu connais pas ma vie je te ferais dire.

– J'en sais que t'es trop occupé à rouiller avec ton Julien, vous jouez les mecs mais vous êtes deux petits zguegues. Vous flippez des filles. Allez, gros bébé, viens me faire un bisou.

– Tu rêves, t'auras tchi. »

Louisa lui lança au visage les notes qu'elle avait prises, froissées en boule.

Avant le déjeuner, Smaïl frappa à la porte de la chambre et n'attendit pas d'autorisation pour y entrer. Les yeux mouillés, il regarda Bassou, Louisa, Jihane, puis de nouveau Louisa, et partit sans avoir prononcé un mot.

« Qu'est-ce qu'il a, le papa, il voulait quoi ? » demanda Bassou. Louisa haussa les épaules. « Comment tu veux savoir, avec lui. Peut-être s'excuser. »

La chenille

Fin août 1996, place du marché

« Je voudrais être ton tampax. » Le mot doux que le prince Charles d'Angleterre avait envoyé à sa maîtresse barrait la couverture du magazine que lisait Solange Tortorici. La presse people du monde entier avait fait ses gros titres de ce que Camilla Parker Bowles inspirait au futur roi et mari de Lady Diana. Une putain de bonne idée, pensa Bassou qui trempait dans la piscine des Tortorici, le menton appuyé sur son rebord. Julien en était sorti depuis longtemps. Bassou observait Solange dont les jambes sortaient d'un paréo vaguement noué, allongée sur un transat. Elle fumait une cigarette en se servant de sa revue comme d'un pare-soleil et laissait s'échapper un souffle d'exaspération puis un léger rire, selon qu'elle lisait l'avancée de l'enquête sur la profanation du cimetière juif de Carpentras par des néonazis, ou les dernières frasques d'un producteur de télévision cocaïnomane.

Bassou lapait un peu d'eau puis la laissait stagner dans les bajoues avant de la recracher. Oh ! Camilla je pense à toi j'ai les dessous mouillés, mouillés. Camilla nue, Camilla et ses règles qui coulent, ça le dégoûtait et le brûlait à la fois. Laper, recracher, laper encore. Être un tampon à la bonne forme, il n'existait pas d'idée plus fidèle à ce désir qui le liquéfiait, qui lui aurait fait valdinguer le magazine de la mère de Julien s'il s'était écouté. L'extrémité douce et arrondie, prête à se glisser entre les cuisses humides de Solange. « Bassou, sèche-toi, espèce de gros saumon. On descend à la vogue. » Julien jeta une serviette éponge sur le bord de la piscine. Solange alluma une nouvelle cigarette et, sans interrompre sa lecture, elle recommanda à son fils de ne pas rentrer tard. « On a le nouveau dentiste et son fils qui viennent déjeuner à la maison demain, je veux pas que tu sois complètement endormi. »

Bassou aurait voulu prendre son temps, Solange ne semblait pas prête à se rhabiller, mais Julien le pressa. Dans la chambre, il l'aida à tartiner de gel ses cheveux encore humides, afin de les dresser en pointes. À travers la fenêtre ouverte, la musique de la fête foraine leur parvenait en nappes éparses.

Avec la vogue qui s'installait chaque année, en septembre, ils admettaient que les vacances se finissent. Tout son capharnaüm était installé en une journée à peine par une quinzaine de forains dont la peau tannée et l'itinérance faisaient dire qu'ils étaient des Gitans. Les trottoirs dégueulaient de guérites de churros réparties selon des distances réglementaires auxquelles Jean-Michel Charbogne veillait. Muni d'un mètre ruban qu'on redoutait autant qu'un fusil chargé, le garde champêtre traçait le plan d'implantation au millimètre près. Peu à peu, le Village disparaissait sous un décor exubérant de carrousels, de stands de tir et de machines à pinces qui ne cédaient jamais rien sinon un ourson hideux.

Julien et Bassou grossirent l'habituel attroupement du parc municipal, où les wagons d'une chenille filaient sur la dance, au *Rythm of the night*. Ils se répartirent dans les voitures et le forain donna le programme au micro, montez pour un voyage sans escale direction l'Himalaya. Vanessa Maligex embarqua avec eux et quand le train démarra dans une explosion de néons, leurs corps se plaquèrent au dossier de la nacelle. Happé par la force centrifuge, Bassou écrasa Vanessa de tout son poids. Elle échoua à le repousser et l'agrippa, s'étouffant dans des rires saccadés. Ils furent exaucés quand le forain leur offrit un nouveau tour.

Bassou compta son dernier argent et Julien compléta la somme pour s'asseoir dans une tour de chute, l'attraction la plus coûteuse de la fête. Sur la vitre de la guérite pendait un papier corné qui les prévenait : « Pas d'excuses pour les pleurnichards et les indécis, le manège ne sera pas interrompu et les tickets ne seront EN AUCUN CAS remboursés. » Dix téméraires se laissèrent suspendre à plus de trente mètres de haut au son d'une poulie crantée, leurs pieds se balançant dans le vide. Les sièges montèrent aussi lentement que la chute promettait d'être rapide et le forain joua avec leurs nerfs en arrêtant l'ascension à mi-chemin. « T'es cher en flip, gros, t'es tout vert. » Bassou se cramponnait au harnais de sécurité qui lui faisait mal aux épaules, il regretta de s'être fait piéger dans la cruelle mécanique, renouvelée trois fois. Quand il en sortit enfin, il se vida l'estomac.

Il n'était pas question de mettre fin à la soirée pour si peu. En redescendant vers la place, Bassou croisa deux de ses sœurs accompagnées des filles Taïeb, qu'il préféra ignorer. « C'est qui la championne, c'est qui ? » Elles escortaient Louisa en direction du circuit de karting qui se trouvait à une vingtaine de minutes de marche, étendu dans un pré sec que la famille Maligex prêtait le temps de la vogue. Quand Louisa s'assit derrière le volant de son engin, ses supportrices l'encouragèrent de toutes leurs forces : « Vas-y à blinde, nique-les », ce qui eut pour effet de la motiver ainsi que ses concurrents. La course démarra dans un soulèvement de poussière et de colère. À l'issue du premier tour, Louisa ne se plaça qu'en cinquième position mais la phase d'observation passée, elle banda les muscles et appuya sur l'accélérateur sans réserve. Jihane était montée sur la barrière de sécurité et levait les poings. Sa sœur négociait les virages avec une telle facilité que le propriétaire du karting s'approcha en bord de piste pour admirer les courbes tracées par la seule fille du circuit.

Il restait encore un peu de temps avant minuit qui les ferait rentrer. L'heure était trop tragique pour être dépassée, à cause de l'éclairage qui manquait toujours aux abords du Lotissement et des parents qui attendaient. Elles rejoignirent le barnum de la place qui abritait la piste de danse et la buvette, tenue par les bénévoles du comité des fêtes. Ni Agnès, au Penalty, ni la Denise, au Café du Midi, n'auraient pu seules faire face aux vagues de fêtards déferlant des patelins environnants, qu'il fallait abreuver. Jihane perça la masse en éclaireuse et dégagea un espace suffisant pour son groupe, tout près de Vincent Chambon qui esquissait quelques mouvements en bord de piste. Après trois Picon-bières, il considéra s'être armé d'un courage suffisant pour approcher Olfa Taïeb. Il aurait aimé ne pas attirer les regards sur eux mais ça n'était pas possible.

« Tu danses pas ? lui demanda-t-il. Pour une fois que ça bouge, ça nous change. Tu me diras, j'aime pas tellement cette musique. »

Elle l'avait remarqué. Dans son t-shirt siglé Iron Maiden, Vincent bougeait comme un pantin désarticulé, ne sachant pas quoi faire de ses bras, amenant alternativement un pied puis l'autre devant lui, sans se soucier du tempo. Il n'était pas le seul à faire à peu près n'importe quoi dans la foule que le DJ pouvait s'enorgueillir d'avoir rassemblée. L'harmonie de ses mouvements était un miracle qu'il s'attribuait. Les tarentelles et accordéonneries qui sonnaient local la firent se déchaîner et les pudeurs de Bassou s'évaporèrent. Il prit Julien par la taille et bondit comme un petit animal rendu à la vie sauvage.

Et tchic et tchac et tchic et tchac, han-han,
Les pouces en avant,
Les coudes en arrière

Personne n'avait l'air finaud à mimer les gestes de la chanson mais des dizaines de Quasimodo obéirent à ses ordres.

Les genoux pliés,
Les pieds rentrés,
La tête en l'air...

Puis, sans transition, Édith Piaf invita Milord à sa table et tous les corps qui s'étaient astreints au jeu précédent se délièrent dans une valse collective, « ici, c'est confortable ». Le DJ décida ensuite d'accélérer la cadence avec du raï qui faisait généralement bien le pont entre la variété française et la house music de la nuit. Aux premières notes du tube « Didi », Bassou se mit à suer. Ses copains le poussèrent sur la piste mais lui refusa de faire le guignol sur du Cheb Khaled et les regarda se déhancher comme des possédés, les mains tordues au-dessus de leurs têtes.

Olfa n'avait pas plus envie que Bassou qu'on lui demandât de faire une démonstration de ses talents supposés à rouler des hanches et pivota vers Vincent.

Malgré les réponses lapidaires qu'elle lui accordait, il déballa d'autres banalités. Bertrand Bornage, qui avait gardé son polo rouge de pompier, les observait. Il termina sa bière en une gorgée et lança à Vincent : « Allez, Chameau, fais pas ton timide, montre-nous ce que tu sais faire ! » En réponse, Vincent lança son poing en avant avec le majeur dressé. Bertrand prit son geste pour une invitation à rejoindre leur conversation. « C'est la petite Indienne, c'est ma voisine, elle », dit-il en prenant Olfa par le bras. « Laisse-la, c'est bon, elle sait qui tu es », fit Vincent. Olfa se dégagea et se sentit d'autant plus tétanisée que Jihane pouffait. Bertrand l'examina comme deuxième éventualité et lui proposa une bière. Il était vingt-trois heures quand Moncef Taïeb, qui avait décidé de faire un premier tour de garde, arriva à proximité de la fête. Constatant que sa fille ne passait pas la soirée seule, il ne fit pas l'effort de crier car la musique aurait couvert sa voix.

Vincent habituellement peu loquace bataillait pour chercher l'approbation d'Olfa : « Tu vois, je trouve que celle-là est nettement moins à chier que le reste, je dis pas que je passerais ça chez moi tous les jours mais écoute bien, c'est pas pire. » Il bougea la tête sur la musique de Black Box dont le timbre rauque et l'acharnement à se casser la voix plurent aux deux. « *You're such a hot temptation* ». Cette ratatouille de sons répugnait à Moncef, presque autant que le spectacle donné par sa fille. Il se fraya un chemin, bousculant des personnes qui ne lui prêtèrent pas attention. Se plaçant dans le champ de vision d'Olfa, il lui fit signe de rentrer en jetant son pouce en arrière, ce à quoi elle obéit, décomposée, suivie des autres filles du Lotissement.

La douille

Septembre 1996, chez le dentiste

« C'est un vrai merdier, ce pélo, tu vas le kiffer. » Julien s'était mis en tête d'emmener Bassou chez Pierre, le fils du nouveau dentiste auquel il avait trouvé beaucoup de qualités pendant le déjeuner organisé par ses parents, dont celle de jouer avec les limites de l'inconvenance, assez séduisante. Ils sonnèrent à la porte de l'appartement qui se situait juste au-dessus du cabinet. Le dentiste y passait son temps, samedi compris, et ne montait qu'une demi-heure pour partager des lasagnes avec son fils. La plupart du temps, Pierre avait fait en sorte d'être absent ou d'avoir déjà déjeuné. Quelques travaux d'aménagement restaient à faire, entre autres changer la hotte grasse et poussiéreuse de la cuisine, mais personne n'y voyait d'urgence. Pour ne pas la toucher, il suffisait de ne pas faire à manger.

Julien et Bassou suivirent Pierre à travers un corridor long comme un hall de gare qui sentait encore la peinture fraîche. En passant devant le salon où seuls deux fauteuils de cuir blanc faisaient face à un canapé immaculé, Bassou se demanda si le dentiste avait là aussi monté un cabinet.

Dans sa chambre, Bassou et Julien s'affalèrent sur le lit, jouant la désinvolture. Les murs venaient d'être recouverts d'un papier à rayures bord de mer et le sol d'une moquette grise. Elle était vaste, meublée d'un lit banquette, d'un bureau noyé sous une pile de vêtements et d'un sound system relié à une chaîne hi-fi, si puissant qu'il aurait pu animer une discothèque. Les baffles régurgitaient de la trance qui remisait Double You et Ace of Base dans la catégorie des comptines pour enfants. Pierre les avait beaucoup écoutés mais leur préférait désormais les sons hypnotiques et percutants, sans voix. Il joua l'une de ses cassettes de sets abrupts, qu'il enregistrait durant la nuit sur Radio Espace. « Manu Le Malin, Laurent Garnier, Aphex Twin, écoutez ça, de la bombe. »

Il avait les joues dorées du soleil de Lisbonne, où il avait passé huit jours avec son père, contraint à un tête-à-tête embarrassant et ennuyeux dont ils furent tous les deux soulagés de sortir. Visiter le Bairro Alto bondé de fêtards aux côtés d'un dentiste en espadrilles, la punition. Ils n'avaient jamais eu grand-chose à se dire, leurs échanges tenaient en grande partie sur la liste de courses. « Prends des nouilles chinoises. » Pierre les aimait crues, à croquer comme des chips, et semait leurs paquets vides que la femme de ménage trouvait jusque sous le lit.

Perdu dans un polo Tacchini froissé, il évoluait dans sa chambre sans produire un bruit, ne laissant pas le temps à ses talons de toucher le sol. Il fit tourner sa chaise de bureau plusieurs fois et leva les jambes au-dessus des bouteilles de plastique qui traînaient à ses pieds. Elles avaient été trouées en sorte d'accueillir une tige creuse, l'une des extrémités nageait dans une eau croupie et marronnasse. Après avoir fait plusieurs tours de son siège dans un silence qu'aucun des garçons n'osa briser, Pierre ferma le volet de la fenêtre qui donnait sur la place du marché puis sortit un paquet de cellophane d'un tiroir. Bassou et Julien firent mine de ne pas être surpris par l'assurance de ses gestes. Pierre coupa un morceau de shit d'un coup de cutter puis l'effrita au-dessus d'un carburateur scotché à une bouteille vide et propre celle-là.

Julien se décida à présenter Bassou. « Et au fait, c'est Bassou. Je t'en ai parlé. » Pierre leva les yeux en poursuivant son ouvrage. Ils se considérèrent. « Bassou, répéta Pierre. Bassou Benbassa donc. C'est sérieux comme nom, ça ? Tes parents connaissent que trois consonnes ? Ils se sont dit on va les secouer et on verra ce qui sort ? »

Bassou se demanda s'il avait compris, la pénombre l'empêchait peut-être de bien entendre. La pièce était plongée dans l'obscurité pour que la musique prît tout l'espace, seuls des spots fixés au-dessus du bureau lui donnaient des repères rouges et bleus. Il avait les oreilles pourtant nettoyées, sa mère lui faisait la chasse tous les dimanches soir. Julien ne l'avait pas prévenu, personne ne lui avait rien dit sur la tonalité que prendraient les présentations. Souvent, Bassou préférait feindre d'être sourd plutôt que paraître déstabilisé. Il regretta de ne pas avoir été sur ses gardes ni d'avoir eu la repartie suffisante pour se moquer à son tour du nom de famille de Pierre, qui s'appelait Boiteux.

Tout le monde au Village avait parlé de leur emménagement. Marc Boiteux avait fait son arrivée dans une Audi Quatro neuve, dont il avait sorti ce fils de seize ans et du petit matériel médical pour son cabinet. Rien de plus, ni femme ni mobilier. Le dentiste plaçait beaucoup d'espoirs dans cette vie au Village, qui apaiserait peut-être Pierre. Le proviseur du lycée avait convoqué les Boiteux en fin d'année pour exprimer son inquiétude et, même, une certaine tristesse. Il avait gardé pour lui le surnom que plusieurs enseignants avaient donné à Pierre, le mangeur de pavot, se contentant de prévenir : il était impossible de le garder dans un établissement où seuls les efforts étaient récompensés, sans quoi on n'avait rien à y faire. Le risque que Pierre échouât au bac était trop fort, il ferait chuter les excellentes statistiques du lycée. Marc se mit alors à employer des expressions telles que nouveau départ et d'autres encore qui provoquèrent un léger dégoût chez son fils, forcé de s'installer dans ce qu'il appela le pire patelin de l'ouest. De toute façon, il comptait en partir le jour de sa majorité, dans deux ans. Ici, Marc ne modifia pas son rythme de travail et l'augmenta même un peu. Il vida les caries et posa des bridges à la chaîne, comptant sur le calme enrobant de la colline pour veiller sur son garçon. D'après ce qu'il pouvait en voir, depuis leur arrivée, Pierre se portait mieux. Il avait bientôt invité une petite bande à monter dans l'appartement, ce qui démontrait son intégration. Au lycée Notre-Dame de Bel Air, où il avait été accepté pour redoubler sa classe de seconde, il n'avait encore fait l'objet d'aucun avertissement de travail. Chaque matin, à sept heures et cinq minutes, il montait sans faute dans le car scolaire et poursuivait sa nuit sur la banquette du fond. Que rêver de mieux ?

Julien ricana nerveusement. « On l'appelle Bass. » Pierre l'ignora et continua à s'adresser à Bassou : « Au moins, mon père risque pas de manquer de taf avec toi et tes potes, vu la gueule de vos chailles. »

Il brûla le contenu du carburateur à la flamme d'un briquet tout en aspirant par le goulot de la bouteille comme un tuberculeux à l'agonie. Il garda la fumée dans la gorge aussi longtemps que possible et plissa les yeux de douleur.

« Faut que je vous emmène au Titan, les péquenots, que je vous sorte un peu de votre cambrousse », fit-il en laissant s'échapper un cyclone de volutes blanches. La soirée que Pierre préférait dans la discothèque de Couzon-au-Mont-d'Or s'appelait la zone rouge, à destination des plus insatiables. Elle ne démarrait pas avant trois heures du matin, leur expliqua-t-il. Il y avait fait connaissance avec la dureté de la techno belge et achetait depuis tout ce que le label Bonzaï Records était en capacité de produire. « Trouvez-nous une caisse, vous devez bien connaître un type qui a le permis dans ce bled. » Les cars du Rhône qui ne faisaient que deux trajets par jour entre le Village et Lyon n'avaient pas les mêmes horaires que le Titan. Quand Julien lui parla de faire du stop, Pierre le toisa comme s'il avait affaire à un demeuré. Trois salles, l'entrée gratuite pour les filles avant vingt-trois heures. Pas payés pour faire barrage, à l'exception des visages trop mats tous exclus, les physios les laisseraient entrer dans la boîte malgré leurs quinze ans, leur promit Pierre. Des hordes de mineurs chaussés de rangers s'y déversaient tous les week-ends. Lui s'imaginait qu'un jour, à son tour, il serait un héros azimuté derrière les platines.

Pierre tendit le bang encore chaud à Bassou et le lui colla sur les genoux. « Allez, gros Bass, tape une douille. » Bassou n'avait jamais fumé de façon aussi sophistiquée, il s'était contenté jusqu'alors de joints roulés avec un filtre carton ordinaire. Une fois qu'il était rentré stone chez lui, l'air absent et les yeux rouges, sa sœur Jihane avait crié : « Je t'ai tricard espèce de petit con, en plein ramadan en plus, tu vas voir si je le dis au papa, il va te démonter. » Bassou s'était retrouvé plusieurs fois dans un état second devant son père et il se demandait dans quelle mesure Smaïl faisait semblant de ne rien voir. Entre eux, un contrat implicite maintenait la paix, fumette oui, alcool non. Au parc, il ne faisait que passer les Despé à qui voulait tiser. Bassou attrapa la bouteille dans laquelle la fumée prisonnière tournoya avant de se dissiper, il ne se voyait pas refuser ce calumet.

Les escargots

Octobre 1996, chez les Taïeb de la maison 7

Mal assise, prête à se consacrer à tout autre chose qu'à ses cours, Olfa laissait tomber un rideau de cheveux sur ses livres et tentait de viser avec la pointe d'une mèche l'intérieur des lettres rondes. À travers la cloison, elle entendait les rires de sa sœur Saloua, de Jihane et de Myriam mais rien de leurs confessions. Qui avait couché, qui s'était laissé toucher, jusqu'où, et qui ne l'avait pas encore fait, starfallah jamais de la vie. Olfa était généralement exclue des discussions et quand elle avait le droit d'y assister, elle les trouvait bien mièvres pour des filles qui avaient dépassé la vingtaine.

Moncef et Montserrat étaient partis un peu plus tôt dans la matinée au marché de Vénissieux, où ils se promenaient entre les étals de légumes, de fausses fourrures et de produits ménagers à prix cassés, en évitant de piétiner les mendiants postés au début des allées. Ils passeraient sûrement chez un boucher dont l'échoppe halal donnait sur la place pour cuisiner des pâtes farcies dans la semaine.

Olfa avait mangé un peu du ragoût de pommes de terre et de blettes de la veille en regardant « Le Juste Prix », puis elle avait démarré ses révisions sans éteindre le téléviseur, laissant filer un épisode de *Mac Gyver* et un autre de *Melrose Place*. Son année en classe de terminale STG l'amènerait sans doute derrière le bureau du secrétariat de Gerflor, vendeur de revêtements de sols où elle avait déjà fait un stage de quelques semaines. Ça n'était pas le pire des jobs. Elle s'appliquait à être conciliante et sérieuse, distinction suprême décernée par sa mère qui envisageait les prochaines vacances à Monastir comme l'occasion d'organiser des rencontres avec de jeunes gens comme-il-faut, à des fins de mariage respectable. Sa sœur aînée n'allait plus y échapper longtemps et, comme aucune alternative à l'entremise de ses parents n'existait dans son esprit, Saloua attendait son heure avec une forme d'impatience. À la fin du mois d'août, leur cousine était revenue fiancée à un beau gosse, « avec un sourire Ultra Brite, du jamais-vu », qui devait bientôt la rejoindre en France. Olfa avait gardé ses doutes pour elle et présenté des vœux de bonheur à sa cousine qui secouait la photo du futur mari sous son nez. Olfa ne se souhaitait ô combien pas le même avenir, quels que fussent les atouts physiques des garçons que sa mère présélectionnerait pour elle.

Elle hésitait à fermer ses cahiers quand elle crut apercevoir un mouvement anormal à travers les rideaux. Olfa s'en approcha et vit le lama de Vincent Chambon, effaré, déboulant sur le côté de la maison. Il marqua l'arrêt au niveau de la fenêtre en poussant un grognement guttural, ne sachant où se diriger. Son chanfrein marron et lisse lui donnait un air nigaud et de son museau coulait une bave épaisse. Après un mouvement brusque de ses pattes arrière, il rua dans les chaises en plastique. Olfa regarda en direction de la porte vitrée du salon qu'elle avait laissée grande ouverte. Le lama aussi. Elle parcourut à grandes enjambées les trois mètres qui la séparaient de la béance et crut que son cœur allait lâcher quand elle entendit l'animal se précipiter de l'autre côté du mur, dans le jardin. Elle se prit les mains dans les rideaux mais eut le temps de claquer la porte-fenêtre, se demandant si elle avait échappé à la charge d'un chameau enragé. Elle cogna à la porte de la chambre où elle trouva les trois filles affaissées au sol, en train de boire de la limonade jaune, une légère odeur de cigarettes planant au-dessus de leur faconde. L'air de la maison déjà vicié par les Gauloises sans filtre de Moncef leur garantissait l'impunité. « Il a failli rentrer dans la maison ! Il m'a fait une de ces peurs. Vous l'avez vu ? Le lama, je vous parle du lama ! » Elles la regardèrent d'un air condescendant et Jihane poussa des hennissements grotesques pour faire rire les deux autres. « Et qu'est-ce qu'il t'aurait fait, il t'aurait mangée peut-être ? » Dépitée, Olfa referma la porte en leur souhaitant de s'étouffer puis décida de chercher le numéro de Vincent Chambon dans le Bottin. Par chance, il venait de rentrer chez lui avant la traite du soir. Il s'était fait réchauffer un bol du café coulé le matin et le sirotait en épluchant des factures et du courrier daté, qu'il reconditionnait en pile sitôt parcourus. En prévision de son dîner, quelques pommes de terre cuisaient au four et leur odeur chaude et ronde embaumait la cuisine. Rien n'y avait bougé depuis le décès d'Ange Chambon : un buffet Mado en bois verni était le meuble le plus moderne de la pièce, qui côtoyait une gazinière en fonte ainsi que des chaises trop nombreuses autour de la large table, toutes plus vieilles que lui.

« Ton lama risque d'aller sur la route et de se faire renverser si tu n'y vas pas tout de suite, prévint Olfa à l'autre bout du fil.

– Merci, j'y vais tout de suite. Et tu ne m'as pas dit qui tu es.

– C'est moi, c'est Olfa. Ton lama est passé devant

ma fenêtre, il a tout renversé et il a disparu. J'ai cru qu'il allait rentrer chez moi, j'aurais pas su quoi faire. »

Elle rit et Vincent l'imita.

« Pedro est gentil mais il est vieux et peureux, il panique vite. Je crois savoir dans quelle maison tu habites, je passerai chez toi », annonça-t-il. Olfa n'eut pas le temps de lui demander de ne pas le faire, pour ne pas informer Moncef qui souffrirait immédiatement d'anxiété en apprenant ce qui était arrivé, car il avait déjà raccroché.

Vincent fit appel à Jean-Michel Charbogne pour retrouver l'animal. Le garde champêtre avait la réputation d'être pointilleux et pisse-vinaigre mais aussi la personne la plus serviable du Village. Il avait aussitôt quitté son jardin, sans prendre le temps d'enlever ses bottes de plastique, juste celui de mettre son képi. Le lama risquait de passer sous les roues d'un tracteur ou de créer un accident. Ils roulèrent dans la bétaillère de Vincent à peine quelques minutes et le trouvèrent non loin du Lotissement, broutant dans un bouquet d'orties. Jean-Michel Charbogne le fit rentrer dans la camionnette à l'aide d'une longue fourche, en poussant des « hue, hé-la, hue ». Il n'avait pas l'air rassuré et Vincent lui demanda de faire attention à ne pas le blesser. « C'est que ça a du caractère, ces bestioles », remarqua le garde champêtre, en s'essuyant le front. Il refusa de prendre un café chez Vincent qui voulait le remercier : « Une prochaine fois, je m'en vais finir de bêcher avant la nuit. » Une fois relâché dans son pré, Pedro fila dans son abri, outré, sans un regard à son propriétaire.

Le lendemain, Vincent se rendit chez les Benbassa, qui avaient eux aussi reçu la visite du fugueur. Le parterre de fleurs piétinées en gardait la trace. Dans la cuisine, Vincent but un verre de soda sorti du réfrigérateur. Smaïl se remémora ce dimanche où, treize années auparavant, bébé Bassou dans les bras, il avait fait la rencontre du lama. Depuis, il était resté à distance mais il crâna devant le paysan : « Allons allez, aïwa, on va quand même pas avoir peur de lui, c'est comme un petit mouton. » Jihane et Louisa s'étaient agglutinées à l'embouchure du couloir pour écouter la conversation. Elles se poussèrent du coude, excitées par la présence du paysan dans leur maison. Le soir, après le dîner, elles cédèrent à leur envie d'en faire un sujet. Sans détour, Jihane déclara que, sous ses airs de type du coin, introverti, gauche, ou les deux, Vincent Chambon s'en tirait bien.

« Comment ça, il s'en tire bien ?

– Mais c'est juste que. Regarde bien. Il est d'une beauté. »

Louisa poussa un ah interminable.

« Ayou, t'as vraiment des goûts bizarres. Tu l'as entendu parler ? Il pourrait dire "crévindiou" s'il se lâchait un peu. Je saurais même pas dire son âge, il est tout le temps froqué dans sa sape de fermier et ses bottes en caoutchouc. Il doit sentir le lait caillé.

– Rien que c'est un villageois, ça te dégoûte, rétorqua Jihane. Tu t'empêches de le voir comme il est. Ses yeux, là. Le lac d'Aiguebelette, wallah. Et t'as vu ses petites dents bien droites ? Il pourrait faire une pub pour un dentifrice. Sans l'accent d'ici, ce serait un canon, avoue.

– Toz, les yeux ! Toz, les dents ! T'es en train de me dire que tu pourrais te la faire avec lui ?

– Toz toi-même ! Si t'as envie de te taper des blédards, un bon sonak, c'est ton problème.

– Pas du tout. Moi, si les parents ils nous tueraient pas pour ça, ça m'irait un céfran, mais pas un gars du Village, mentit Louisa. Faut que ce soit un mec qui jacte bien, tu vois, un intello. Sinon ça sert à quoi ?

– C'est pas parce que c'est un paysan qu'il est débile. Il est grave doux. T'as vu comment il a parlé à la maman ? Il a dit qu'il viendrait replanter ses fleurs, tout gêné, genre "Désolé, madame". Il tue comme il est mignon.

– Ayou qu'est-ce qu'il faut pas entendre. Exagère pas trop, prévint Louisa, sinon tu vas jouer à la crémière et tout le monde va bien rigoler, sauf le papa. »

Vincent termina sa tournée de résipiscence par la maison des Taïeb. Il avait amélioré son laïus mais pas tout à fait vaincu sa timidité. Moncef surmonta la sienne pour l'inviter à rester puisque le soir était venu. Il n'y avait pas de raison de ne pas garder avec eux ce jeune homme courageux, orphelin de père et de mère, et qui n'avait même pas pris d'épouse pour lui préparer le dîner, dit-il à Montserrat en arabe. Moncef annonça à Vincent qu'il allait goûter à son plat préféré, des escargots à la tunisienne. Toufik les avait ramassés quelques jours avant. Il avait plu à verse et sa mère l'avait envoyé dehors sous un ciel enfin essoré avec un seau à remplir. Il aimait débusquer les plus jolis des petits gris qui avançaient naïvement par d'infimes mouvements, dans les prés et sur les bords des routes. Il les saisissait délicatement entre le pouce et l'index et les observait se tortiller en quittant le sol, avant de se réfugier brusquement dans leur fragile habitacle, dans le vain espoir de lui échapper. Leur réflexe de survie aussi rapide que leur reptation était lente impressionnait Toufik mais de cette chasse, il sortait toujours vainqueur. Comblé, il portait à Montserrat les dizaines d'escargots amassés qu'elle maintenait ensuite captifs dans une cagette pendant quelques jours, pour les faire jeûner, les purger, avant de leur donner plusieurs bains de lavage. Elle délogeait ensuite les escargots de leurs coquilles en les faisant blanchir puis ils cuisaient dans un bouillon pimenté à la tomate, assaisonné d'ail et de carottes. Olfa en apporta une cocotte gigantesque dans le salon où Vincent s'était attablé face à Moncef. Jamais il n'avait vu pareille tambouille. Les escargots qu'il connaissait lui avaient été jusque-là servis par six, enrobés de beurre persillé. Depuis le décès de son père, Vincent n'était pas retourné à l'Auberge de la Brivonne, du nom de la rivière qui coulait dans la vallée, à deux kilomètres du Village. Le chef y reproduisait à l'identique le fond d'artichaut foie gras de la mère Brazier, ses grenouilles et ses escargots, son gratin de cardons, sa quenelle de brochet qu'il était bienvenu de compléter par un saint-félicien et une crème caramel tirée du chariot de desserts. Le menu ne changeait pas et c'était tout ce que demandaient les Chambon.

Vincent regarda les limaçons dont la laideur n'était plus recouverte d'aucune coquille. Il essaya de ne pas montrer son dégoût devant ces petits nœuds recroquevillés qui nageaient dans un jus rouge vif. Lorsqu'il avala une première cuillerée de cette soupe sensationnelle, « unique ya Chombon, unique », avait dit Moncef, Vincent toussa sous l'effet du piment. Olfa, en apportant une corbeille de pain, accrocha son regard à celui du paysan qui s'étranglait. Ses yeux brillaient dans un visage rouge et endolori, il était adorable. Depuis la cuisine, elle écouta la conversation qu'il menait de façon laconique avec son père. Vincent s'efforçait de ne pas montrer à quel point le surprenaient les tournures de phrases de Moncef, visitées par quelques expressions début de siècle. Bien qu'illettré, le père Taïeb n'était pas dépourvu de ressources. Quand il parla des difficultés de Brocard Frères, tous les deux s'animèrent.

« L'usine, elle va pas durer. On est quoi maintenant,

quinze, seize, rien du tout. C'est fini la grande époque, avec les tissus qu'on a envoyés dans le monde entier. L'Arménien il va tout fermer, merci au revoir. Fichtre. On est les derniers.

– J'ai l'impression que je fais partie des derniers, moi aussi, des fois.

– Comment, le dernier ? Les paysans, il y aura toujours besoin. On va pas tirer le lait en Chine et le ramener ici ! Le tissu, oueï.

– C'est quand même difficile, monsieur Taïeb, on vend presque à prix coûtant aux coopératives. Avec les fruits, on s'en sort à peine. L'année dernière, le gel m'a foutu en l'air toute la production de pêches. J'ai sauvé les cerises parce que j'ai des bigarreaux tardifs. Mais les assurances veulent plus entendre parler de nous.

– Il faut tenir le coup. Tu es jeune, tu as la vie avant toi.

– Avant moi ? Devant ?

– Oueï, devant.

– J'ai repris la ferme de mon père sans me poser de question, monsieur Taïeb. En vérité, on m'a pas tellement laissé le choix, on m'a dit tu vas au lycée agricole et j'ai même pas pensé que je pouvais faire autre chose. Je conduis le tracteur depuis que j'ai dix ans. Mes parents, ils comptaient sur moi, j'aurais pas osé les décevoir.

– Il faut pas parler comme ça de tes parents. Ils t'ont donné une ferme, des animaux, tu as de la chance, c'est des gens comme ça *(avec le pouce levé)*.

– C'est pas contre eux, monsieur Taïeb, vous avez raison, c'étaient des gens bien. C'est que parfois, je me demande si pour moi ça aurait pu être différent. »

Dans la cuisine où la famille mangeait, Olfa fit signe à Toufik de se taire pour mieux entendre les voix. Elle n'avait pas le souvenir d'une personne du Village passant autant de temps sous leur toit, ni d'un Français partageant leur repas. Elle écoutait Moncef batailler avec les mots. Sans ses lunettes à double foyer, qu'il déchaussait régulièrement pour combattre son stress et les essuyer dans un mouchoir à carreaux, il ressemblait à un rongeur désorbité. Vincent laissait parfois passer quelques instants de silence puis reprenait la conversation et Olfa distinguait tous les efforts qu'il faisait pour la conduire. À la fin du repas, il tendit la main vers Montserrat pour la féliciter de son plat, elle la saisit du bout des doigts avec un rire gêné. Vincent se tint un moment sur le pas de la porte, hésitant avant de s'adresser aux filles Taïeb.

« Je voulais vous dire. Chaque été, je cherche des saisonniers pour ramasser les fruits. Ce serait pas difficile pour vous de venir. On se donnerait rendez-vous devant ma ferme pour que je vous conduise jusqu'aux vergers. Et je paie bien, mieux que la plupart des autres dans le coin. Du Lotissement, j'ai Zouina, M. Amrouche et Fadma qui viennent. Demandez-leur, le travail se passe bien. Je vous réserve la place si ça vous intéresse. » Saloua déclina : elle tenait le rayon fromagerie du Super U de l'Arbrûle et n'avait pas envie de se priver des vacances qu'elle attendait toute l'année. Olfa se proposa, sans attendre l'agrément de son père. Elle allait gagner un peu d'argent : « Ça tombe bien, je paierai les frais d'inscription de la prochaine rentrée et je pourrai vous aider », calcula-t-elle. Moncef n'avait discuté d'aucun projet de scolarité avec sa fille, il pensait qu'elle allait travailler chez Gerflor mais il manqua d'assurance pour émettre ses doutes devant Vincent. Elle venait de ratifier un prétexte parfait pour éviter le séjour à Monastir. Une fois le paysan parti, Olfa rangea la vaisselle avec le même soin que si elle avait trié des pierres précieuses, ébahie par le tunnel qui s'ouvrait devant elle. Cet été, la mer lui manquerait certainement. Elle songea aux promenades qu'elle ne ferait pas, dans le cœur de la vieille ville, près de la Grande Mosquée dans laquelle elle n'était jamais entrée, pas plus que dans les complexes hôteliers du littoral. Elle songea à la plage de Ghedamsi, où chaque année elle refusait le défi que lui lançaient ses cousins, de sauter du haut des falaises. Leur ondulation jaune et rocailleuse contrastait avec la ville blanche étalée sur la même ligne d'horizon. Non, disait-elle, se tenant à l'écart pour regarder leurs corps éclater la surface de l'eau scintillante, onze mètres plus bas. Ce soir-là, elle sentit ses jambes chanceler comme s'il eût fallu se jeter dans le vide à son tour.

Le chevreuil

Octobre 1996, usine Brocard Frères

Dans ses pages dédiées au pays arbrûlois, le quotidien local avait titré : « Brocard Frères a fermé ses portes, le Village perd un bout de son histoire. » Quand Isabelle Lecha lui avait proposé le sujet, le rédacteur en chef avait d'abord hésité.

« Si on se met à faire la chronique de toutes les fermetures d'usines de la région, y a plus qu'à changer le nom de la rubrique éco en rubrique nécro. »

Il préférait qu'elle couvrît la célébration de noces d'or, l'inauguration d'une extension de l'école et, bien que la correspondante n'aimât pas beaucoup le football, quelques matchs du championnat départemental, lui rappelant la sempiternelle consigne : « Prends des photos de groupes. Plus les gens ont leur tête dans le journal, plus on en vend. » Mais elle l'avait convaincu en décrivant l'usine comme une exception dans l'histoire industrielle de la région. Son succès passé malgré sa petite taille, les tissus envoyés aux grands couturiers, les ouvriers étrangers qu'elle avait fait venir ici, puis une lente agonie durant les dix dernières années. Il lui avait finalement cédé un quart de page, qu'Isabelle Lecha avait ainsi noirci :

« En 1959, M. Kechichian achète au Village les bâtiments rue du Nord et fonde les tissages Brocard Frères. L'entreprise a pris la décision de stopper son activité qui n'était plus rentable, malgré un chiffre d'affaires en augmentation. Les machines à tisser ont été vendues en Égypte et en Espagne. Les seize derniers salariés sont partis le cœur gros, certains en préretraite, d'autres en stage de reconversion. Il ne reste plus, au Village, que les murs de l'usine : 3 600 m^2 de bâtis sur 5 000 m^2 de terrain. »

L'article s'achevait sur un ton plus mélodramatique : « Le Village a perdu une partie de son histoire et de son âme. » La journaliste n'avait pas eu besoin de forcer ; elle avait vu des yeux s'embuer lors de son reportage chez Brocard Frères.

Henriane Molette avait espéré que les mots d'Isabelle Lecha auraient le pouvoir de sauver l'usine, en étant lus jusqu'en haut lieu où, c'était sûr, on ne pourrait pas la laisser mourir sans rien dire. Armand Kechichian, lui, était absent le jour de la visite de la correspondante locale. Depuis plusieurs années, c'était à Morsi Zagazig que revenait la tâche de diriger les opérations.

Les ouvriers furent informés de la fermeture quelques mois avant. Henriane les avait prévenus que le patron leur parlerait à quinze heures, au moment de l'alternance entre l'équipe de jour et celle de nuit quand elle existait encore. L'activité avait lentement décliné, l'usine fonctionnait dix heures par jour puis dormait comme tout le monde le soir venu. Les tisseuses encore utiles ne nécessitaient plus qu'une poignée d'ouvriers et aucun ne se faisait d'illusion. Le rendez-vous fut donné au milieu de l'atelier et toutes les machines furent mises à l'arrêt. « C'est la fin de notre monde », lâcha Armand

Kechichian, petit bonhomme de soixante-cinq ans, tassé sous un chapeau de feutre qu'il n'avait pas enlevé. Son ton avait été plus solennel qu'il ne l'aurait voulu, mais il n'avait pas trouvé de meilleure modulation, rien n'était préparé. « J'ai créé Brocard Frères dans une région où j'ai voulu contribuer à ce que vos familles s'installent durablement. J'ai toujours pensé qu'ici la vie serait plus vraie, plus facile pour vous que dans les grandes villes et les grandes usines. » Le silence qui entrecoupa son discours laissa sourdre l'émotion. Il aurait pu brandir pour preuve de la déroute le carnet de commandes que Morsi Zagazig remplissait avec difficulté, ou raconter l'accueil hautain que lui réservaient les banques, refusant d'accéder à ses demandes de crédit. « Pas pour la trésorerie, monsieur Kechichian. » L'innovation, oui, lui avait-on expliqué comme à un enfant capricieux, mais les charges et les salaires, elles ne voulaient pas en entendre parler. Il avait donc déposé le bilan et s'était décidé à mettre les murs en vente avant que son usine ne valût pas plus qu'une cassine de bois. Un plan de départs avait déjà été mis en place trois ans auparavant. Plusieurs ouvrières avaient rejoint la Siop, une usine de cataphorèse et de peinture poudre, située sur les hauteurs de l'Arbrûle. Elles galopaient désormais après des essieux de voiture et des capots d'électroménager, ajustés à une chaîne qui passait sous des jets de peinture malodorante, à l'allure calculée par le contremaître.

Armand Kechichian s'était épanché auprès du syndicat textile du Sud-Est dès 1985, en ces termes : « Les clients n'ont plus aucune morale, certains ont le culot d'annuler des commandes en cours. Maintenant, je préfère attendre qu'ils nous paient pour lancer la fabrication, mais ça nous donne de moins en moins de délai pour travailler. » Brocard Frères avait alors signé des contrats avec la grande distribution, meilleure payeuse mais qui dictait une loi non négociable. Elle imposa des conditions de production à des tarifs indécents qui ne permirent pas longtemps à Brocard de rivaliser. Les enseignes ne s'embarrassèrent bientôt plus de ces petits contrats français et commandèrent les tissus là où les vêtements se fabriquaient, à l'étranger.

Devant ses ouvriers, Armand Kechichian ne s'étendit pas sur son amertume. Tout ce qu'il avait bâti partirait à la poubelle avec le stock de bobines.

Il n'aurait désormais plus de raison de revenir au Village. Il n'y avait noué aucune amitié et ne l'avait traversé que pour rejoindre son bureau et les ateliers, rue du Nord. Il se souvenait combien il avait bataillé pour s'y installer, et comme beaucoup avaient été réfractaires à ses projets. Il avait pourtant ménagé les sensibilités, il en voulait pour preuve d'avoir fait peindre Brocard Frères en lettres cursives sur le fronton de l'usine, dans un rouge bordeaux élégant, plutôt que son propre nom. Si on lui avait demandé de justifier ce choix, le patron aurait sans doute évoqué ce petit chevreuil sauvage, le brocard, baguenaudant dans les montagnes du Caucase, à la merci des chasseurs. Il se raconta sans avoir à le prouver que ses aïeux auraient pu être certains d'entre eux. Son mythe personnel était d'autant plus factice que les Kechichian de sa famille avaient quitté l'Arménie dès le début du XXe siècle, qu'il n'y avait lui-même jamais vécu et qu'on ne leur connaissait aucun tireur de gibier. Il avait hésité à terminer son nom postiche par un t plutôt que par un d, en référence au tissu épais et luxueux, mais la biche lui parut une meilleure chimère. Elle fut imprimée en petit logo sur tous les emballages et les cartons d'export qui sortirent de l'usine.

Le patron avait raison, l'heure avait sonné pour

son monde. « Vous pouvez être fiers de ce que vous avez fait ici », avait-il conclu en apothéose. Jocelyne Bornage s'était mise à pleurer, entraînant avec elle Henriane Molette et Zitouni Taïeb. Les autres avaient la gorge nouée mais s'appliquèrent à le cacher, derrière un mouchoir ou des mines butées. L'usine avait un peu mieux résisté à la décrépitude de l'industrie textile que les grands établissements concentrés du nord du pays, où elle avait été plus spectaculaire et précoce. Petit fabricant anonyme et autodidacte, Armand Kechichian s'était inventé l'existence de frères fictifs courant après de tempétueux brocards, mais la mythologie d'ouvriers disposés au travail bien fait s'effondrait en même temps que les parts de marché filaient en Asie et en Turquie. Il salua sobrement ses ouvriers et se fit conduire à la gare de Lyon-Perrache par Morsi Zagazig.

L'usine avait sorti de son ventre des quantités de viscose et de coton, pendant trente-cinq ans, dans un brouhaha qui devait démontrer sa force monstrueuse. Son silence inhabituel fit le clap de fin. Henriane invita tout le monde au pot qu'elle avait préparé dans la salle de pause, où pendait encore le calendrier érotique. Il figeait le temps en 1972. En partie à cause de lui et des autres posters olé-olé collés dans les vestiaires, Hassan avait refusé que sa femme rejoignît l'équipe des tisseuses. Elle maîtrisait plusieurs techniques de filage et de tapisserie depuis son enfance et, comme il s'en vantait à l'usine, Morsi Zagazig avait fini par en être renseigné. Il lui avait alors proposé d'intégrer Fadma dans l'équipe de jour, à mi-temps afin qu'elle ne délaissât pas les travaux domestiques. Hassan en avait conçu colère et honte. Il s'était obligé à mettre les formes : « Elle s'occupe des enfants, monsieur Zagazig. » Hors de question de confronter son épouse aux poses lascives de ces femmes qui, recouvertes d'un unique collier de perles, exhibaient leurs sexes poilus. Que Fadma entendît les blagues égrillardes dont il était lui-même l'un des meilleurs pourvoyeurs, ça n'était pas pensable, encore une fois, pas la peine d'insister.

Comme les autres ouvriers, Hassan paraissait sonné. Il avait soigné les tisseuses comme si elles avaient été les siennes, fourni un travail irréprochable avec une loyauté monolithique, que sa fille Myriam avait un jour qualifiée de servilité. « Vous êtes attachés à vos usines comme des esclaves et vous êtes prêts à en redemander », avait-elle osé lui dire, l'année d'avant, au moment où les grèves contre la réforme des retraites avaient occupé l'actualité. En apprenant les significations des mots aliénation et prolétariat à l'occasion d'assemblées générales désordonnées qui s'étaient substituées aux cours dans les amphis de la fac, Myriam s'était sentie l'âme séditieuse. Elle avait failli planter sa deuxième année universitaire à force de chanter des slogans contre Alain Juppé. « T'as pas intérêt à faire la guignol dans les rues », lui avait intimé Hassan qui estimait que sa famille ne pouvait pas se permettre ce type de fantaisies.

Dans la salle de pause, Henriane avait prévu quelques canettes de bière, du cidre et des jus de fruit. Hassan s'approcha des cacahuètes et se servit en silence. Il allait démarrer sa seconde vie, de retraité de cinquante-quatre ans, avec la sérénité dont il était capable, pas immense mais suffisante pour ne pas contrevenir à ses ambitions. Chaque jour de la semaine allait devenir un dimanche de bricolage. Il allait d'abord s'atteler à la construction d'un nouveau garage-atelier, devant sa maison. Il avait gardé une navette de bois sortie des machines à tisser, qu'il allait accrocher au-dessus de son établi, en souvenir. Elle trouverait sa place à côté d'une photo de Louis de Funès et d'une vue large de son village des Aurès.

Dans l'usine mutique, Hassan se dit qu'il avait marché sur quantité de ruines.

Henriane leva son verre. « Haut les cœurs », déclara-t-elle sans sourire. Moncef Taïeb prit une bière et but quelques gorgées puis s'approcha, l'air grave et dérouté, pour demander à la secrétaire s'il fallait revenir à l'usine le lendemain.

Le chaâba

Mai 1996, Lotissement Brocard Frères

Toufik avait tenu à choisir lui-même la couleur, un jaune poussin qui recouvrit sa maison et brilla sous les tuiles sombres, éclairant sa face ravie. Il avait assisté Moncef en tenant l'escabeau de ses deux mains tandis que son père badigeonnait les murs de peinture, puis il avait entreposé le dernier seau à demi plein dans le nouveau garage attenant à la maison. Il arborait la même couleur hurlante que ce que la famille appelait désormais sa villa.

Les autres Taïeb ne voulurent pas laisser la leur, pâle et abîmée par le temps, souffrir de la comparaison. Zitouni refusa de rester assis sur sa chaise à regarder faire son cousin et tartina sa maison à son tour, d'un bleu layette lumineux. En quelques mois, à mesure que la météo permettait les travaux extérieurs, le Lotissement fut entièrement ripoliné. Hassan Amrouche était revenu le premier du Castorama le plus proche, une heure aller-retour, avec le coffre chargé de plusieurs dizaines de litres de peinture rose pâle. Tonio Perez opta lui pour un corail qui rappelait celui des lotissements plus récents du village.

Pour entreposer des matelas, des couvertures d'hiver, des bicyclettes, une table pliante, des outils, des filets de pommes de terre et des valises, des cabanons poussèrent sur le côté des maisons Brocard qui manquaient toutes de place. Celui de Zitouni échauffa Hassan car il avait été recouvert d'une plaque de tôle ondulée du moins bon effet. Un portail fut installé ici puis là, parachèvement de l'accès à la propriété. Un quartier multicolore surréaliste naquit ainsi sans concertation. Le Lotissement n'avait jamais été qu'un agrégat circonstanciel d'ouvriers qui voulurent tous façonner, à l'aube de la grande vieillesse, un chez-soi différent du chez l'autre.

Un besoin de singularité plus fort se fit sentir chez Lalla et Smaïl Benbassa, qui surélevèrent leur maison d'un étage que les maçons terminèrent avec un balcon suspendu en colonnes de pierre. Par-dessus la balustrade de style néoclassique inattendu en ces lieux, Jihane et Louisa ne firent que secouer des couvertures, Smaïl veillant à ce qu'aucune sérénade ne leur fût chantée mais, de leur perchoir, elles constatèrent comme la maison mitoyenne de leur voisin Bouzid Fahd était plate et timide. Cette dissymétrie dans son aspect extérieur rendit leur longère la plus amusante du Lotissement, inquiétante à la fois, qu'une simple pichenette aurait pu écrouler. Là encore, garant autoproclamé de la discrétion requise et de l'urf, Hassan n'en revint pas. « Tu as vu ce qu'ils fichent à côté ? avait-il dit à Fadma qui l'écoutait d'une oreille. Ils vont nous refaire Versailles ! Tout pour se faire remarquer. » Marcel Hyvernaud partageait les mêmes avis sur ces rastaquouères qui oubliaient de se comporter discrètement. Depuis que le cancer terrassait Raymond Maligex, Marcel avait pris le rôle de premier adjoint auprès de Bruno Jacquemetton, à qui il demanda des comptes : « Et le permis de construire, tu l'as donc donné sans problème ? » Au Penalty, la maison des

Benbassa occupait leur conversation qu'il menait à bâtons rompus au-dessus d'un navarin d'agneau.

« La réglementation sur l'uniformité des façades ne donne aucune contre-indication sur leur secteur, ça n'a jamais été traité dans le POS, voilà tout. Je ne vois pas l'intérêt de leur faire repeindre leurs maisons, expliqua Bruno en enfournant tout ce que le cuisinier avait trouvé en pois et racines de printemps.

– Et les cabanes qui poussent à côté, comme des verrues ? Là aussi, le POS dira rien. Et toi non plus ?

– Ils ont construit des surfaces qui ne nécessitaient pas de permis de construire. Ne soyons pas tatillons, Marcel, ton sens de l'esthétique s'en remettra. »

Collé au dossier de sa chaise, Marcel se renfrogna et croisa les bras, ce qui laissa la place à Agnès pour déposer devant lui un dessert rose vif surmonté d'une pyramide de crème. « Même au cimetière on n'autorise pas tout », fit-il en plantant la cuillère dans sa tarte aux pralines.

Le nouveau décor du Lotissement s'immobilisa progressivement et Myriam Amrouche fut un jour frappée par son insolence. Elle avait pris un train quasi désert pour le déjeuner du dimanche et son père était venu la chercher à la gare de Saint-Bol, la plus proche du Village. La dernière façade venait d'être repeinte par les Bornage qui avaient choisi un beige sable, afin de trancher avec le reste. « J'hallucine », fit-elle savoir à ses parents, une fois dans la cuisine où se combinaient les odeurs de truites aux amandes, de choux gratinés et de chorba. Hassan Amrouche acquiesça en faisant tourner sa tête au-dessus de ses épaules. Il avait suivi de près l'évolution des maisons, estimant la sienne plus réussie, ce qui n'était pas faux. Fadma lui avait demandé de se calmer sur les remarques désobligeantes et il s'était habitué à la chatoyance de son environnement, mais Myriam n'eut pas à insister beaucoup pour rallumer le feu de ses critiques.

« Tu as vu ça, a yelli. On aurait pu se parler entre voisins, trouver une couleur ensemble, comme des gens civilisés, dit-il sans y croire. Mais non. Chez nous, chacun en fait qu'à sa tête. »

Myriam remarqua intérieurement qu'il avait été le premier d'entre eux à se lancer, sans concertation.

« C'est du délire, on n'a jamais vu ça. Vous avez fait un Chaâba ! »

La comparaison avec le bidonville lyonnais du roman n'était pas fondée, mais Myriam partageait avec son père une fascination pour *Le Gône du Chaâba* et le récit qu'il faisait de vies minuscules d'Arabes. Le livre d'Azouz Begag trônait dans la vitrine du living, à côté d'un exemplaire à couverture rigide de *Love Story* que Dihya, l'aînée de la famille, avait acheté à la brocante de Saint-Bol, d'une *Histoire de la guerre d'Algérie* défraîchie, et de huit tomes de l'encyclopédie Focus Bordas, allant de A jusqu'à Q, dénichés par Hassan au même endroit.

Fadma, qui n'aurait pas su lire le roman mais n'ignorait rien des tiraillements de l'exil, s'indigna :

« Arrêtez de parler sur les gens. Mh'choumech ?

– Mais Yem, ça part dans tous les sens, c'est un arc-en-ciel. T'as vu le jaune chez Moncef ? Il faut mettre des lunettes quand on passe devant chez eux.

– Allez, ça suffit. C'est pas grave, exagère pas. C'est le petit qui a choisi.

– Il s'est pris pour le Roi-Soleil, celui-là ? Jamais rien sera coordonné, ici. On passe pour quoi ? C'est la honte. »

Fadma découpait en morceaux le arlom sorti du four

et se crispa. Les réserves de sa fille, qui habitait à Lyon et ne semblait revenir que pour asséner des jugements, ajoutaient de la distance entre elles. « A yelli, qui va donner des ordres ? On a fait comme on a voulu et ils font pareil. Ils sont chez eux maintenant. »

Les ouvriers étaient devenus propriétaires de leurs maisons dans lesquelles ils vivaient pour certains depuis vingt-six ans. Le premier contrat locatif daté de 1969, signé entre le patron de l'usine et les employés de nuit, avait indiqué : « Nous, Ets Brocard Frères, certifions que monsieur Amrouche (ou Fahd/Perez/Taïeb/etc.), est logé par l'Usine, chemin des Brigands, au Village (Rhône) et que, chaque mois, la somme de deux cents francs est retenue sur son salaire pour loyer. » Les ouvriers avaient apporté autant de fois que nécessaire le document tamponné au service des étrangers de la préfecture, qui leur délivrait un titre de séjour en échange de cette attestation et de quelques autres documents. Lévré dvamille, fouche dupaye, zoudj l'voudoucoupi.

À la fermeture de l'usine, Armand Kechichian leur avait proposé d'acheter les maisons pour une bouchée de khobz. Forcé de prendre sa retraite, il s'était senti triste mais, d'une certaine manière, quitte.

Plusieurs mois étaient passés, ses slips avaient presque été débarrassés de l'odeur de graisse et le bruit des machines ne lui revenait plus qu'en arrière-fond, s'il y pensait. Hassan Amrouche se demandait ce qu'il était advenu du patron. Au tournoi de foot du printemps, il retrouva Henriane Molette auprès de qui les meilleurs renseignements pouvaient être pris. L'ancienne assistante de Kechichian était venue supporter l'équipe des poussins dans laquelle aucun joueur ne faisait de passe à son petit-fils. Ils échangèrent des compliments sincères, heureux de se revoir.

« Il ne se sentait pas du tout fatigué, le pauvre, raconta-t-elle. Je crois qu'il voulait déménager, partir dans le Sud, il m'avait vaguement parlé du Portugal, ou peut-être de l'Espagne. Mais d'abord il a rejoint sa femme en région parisienne. Tu sais qu'il n'a pas d'enfant, l'usine c'était toute sa vie. Comme il aurait aimé continuer, Hassan, il serait mort sous ses rouleaux ! Remarque, nous, c'était un peu pareil. Tu y as travaillé quoi, trente-cinq ans ? On y a passé du temps, n'est-ce pas ! Que veux-tu, on a tous dû renoncer. Il a le droit de se reposer, tu me diras. Mais on a baissé les bras un peu vite si tu veux mon avis. Tout le monde a laissé tomber cette usine. Qui a voulu qu'elle vive au milieu du Village ? Je veux dire, qui s'est vraiment battu pour qu'elle s'y installe, et puis qu'elle y reste ? Et ce qui me fait le plus flique, tu vois, c'est que ça doit faire plaisir à pas mal de monde, qu'on puisse plus parler de Brocard. Tu n'as pas l'air de comprendre, Hassan, mais allez, c'est fini maintenant. Mon mari me dit d'arrêter de me faire des nœuds. Il est drôle, lui. Comme si c'était simple. »

Henriane était entrée chez Brocard Frères à vingt ans et n'en était plus sortie. Elle en voulait à Kechichian envers qui elle avait toujours été loyale de ne pas avoir tenu bon face aux problèmes de trésorerie, aux clients versatiles, au chômage technique, à l'inquiétude de ses employés, au marché international, à la concurrence turque, chinoise, taïwanaise. Pour elle, ça n'était pas le cours de l'histoire, seulement une mauvaise passe à laquelle il aurait dû faire face. Henriane roulait ses mains devant elle en parlant et ses ongles vernis animaient l'espace qui les séparait. Dans son short et son polo noirs d'arbitre, Hassan hochait la tête mais il ne voyait pas à quoi elle faisait allusion. « Qu'est-ce qu'on aurait pu faire ? » murmura-t-il, craignant qu'elle ne le jugeât trop prompt à vivre sans l'usine. « Je te laisse, Hassan, l'équipe de Quentin va jouer. On va le regarder fusionner avec le banc, comme dit son père. » Elle descendit près du terrain de foot en glissant sur ses talons, tandis que Hassan resta à la buvette. Le planning des arbitres lui laissait encore du répit avant le prochain match des seniors. Rien de la bonne entente avec les collègues ni des congratulations pour le travail bien fait ne lui manquait, tout était déjà loin car il avait appris à abandonner le passé.

Il vérifia que ses chaussettes étaient plaquées sur ses mollets blancs, à la façon de bas XVIIIe, puis commanda un diabolo menthe que Vanessa Maligex lui offrit à la buvette.

Le rodéo

Mai 1996, à travers champs

Au prix d'un sacrifice financier qui en valait la peine, toute la famille en fut convaincue, Smaïl Benbassa compléta son attirail de propriétaire avec une rutilante Mercedes Benz. Elle suivit le chemin central du Lotissement, ronflant dans sa robe noire, domptée par son nouveau maître. Les lunettes fumées qu'il portait pour protéger ses yeux affaiblis et cacher celui que la boxe et les antidépresseurs avaient spécialement abîmé s'associèrent comme un fait exprès aux vitres teintées, aux jantes alu et au tableau de bord en bois verni. Il l'avait eue d'occasion dans le garage où travaillait son fils Farouk. Smaïl ne bouda pas son plaisir même pour parcourir cinq cents mètres. Il la bichonna pour l'emmener le samedi matin au centre commercial puis chez tonton Boualem, à Givors. Lalla pour y monter choisit un tailleur framboise, à la hauteur du lustre du véhicule. En fin de journée, Smaïl n'était pas repu. « Venez », dit-il à Bassou et Julien, assis sur la butte d'herbe qui surplombait le parking, un paquet de chips entre les cuisses. Il leur promit de faire ronfler le moteur. Julien se précipita et Bassou le suivit, moins convaincu. La Mercedes fila sur le chemin des Brigands, longea les noisetiers puis remonta devant le cimetière des animaux dont les grilles étaient restées ouvertes. Sur les chemins qui lacéraient les pâturages, ils croisèrent deux autres voitures et, à chaque fois, Smaïl mit un coup de volant qui les emmena sur le bas-côté. Il écrasa une rangée de blé monté en épis, encore vert.

En roulant quelques minutes, la voiture rejoignit le centre du Village. La terrasse du Penalty ouverte au début du printemps était quasi pleine. Smaïl accéléra et Bassou sentit un frisson lui parcourir le dos. Il ouvrit grand sa fenêtre mais garda le regard fixé devant lui, imaginant les têtes se tourner vers le bolide qui n'avait pas ralenti sur le dos-d'âne ni dans la ligne circulaire qu'il devait suivre pour faire le tour de la place. Bassou aurait voulu profiter du vent sur son visage, se la racler tout son soûl mais il n'accéda pas à cette euphorie car, comme souvent, il s'imagina ce qu'on pouvait dire de son père et qui était toujours pire et plus inventif que ce que d'autres auraient trouvé : un Tony Montana fruste au gros bide, un parasite dans une limousine au-dessus de ses moyens, un borgne analphabète et dangereux.

Bassou craignait par-dessus tout qu'on n'entendît son père parler, il n'aimait pas se montrer avec lui ni qu'on le vît en dehors de la coquille du Lotissement. Mais désormais, il y avait la Mercedes.

La voiture repassa près du terre-plein et Smaïl stoppa brusquement sa course. Il avait aperçu Toufik Taïeb, en claquettes dans l'allée centrale, qu'il invita à les rejoindre sans que Bassou eût le temps de s'y opposer. Heureux de l'aubaine, Toufik s'assit sur les sièges épais desquels émanait une odeur de produit nettoyant imitant celle du neuf. Hamza Taïeb était lui aussi sorti, attiré par les bruits du moteur, mais déjà la Mercedes était repartie sur le chemin des Brigands, pris cette fois en sens inverse, ses phares rouges le dédaignant.

Aussitôt embarqué, Toufik agaça Bassou en criant vava-vroum. Il se mit à rire à gorge déployée, au diapason des cris que Julien poussait, pour accompagner les sensations que leur procuraient les coups de frein suivis des brusques accélérations, au gré desquels ils basculaient l'un contre l'autre, à l'arrière. Les garçons remplissaient la voiture de leurs souffles impatients, il fallait qu'il se passât quelque chose. Bassou n'était pas certain de la maîtrise de son père qu'il trouvait trop excité et, bien que lui n'y prît pas de plaisir, il lui était reconnaissant de ce qu'il faisait pour eux.

Smaïl conduisait assurément très mal. Le jour déclinant, il avait ôté ses lunettes sombres pour les poser sur le large accoudoir. La lumière hésitait encore à s'effacer tout à fait, c'était la pire heure pour lui, il n'y voyait rien. Julien observa dans le rétroviseur central le visage du pilote et celui de ses deux yeux qui ne s'ouvrait pas. Il ne s'ouvrait vraiment pas. La Mercedes monta puis redescendit plus vite, passant de l'éclairage public de la départementale à la pénombre du chemin des Brigands. Dans le pré de Vincent Chambon, le lama s'était approché de la clôture. La voiture qui fila devant lui à une allure de plus en plus effrénée ne le fit pas ciller. « Pedro ! hurla Toufik, qui aimait appeler le lama par son nom. Pedro, on va t'écrabouiller ! Bouge de là ! »

Quand le conducteur montra des signes de fatigue, Bassou lui suggéra de mettre fin au rodéo. « Papa, on va faire d'autres trucs maintenant, ramène-nous. » Smaïl eut du mal à cacher sa déception et proposa une dernière pointe, que Toufik encouragea en applaudissant. Julien ouvrit sa fenêtre pour en sortir une main qu'il laissa battre au vent comme un drapeau.

Les draps

Juin 1996, Auberge de la Brivonne

Smaïl refusa de conduire Lalla jusqu'à l'Auberge de la Brivonne. Elle y avait pris un emploi de haute lutte car il s'y était d'abord catégoriquement opposé.

« Non ! Tout le monde va se moquer de toi et raconter que tu laves les toilettes tafransist.

– Parce que tu crois que laver tes slips, c'est mieux ? Au moins eux ils me paient. »

Ses filles lui offraient beaucoup de ses fanfioles mais Lalla avait envie de disposer de ses propres moyens quand elles allaient dans les galeries marchandes. Ses colorations blondes coûtaient de l'argent, les Schwarzkopf à Auchan étaient très bien mais n'étaient jamais soldées. Et pour aller en Kabylie, elle ne voulait désormais prendre que l'avion, qui la rendait nettement moins malade.

« T'as qu'à y aller sur le bateau, toi, dit-elle à Smaïl. Tu parles de ce qu'ils vont dire les gens, mais quand ils te voient venir comme ça de la France, comme un clochard avec ta chemise froissée, ils pensent peut-être que tu as bien réussi. Bravo, mass Benbassa, pour tout ce que tu as fait, assis sur ta chaise depuis dix ans. Tu peux plus ramener d'argent mais moi oui. Et tu vas en profiter, alors laisse-moi vivre ou akarbi je te fais manger des cailloux. »

Quand elle sut que l'auberge où Myriam Amrouche avait fait des extras pendant l'été recrutait urgemment, Lalla demanda à Jihane de l'y emmener en voiture. Smaïl avait cédé en silence, suivant son adage : « Tu t'débrouilles. »

Lalla ne passa aucun entretien d'embauche, qui fut remplacé par une formation express en ménage hôtelier. « Les draps, même très sales, il faut les plier parfaitement, coin contre coin car, vous verrez, mis comme ça dans la machine, ils ressortent impeccables. Ça facilite le repassage, c'est étonnant. Pour les transporter, on n'a qu'un petit chariot. Il y a aussi toutes les serviettes de douche à mettre dessus, en piles bien droites pour pas que ça tombe. Si vous les semez, vous allez vous casser le dos à les ramasser. » La patronne de l'hôtel-restaurant, mariée au chef cuisinier, n'avait pas de temps à perdre, dix-huit chambres attendaient d'être nettoyées avant l'arrivée des clients, dès le vendredi soir.

« Ma pauvre, je ne sais pas qui est la plus à plaindre de vous ou de moi, avait-elle dit à Lalla. Plus personne ne veut travailler, je n'ai quasi rien pu louer depuis deux semaines. Mais vous m'avez l'air sérieux, bien plus que ces jeunettes qui se dandinent, à traîner le balai derrière elles plutôt qu'à le passer correctement. Et elles me plantent le lendemain de la paie, sans gêne ! Vous, vous êtes vaillante, ça se voit tout de suite. »

Lalla, malgré son accent kabyle et son chewing-gum, se faisait très bien comprendre.

« Je vais faire cinquante-trois ans cette année.

– Vous ne les faites pas du tout ! Je vous en aurais donné dix de moins. On a quasi le même âge et regardez ce qu'il me faut de poudre pour avoir une mine. On n'arrête pas, ici, c'est le seul temps que je me donne :

me faire une figure pour pas que les clients prennent la fuite.

– Et j'ai eu cinq enfants.

– À coup sûr que ça vous a donné la meilleure des expériences, pour la rigueur et tout le reste. Ne le racontez pas à mon mari, il vous embaucherait dans ses cuisines, j'ai besoin de vous, moi. Vous verrez que faire les chambres, c'est moins difficile que tenir une maison avec autant de gosses. Moi, je n'en ai eu qu'un et c'était bien suffisant, il m'a donné du fil à retordre.

– C'est sûr qu'ils font pas grand-chose tout seuls. Mais mes filles sont des bosseuses, elles m'aident, je peux pas me plaindre.

– Alors faites-les venir ! Il y a du travail. Le dimanche, la plonge dure jusqu'à dix-huit heures tellement y en a. N'hésitez pas, Lalla. Je peux vous appeler Lalla ? C'est très joli. »

Le travail démarra dès le lendemain, entre vingt et vingt-cinq minutes par chambre. « Elles sont petites et sans aucune babiole ramasse-poussière, on n'est pas au Plaza mais il faut que ça soit nickel. » Les premières semaines seraient payées en liquide, la fiche de paie et tout le tralala se feraient plus tard, dès que la patronne aurait le temps. Trois matins par semaine, de huit à quatorze heures, Lalla était à l'hôtel qui hébergeait des commerciaux sur la route, des familles qui venaient pour se promener le week-end ou rendre des visites de courtoisie au Village. Ils dînaient dans le restaurant d'une assiette de charcuterie et d'un poulet au vinaigre. Pour téléphoner, la patronne déclipsait le gros escargot en argent qui pendait à son oreille droite puis y collait le combiné. « Lalla, j'ai besoin de vous. » Et Lalla descendait. Smaïl la regardait de son seul œil ouvert mettre aux pieds ses chaussures vernies, et dans son sac une paire de ballerines plates. Si aucun de ses enfants n'était à la maison, elle marchait trente minutes sur le bord de la départementale, dans le talus afin d'éviter les voitures que les virages ne faisaient pas ralentir.

Dans la remise située derrière la banque d'accueil de l'hôtel-restaurant, elle trouvait une blouse suspendue, son chariot hérissé de balais et de produits ménagers. Une employée à mi-temps s'en servait les autres jours et, un samedi qu'elle n'était pas venue, la patronne appela Lalla en urgence. « On a un baptême au restaurant demain, ils m'ont rempli le stock de chambres. Si vous ne venez pas, je suis fichue. Il y en a quatorze à faire. Je vous paierai les six heures bien sûr, cash. » Lalla réveilla Farouk pour qu'il l'emmenât à l'auberge et Smaïl ronchonna : « Même pas eu le temps de nous faire quelque chose à manger. » Lalla lui jeta un regard sombre. « Je suis votre esclave à tous alors ? Débrouille-toi un peu ! Ou mange de l'herbe, il y en a partout dehors. Ya latif ! »

Elle arriva à la réception en même temps que les premiers clients du samedi midi. La patronne poussa la porte de la remise pour que Lalla s'y changeât à l'abri des regards et lui demanda d'y patienter quelques minutes avant qu'elle ne sortît avec le chariot, le temps que les premiers convives fussent installés dans la salle du restaurant. « Ça ne devrait pas arriver de commencer le travail à midi, Lalla, je suis désolée. Merci, hein, et je vous préviens quand c'est bon », lui dit-elle à travers la porte. Deux autres groupes arrivèrent pour déjeuner dont il fallut aussi s'occuper. « Pour cinq, oui, suivez-moi. Et là une table de quatre, j'ai encore. » Au bout de dix minutes, Lalla sortit de la remise, elle voulait commencer son travail, il y en avait beaucoup. « Bien sûr, bien sûr, allez-y, ça n'est pas si grave après tout que vous les croisiez », répondit la patronne.

Tandis que de nouveaux clients entraient par grappes, Lalla poussa le chariot. Elle escamota sa tête derrière la gerbe de lys blancs qui sortait d'un faux vase chinois, posé sur la banque d'accueil, puis entra dans l'ascenseur qui amenait aux étages de l'hôtel. Observant sa mise dans le miroir, elle regretta de n'avoir même pas eu le temps d'appliquer un peu de khôl sous ses yeux.

En début de soirée, Bassou l'entendit qui rentrait, les sons de sa fatigue, le souffle allongé et les pieds nus patinant sur le carrelage, mais il ne prit pas le temps de lui parler. Il voulait retrouver Julien qui l'attendait, ils avaient prévu de ne rien faire au parc municipal, avec d'autres adolescents. Quand il frappa à la porte des Tortorici, Solange lui ouvrit et s'exclama aussitôt : « Tiens ! J'ai vu ta mère à l'auberge, ce midi. On y a déjeuné avec les Grataloup. C'est qu'elle est bien méritante et courageuse, dis donc. Un samedi après-midi, quand tout le monde se repose. Tu ne m'avais jamais dit qu'elle travaillait là-bas. »

Bassou se figea. Il ne savait pas discerner le bon du mauvais, dans ce qu'avait vu Solange. Julien tardait à descendre de sa chambre, qu'est-ce qu'il foutait, à se vider un pot de Studio Line sur la tête. Il regarda ailleurs mais Solange restait devant lui, contente d'avoir trouvé un sujet de discussion. Espérant qu'elle s'en contenterait, il lui répondit à voix basse : « Je sais pas. Je surveille pas ce qu'elle fait. »

Les bactéries

19 décembre 1997, pré de Vincent Chambon

Les Benbassa avaient bien compris que leur fille fumait. Plutôt que lui faire passer l'envie en la battant comme plâtre, ce que Jihane avait d'abord redouté, ses parents lui signifiaient leur réprobation par un regard oblique quand elle sortait sur la terrasse avec trop de discrétion. Elle se couvrait à la hâte, attrapait n'importe quelle paire de chlaquas disponibles puis, transie, luttait contre le froid et la culpabilité en tirant le plus vite possible sur son clope inepte à la réchauffer. Ce soir-là, elle patienta jusqu'au quart d'un téléfilm de la collection *Hollywood Night*. Une fois dehors, elle se figura d'abord que l'odeur brutale dans ses narines venait de sa cigarette, mais l'âcreté de l'air était trop intense. Elle se jucha sur une chaise de plastique et aperçut plus bas des lumières vives qui provenaient du champ de Vincent Chambon. Elle rentra précipitamment. « Il y a le feu, je téléphone aux pompiers », dit-elle en coupant le son. L'urgence de la situation interdit à Lalla de protester, elle attendit que l'appel fût passé en fixant les images muettes du téléviseur. Le réceptionniste du centre de secours répondit à Jihane que les services étaient déjà prévenus. « Pour le chemin des Brigands ? C'est bon, on l'a. » Jihane décida de vérifier par elle-même. Tant pis pour la suite de *Séduction perfide*, l'épouse trahie du film n'allait sans doute pas vivre longtemps après la deuxième coupure pub. « On sait pas, vas-y, va voir ce qui se passe. Moi je regarde. Tais-toi », avait dit Lalla en ramenant sous elle ses pieds nus. Jihane emprunta la portion de route qui descendait vers l'étang et longea les noisetiers que l'hiver avait dénudés. Leurs cimes s'étaient fondues dans l'obscurité. Elle fut guidée par le gyrophare des pompiers et, quand elle parvint à leur hauteur, elle constata qu'ils étaient venus à bout des flammes.

Parmi les pompiers volontaires, Bertrand Bornage s'était trouvé ce soir-là à quelques pas de l'incendie. Il ne vivait plus chez eux mais il avait dîné avec ses parents, au Lotissement. Il avait vu les flammes grandir puis valser, tout près, comme s'il les avait lui-même allumées, avant de courir jusqu'à la caserne et de sauter dans le camion.

L'équipage tentait de maintenir à distance de l'abri entièrement détruit les quelques personnes auxquelles Jihane s'était jointe. Près de ce tas d'ossements de bois et de cendres encore fumantes gisait Pedro. Sa peau était nettement entrouverte le long du ventre, d'où sortaient des chairs fibreuses d'un rouge vif qui tranchait avec la noirceur du pelage brûlé. Asphyxié par les fumées, il n'avait livré aucune bataille. Il reposait en partie sur le flanc et ressemblait à un gros enfant endormi. Ses pattes fines avaient formé deux croix élégantes au sol après s'être écroulées tandis que son cou paraissait démesurément long, tordu au-dessus du corps. L'odeur de méchoui dans l'air aurait presque pu être appétissante si le tableau n'avait pas été si atroce.

Il faisait nuit noire, les lumières du camion de pompiers se reflétaient dans l'étang et donnaient juste de quoi voir la pulpe crue de l'animal, balayant les visages rassemblés autour. Celui de Vincent était couvert de larmes. Jihane n'hésita pas longtemps et s'approcha de lui, ce que personne n'avait osé faire. Seul Bertrand Bornage avait serré pendant quelques secondes l'épaule de son ancien camarade de classe, après avoir ôté son casque de pompier. « Allez, du nerf, Vincent », lui avait-il dit. Jihane se sentit submergée par une émotion qu'elle n'était pas certaine d'endiguer et lui posa une main dans le dos. Elle se ficha de ce que son père observait son geste. Ce petit père qui avait traversé le champ de Vincent et accédé à l'étang en un rien de temps pour gonfler le nombre des curieux. Il regarda sa fille murmurer des mots qu'il n'entendait pas. Jihane regrettait de ne pas avoir pensé à mettre autre chose que les pantoufles de Bassou. Elle sentait la chaleur de Vincent sous sa main, qui n'était vêtu que d'un t-shirt à manches longues, barré sur le ventre des lettres ACDC. Il la laissait parler sans répondre ni bouger. Son lama était vieux, il avait atteint l'âge exceptionnel de dix-neuf ans et n'allait sans doute plus vivre encore longtemps, mais jamais il n'aurait imaginé une fin aussi barbare. Lorsque les gendarmes arrivèrent, le monde fut dispersé, sommé de rentrer. Ils autorisèrent Vincent que son affliction clouait là à rester.

Deux jours plus tard, l'un des gendarmes passa au Lotissement et frappa à quelques portes. Étienne Chauvet n'avait pas enfilé ses vêtements réglementaires, parka bleue ceinturée et képi militaire, si bien que lorsque Hassan lui ouvrit la sienne, il se demanda s'il agissait dans le cadre de ses fonctions. Étienne Chauvet portait une doudoune de ski bordée de fourrure et des baskets de ville. Il avait ôté ses gants de cuir qu'il tenait dans une seule main, indiquant par ce geste qu'il ne comptait pas s'attarder. Il accepta toutefois de s'asseoir à la table de la cuisine pour boire une tasse de café, à l'invitation de Hassan, en jetant un œil à la guirlande rouge que les Amrouche avaient entortillée dans les larges feuilles d'un caoutchouc. Le ficus poussait là depuis quatorze ans, acculé contre le plafond, et démontrait sa vigueur en poursuivant sa croissance à l'horizontale. Pour Noël, il faisait l'affaire aussi bien qu'un sapin. Hassan déplora le drame. Il n'eut pas besoin de simuler sa tristesse pour Vincent dont il répétait qu'il était un ami, un gosse qu'il avait vu grandir et qui travaillait dur depuis la mort du vieil Ange. Étienne Chauvet hocha la tête. Après l'incendie, il avait rencontré à plusieurs reprises Jean-Michel Charbogne qui lui avait dit : « C'est soit que le Chambon, on lui cherche des noises parce qu'il a des projets, comme qui dirait, qui plaisent pas, soit que des jeunes auraient rien eu à faire d'autre ce soir-là. » La seconde hypothèse du garde champêtre sembla à Étienne Chauvet la moins complexe à vérifier.

« On aimerait bien comprendre ce qui a pu se passer, dit-il à Hassan. Le feu s'est déclaré vers vingt-deux heures, et les pompiers n'ont été appelés que vers vingt-trois heures. La personne n'a pas dit qui elle était, elle a raccroché un peu trop vite. Depuis vos maisons, vous avez peut-être pu voir quelque chose. Savez-vous si des jeunes étaient de sortie ? Ici, au Lotissement ? Vous avez peut-être entendu des voitures ? Il en passe pas beaucoup habituellement à cette heure-ci, dans le coin. »

Hassan avait répondu qu'il aurait bien aimé aider mais qu'il ne surveillait pas les allées et venues de ses voisins et que, bien sûr que si, des voitures pouvaient circuler sans que cela parût bizarre, il n'y avait plus de couvre-feu en France depuis longtemps d'après ce qu'il savait. Il rit de sa référence à des époques plus sinistres mais Étienne Chauvet ne releva pas.

« C'est peut-être une cigarette mal éteinte, ou un accident comme ça, bête comme on dit.

– Il paraît que le lama de Vincent Chambon avait déjà fait un peu de saccage dans votre lotissement.

– Bah ! C'était rien du tout. On l'aimait bien, on lui donnait de l'herbe, des branches. Il mangeait rien, cet animal, on aurait dit qu'il était dressé pour tout refuser. Comme nos mulets, au pays ! Sauf les fruits mais ça, c'est pas tous les gens qui le savaient. Avec mes petits-enfants on lui apportait des poires, il les dévorait, on était heureux comme tout. Le pauvre. C'était son mektoub comme on dit chez nous. »

Fadma préparait un berkoukès qui mijotait sur la gazinière. Elle faisait mine d'être plus affairée que ne le nécessitait sa soupe de pâtes, mais elle ne perdait rien de la conversation. En rentrant chez elle, Étienne Chauvet l'avait saluée d'un mouvement de tête : « Ne vous inquiétez pas, madame, je suis gendarme. » Ses mots avaient eu sur elle l'exact effet inverse ; elle se sentit mal à l'aise et suspecte mais fit de son mieux pour n'en rien laisser paraître, en multipliant les gestes inutiles.

« Monsieur Amrouche, vous connaissez tout le monde, ici. Si vous apprenez des choses, appelez la gendarmerie, vous pourrez me demander personnellement : lieutenant Étienne Chauvet. Parfois, avec le temps, des informations arrivent qu'on n'attendait plus. »

Hassan le raccompagna, incommodé par ce que le gendarme attendait de lui et qui exhumait des souvenirs aussi anciens que désagréables.

Les militaires qu'il avait connus pendant la guerre étaient quand même d'une autre trempe que ce pioupiou zélé de l'Arbrûle, comparait-il. En Algérie, Hassan, alors âgé de vingt ans, avait fait la sentinelle pour le compte de l'armée française, posté sur les routes de montagne, avant d'être jeté dans un cachot quand ses supérieurs apprirent sur dénonciation qu'il faisait passer des cartouches, des grenades et des documents aux combattants du FLN. Et ce fut dans une cellule comparable qu'au cours de l'été 1962 il supplia les « enfants du 19 mars », libérateurs du pays mais nouveaux geôliers, de le laisser s'expliquer sur le rôle d'agent double qu'il avait joué, malgré lui, pris en étau. Fadma avait cru qu'elle ne le reverrait plus, prête à envelopper son veuvage dans le drapeau algérien qui avait été distribué aux paysans de la région.

Les Amrouche en avaient vu d'autres et Hassan ne voulait pas se laisser impressionner par Chauvet, ni par sa façon d'investiguer en civil. Il s'assombrit toutefois. Malgré les trente-cinq années séparant le jeune fellah qu'il avait été, hagard et menacé, du chibani dégourdi qu'il était devenu, ses angoisses ne vieillissaient pas.

Plus tard dans la journée, il se posta au milieu du Lotissement et intercepta Toufik. Le soir de l'incendie, le petit Taïeb avait regardé Julien Courbet à la télé et, non, il n'avait rien entendu, même qu'il aurait préféré être là pour voir le lama. « Il paraît que c'était dégueu, qu'il était ouvert jusqu'à la gueule avec des trucs qui bougeaient, des bestioles qui voulaient sortir si ça se trouve, et tout brûlé comme du charbon », dit Toufik en espérant obtenir confirmation. Plus tard, Moncef trouva son voisin et lui lança : « Écoute ya Hassan, c'est pas toi l'insbector, laisse les enfants tranquilles. » Mais Hassan continua de chercher. Il n'avait pas vu le lama de ses propres yeux ni la scène du drame car, à cette heure tardive, il regardait lui aussi « Sans aucun doute » sur TF1, avec le volume suffisamment fort pour couvrir le bruit des noix qu'il cassait puis mâchait continuellement. Le récit que lui fit Smaïl de la détresse de Vincent Chambon le soir du drame l'intéressa mais ce fut au Café du Midi qu'il obtint les informations les plus fournies, dans lesquelles il fallut encore trier. Certains croyaient savoir que le lama était malade. « Il refilait son truc aux vaches de Vincent et ça risquait de se répandre. » Deux veaux avaient succombé d'une même affection dans l'année, le premier dans la ferme Chambon et le second chez un éleveur voisin, Marcel Hyvernaud. « La chlamydiose », avait réussi à préciser quelqu'un. La rumeur enfla à la mesure de l'envie qu'on avait d'incriminer le lama, qui aurait ainsi colporté les bactéries. « Ah si, c'est connu, cette maladie, chez les camélidés. » « Chez les quoi ? » Tous devinrent vétérinaires infectiologues le temps d'un viognier. Poussé par plusieurs habitants qui se sentaient d'une façon ou d'une autre menacés, Jean-Michel Charbogne avait dû rendre visite à Vincent pour lui demander si les services sanitaires étaient passés dans sa ferme, après la mort de son veau.

« Bien sûr qu'ils sont venus, tu penses que je l'ai jeté dans la rivière ? Je suis pas un sauvage, Jean-Michel. Je fais tout dans les règles, personne n'a besoin de me courir après. Elle est finie l'époque de mon père et des anciens qu'avaient peur de la préfecture. Je les reçois pas avec le fusil.

– J'ai jamais dit le contraire, s'empressa de répondre le garde champêtre. Tu sais que je sais bien que tu travailles honnêtement. Y a juste que je voudrais apaiser les esprits, mon rôle c'est pas que de verbaliser.

– Y a rien à signaler chez moi, mes vaches vont très

bien. Comme je te vois faire l'intermédiaire, passe donc le message. »

Malgré les efforts de Jean-Michel Charbogne, qui avait tenu son képi entre deux doigts pendant la conversation, les explications de Vincent eurent du mal à être entendues. On continua à jaboter, près d'un comptoir ou sur la place, devant les voitures mal garées, mais personne ne se donna la peine de s'adresser à lui. Le jeune paysan avait imaginé, jusqu'à ce qu'il le vît carbonisé, que la joliesse et la singularité de l'animal l'auraient prémuni contre la médisance et les cruautés. Après l'incendie, il charria régulièrement sa colère et sa tristesse qui se nourrissaient l'une l'autre jusqu'à la gendarmerie, réclamant un coupable. « Ce n'est pas accidentel, puisque je vous le dis. Qu'est-ce que vous faites de son ventre tranché ? Vous me ferez pas avaler vos histoires d'autocombustion de son abri, en pleine nuit. » Jean-Michel Charbogne lui avait promis qu'il l'aiderait à trouver le responsable mais, bien que Vincent n'eût rien contre lui, qu'est-ce que le petit agent territorial, tout assermenté qu'il était, allait récolter, en dehors des ragots ?

« Ça ressemble à un règlement de comptes.

– Qui peut vouloir du mal au Chambon qu'est quand même pas une brute ?

– Ou juste un jaloux qui a tué le petit chameau.

– Il fait ses trucs dans son coin, aussi. »

Et ce ne fut pas tout.

« Il paraît qu'il a une petite amie, maintenant.

– Tu sais qui elle est, celle-ci ? Qu'il va les dénicher on sait pas où.

– T'en croiras pas tes oreilles si je te le dis.

– Il est occupé, le Vincent, on dirait. Si ça peut lui faire oublier son chagrin.

– Et puis ses idées. »

Dans l’esprit des villageois, le projet de camping pour Néerlandais de Vincent était parti en fumée avec son lama. Concernant sa petite amie, en revanche, le feu restait vif.

La gigue

Février 1997, maison des Boulanouar

Chez les Taïeb de la maison 7, on ne s'occupait pas beaucoup des on-dit. Dans la famille, seul Toufik aimait les embrouilles. Il était à leur écoute, les pressentait et se trouvait généralement à proximité, comme aimanté. Sa seule présence paraissait pouvoir les provoquer. Un chat noir, disaient de lui ses voisins.

Depuis que son grand frère Lutfi s'était acheté une 206 neuve dont le blanc ressortait parfaitement quand elle était garée près de la maison jaune, projetant une image d'œuf au plat, Toufik tournait autour de la mauvaise idée d'apprendre à conduire. « Montre-moi, juste le démarrage », lui demandait-il inlassablement, plusieurs fois par jour. Farci, Lutfi savait que rien ne le chasserait, pas même un coup de pied, aussi emmena-t-il son petit frère sur le parking du Lotissement. « Viens, mocheté, on va essayer. Si t'arrives à tourner le volant, ce sera déjà pas si mal. » Sa Peugeot les attendait sur le terre-plein tapissé de gravier. « Tu vois quelque chose ? Remonte le siège avec la manette. Tire doucement vers le haut, calme-toi, tu vas tout casser. Plusieurs fois, petit con, c'est pas *K2000*, ça va pas se faire tout seul. » Lutfi expliqua à Toufik comment placer ses pieds, doser leur pression sur les pédales, passer une première vitesse tout en coordonnant la manipulation du volant. « Tu fais gaffe, on va partir sur la gauche et faire un cercle. »

Leur cousin Hamza Taïeb s'était perché au-dessus du toit de son cabanon qui donnait sur le parking. Il faisait semblant de ne pas les observer en balançant les jambes.

« Toufik, regarde devant toi sinon on arrête. Non ! Appuie sur l'embrayage quand tu freines. T'as encore calé. Essaie de m'écouter deux secondes. » Mais Toufik voulait conduire sans apprendre. Lutfi perdit patience et l'obligea à échanger leurs places, ça suffisait les conneries.

« Tu penses que je vais pouvoir la faire, la conduite accompagnée ?

– Tu rêves. Faudrait déjà qu'on puisse te la payer, si tu crois que c'est gratuit.

– Mais tu serais d'accord pour me faire conduire ?

– T'as pas l'âge et t'as encore rien compris. Allez, bouge de là, espèce de danger public. »

Toufik, reconnaissant et vexé – un mélange confus au creux du ventre dont il avait l'habitude –, se fit de cette histoire de conduite une nouvelle tocade. À partir de ce jour, il entra dès que l'occasion se présentait dans la voiture de son frère. Il caressait le volant, étreignait le levier de vitesse, jouait avec le commodo des essuie-glaces. Quand Lutfi allumait le contact, les balais s'agitaient violemment sur le pare-brise. Plusieurs fois, il donna un coup sur la tête du eazizi à sa maman pour qu'il sortît de cet habitacle. Mais Toufik, les deux fesses calées dans le siège baquet, ne se lassait pas. Il s'imaginait filer sur des autoroutes soyeuses, avaler les kilomètres en direction de nulle part, dépasser des bolides humiliés et envieux. Personne pour le saouler. Il prenait la confiance.

Ce dimanche matin, Bassou était allé chercher quatre baguettes chez les Boisset et il en avait presque mangé la moitié d'une sur le trajet du retour. En arrivant devant l'allée de la maison Boulanouar, le danger se fit sentir avant même qu'il ne vît surgir la 206 de Lutfi, cahotant dans sa direction. Toufik était au volant, qui appuyait sur la pédale mais avançait si lentement que Bassou eut le temps de se jeter sur le côté. La Peugeot fut stoppée dans sa progression bouffonne par la voiture d'Ali Boulanouar, une Citroën familiale, ancienne de treize ans mais bien entretenue, conduite avec pondération, le samedi exclusivement. Elle la percuta dans un fracas métallique qui fit immédiatement jaillir Ali hors de chez lui, planté sur ses jambes maigres qui dépassaient d'une gandoura. Il regarda Toufik, blême à l'intérieur de la 206, puis Bassou, tout aussi pâle, se tenant sur le côté. L'apprenti pilote avait été secoué mais fut rassuré par la ritournelle de dessin animé qui s'enclencha dans sa boîte crânienne : « Petite automobile, bile, tu parais si fragile, gile, sous ton drôle de capot, Bou-bou-bou-boumbo. »

Ali se mit à faire des bonds en hululant. Le voisinage fut rameuté. Moncef Taïeb vit que la Peugeot contenait l'un de ses fils mais pas le bon. Il fit signe à Toufik de ne pas en sortir puis supplia Ali de ne pas prévenir les gendarmes. « Mon fils n'est pas méchant, wallah lahdim. Il est fou, il est juste fou. » Montserrat s'était étonnée d'entendre le moteur de la Peugeot ronfler alors que Lutfi était en stage commercial à Marseille pour deux semaines. Saucissonnée dans son tablier, elle avait rejoint le lieu de l'accident où elle se mit subitement à pleurer : « Sidi Ali, je t'en prie, c'est un petit garçon, ne l'envoie pas en prison. » Hassan, sorti en pantoufles, estima bon de se mêler au chœur des supplications malgré ses relations tendues avec son voisin immédiat. Il tenait toujours autant à ce que la maréchaussée n'eût pas à s'approcher et tâcha de convaincre Ali d'écouter leurs propositions plutôt que faire passer les habitants du Lotissement pour les sauvages du village.

« Sauvages ? Sauvages ? répéta Ali en arabe en tournant sur lui-même, les mains levées au ciel. Ah ça, tu peux le dire ! Qui élève ces enfants ? Ils conduisent avec du lait qui leur coule du nez. Où est-ce qu'on a vu ça, où ? Répondez-moi ! J'ai honte de vivre ici, je maudis vos gosses et leurs parents. Tfou ! »

Bassou fut tellement impressionné par la gigue d'Ali qu'il en oublia son propre cas. Il s'était exclamé : « Ce golmon l'a fait exprès, il a voulu m'écraser », mais personne ne lui avait prêté attention, les dégâts de la voiture d'Ali paraissant à tous hautement plus importants. Son pain avait roulé sur le sol mouillé et Bassou le ramassa, dépité. Renonçant à trouver une oreille compatissante, il se dirigea vers sa maison.

« Où tu vas, toi ? hurla Ali.

– Quoi ? Maintenant je vais me faire engueuler ?

– Tu restes, tu vas réparer vos bêtises ! »

Mais Bassou haussa les épaules et disparut dans son allée, avec ce qui restait de ses baguettes sous le bras.

Depuis la voiture, Toufik avait entendu les mots de Bassou et, pour les oublier, se concentra sur la comptine qui tournait encore dans son esprit. « Tes deux amis fidèles, dèles, se raccrochent à tes ailes, zailes, pour pas tomber de haut, Bou-bou-bou-boumbo. » Il jetait des regards furtifs vers la mêlée dont il se sentait protégé, assis dans l'habitacle, les mains sur le volant, fredonnant en silence. « Quand tu respires une fleur, ça fait boum-boum dans ton cœur, tu affoles tes mécaniques et tu deviens… Boumbo magique. »

Finalement, l'affaire n'enfla pas davantage, car Moncef promit de payer la réparation de la tôle froissée. Hassan se porta garant, en se contentant de donner sa parole. « Il le fera, tu le connais, il est honnête. Je suis témoin. On s'arrange entre amis, entre voisins, c'est mieux. » Moncef déplaça la voiture de son fils. Quand Toufik rentra chez lui, Olfa posa la main sur sa joue. Elle l'appela son petit chat tout moche. Puis lui infligea une violente tape sur le crâne. Il se mit à pleurer. « Arrête, putain, arrête. Quand vas-tu arrêter toutes ces conneries ? Jusqu'où tu vas aller, comme ça ? » Toufik était infichu de répondre, il ne le savait pas lui-même. Il craignait la réaction de son frère. Lutfi serait sûrement furieux et, s'il téléphonait depuis Marseille, son séjour serait gâché. Les jours suivants, Toufik déposa quelques francs dans la boîte aux lettres des Benbassa. L'idée qu'il se faisait d'un dédommagement. Un jour, Jihane surprit son geste et lui demanda ce qu'il fabriquait. « Rien, c'est pour Bassou. » Parfois, Toufik jetait des centimes, les meilleurs jours, il mettait un billet, sans mot. Toufik se cramponna à ce rite expiatoire pendant quelques mois. Pardon je sais pas ce qui m'a pris, avait-il envie de dire à Bassou qui ne faisait plus que l'ignorer.

La proue du Titanic

Juin 1997, cinéma de Saint-Bol

Sur les nerfs, Bassou avait passé son après-midi à la recherche de Pierre et Julien. Après avoir sonné chez les Boiteux sans obtenir de réponse, il avait constaté que le préau était vide. En plus de s'y abriter le matin pour attendre le car scolaire, un sac à l'épaule chargé de huit kilos de leçons mal apprises, ils s'y donnaient rendez-vous le soir. Du mur mitoyen avec les cuisines du Penalty sortaient une odeur de graillon et le son des casseroles. Certains traînaient parfois aussi dans la ruelle de l'église, par laquelle il n'y avait aucune raison de passer sauf à s'y dissimuler. Là encore, Bassou ne trouva personne. À croire que quelque chose se préparait dont il était le seul à ne pas être informé. Au parc, il ne trouva que Nicolas Hyvernaud qui poussait mollement Betty Perez sur le tourniquet. Ils sortaient ensemble depuis le réveillon de la Saint-Sylvestre, ce qui faisait d'eux un vieux couple auquel on prédisait deux enfants. Nicolas confirma avoir vu les scooters de Pierre et Julien pétarader dans le village un peu plus tôt.

« Ils sont allés chercher du matos.

– Mais ils sont revenus, poursuivit Betty. On se capte ce soir chez Pierre ? »

Bassou ne savait pas à quoi elle faisait référence.

Il avait un peu plus de mal à retrouver Julien depuis que ses parents lui avaient offert son BW's, pour ses seize ans. Il disparaissait parfois des journées entières, le chevauchant pour s'approvisionner en shit, jusqu'à Pontcharra ou Tarare. Mais la plupart du temps, il trouvait tout à Saint-Bol et s'attardait dans ce village à peine plus grand que le leur, dont on disait qu'il craignait. Ses jeunes tenaient à se confronter avec régularité à ceux de Sarigny, commune voisine couronnée quant à elle du titre de plus gros fief rasto de la région. Le conflit entre les deux villages durait au moins depuis l'époque où Smaïl, le père de Bassou alors jeune homme, avait volontiers participé à l'animer.

Malgré sa réputation déplorable, on se rendait à Saint-Bol pour son kebab et son cinéma, les seuls à plusieurs kilomètres à la ronde. Un jour, à sa mère qui lui demandait si Bassou et lui auraient envie qu'elle les conduisît voir un film après le dîner, Julien avait répondu en dressant la table : « Sûrement pas, y a trop d'Arabes. » Quelques secondes étaient passées dans un silence compact, hors le bruit des couverts posés trop près des assiettes, puis Solange s'était mise à crier.

« Tu dis pas des trucs pareils, ça va pas ! Tu te rends compte au moins que Bassou est à côté de toi ?

– C'est bon, Bass il s'en fout. Il est d'accord.

– Tant mieux que Bassou se sente pas visé, mais je veux plus t'entendre parler comme ça.

– On dirait que t'es jamais allée à Saint-Bol. Tout le monde le dit, alors ça veut rien dire.

– Je me fous de ce que font les autres ! On t'a pas élevé comme ça, un point c'est tout. »

Julien n'avait pas réfléchi. Ou peut-être que si. Mais rapidement. Il avait voulu montrer à Solange combien il avait le souci de ne pas avoir de mauvaises fréquentations et de ne pas lui-même en devenir une. Puisque ça n'avait pas marché, il se ficha de sa réaction. Elle avait maintenant décidé d'impliquer Bernard. « Et toi, tu dis rien. Comme d'habitude. Franchement, tu pourrais le recadrer des fois. » Plus ou moins embarrassé, le père de Julien avait grommelé : « C'est façon de parler. Arrête un peu, laisse-les respirer, ces gamins. » Puis il avait fui. « Je vais voir où en est la paella. » Il s'efforçait de prononcer paèlya pour faire honneur à ses origines italo-espagnoles. Dans un plat en fonte qui ne servait qu'à sa préparation, elle mijotait sur la terrasse, près de la piscine, le riz surnageait dans un jus orange vif et proférait des borborygmes prometteurs. C'était la spécialité de Bernard, qu'il ne ratait jamais. Il n'en avait pas d'autres. « Attention, que des pilons de poulet et des fruits de mer. Là, tu peux y aller : des moules, des gambas, des calamars. Et les petits pois je veux bien, mais on arrête là la déconnade. » « De toute manière on va pas servir de chorizo à Bassou », avait remarqué Solange. Les deux adolescents n'avaient pas eu envie de prolonger la discussion, Julien avait demandé qu'on les appelât lorsque le dîner serait prêt. Le lendemain après-midi, ils avaient fini par aller au cinéma de Saint-Bol, où ils avaient vu *Titanic*, sur les conseils de Solange que l'on écoutait de temps à autre. Plus tard, pour la faire rire, Julien s'était glissé dans le dos de sa mère et lui avait saisi les deux bras pour les soulever en croix. Il avait hurlé dans ses créoles suspendues aux oreilles : « Je vole, Jack, je vole. » Solange avait visualisé la proue du navire en train de fendre les eaux devant eux.

Il était presque dix-neuf heures. Bassou errait depuis trop longtemps. Il décida de rentrer chez lui en repassant devant le préau et les vit là. Deux apparitions. Leur pose tranquille laissait penser qu'ils n'en avaient pas bougé de la journée et que Bassou avait été miraud. Les scooters reposaient sur leurs béquilles souillées par des éclaboussures de terre. Chacun tenait une canette de Coca comme un prolongement de la main. Bassou s'approcha sans ressentir de soulagement et constata qu'ils avaient déjà les yeux vitreux. Julien était le moins lisible, le bas de son visage hésitait entre deux moues incertaines.

« Les gars, vous étiez passés où ? »

Pierre le regarda. « T'as sonné chez moi cet après-midi ? »

Bassou ne comprit pas le sens de la question ni le ton de reproche qu'il y décelait. S'il avait entendu la sonnette, pourquoi ne pas lui avoir ouvert ?

« On était à Saint-Bol, justifia Julien.

– Ce fils de pute de Tarek a voulu nous niquer, dit Pierre. Il nous a refourgué un cinquante grand ça-comme. Une bite de lapin ! En fait non, c'est sa bite à lui.

– Lui et sa smala, ils se prennent trop pour les rois du pétrole, ma parole.

– Vas-y, faut qu'on monte un biz ici. Je te l'ai dit plein de fois déjà.

– On se sert plus chez eux, je m'en bats les couilles, on va jusqu'à Pontch' s'il faut. »

Pierre et Julien faisaient circuler leur aigreur entre eux comme une balle. Ils dressèrent la liste des prospects du Village, en dehors des adolescents qui ne formeraient pas une clientèle suffisante pour leurs ambitions. « L'autre grande, là, qui bosse à côté, elle bédave. Agnès Thévenin. Déjà ça en fait une de sûr. » Bassou eut envie de savoir ce qui se préparait ce soir-là mais l'atmosphère s'était tendue. Il pouvait à tout moment finir en charpie dans la bouche de Pierre. S'il avait eu le choix et le courage, Bassou se serait bien passé de lui.

« Et toi, t'étais où ? » lui demanda Pierre qui souriait. Des boutons avaient entièrement recouvert son front et ses joues pendant l'année mais ses dents restaient impeccables. « T'as passé l'après-midi à danser avec ta mère, c'est ça ? »

Bassou se tourna vers Julien, qui avait levé les sourcils pour montrer qu'il était encore vivant, plus ou moins à l'écoute.

« Montre-nous comment vous faites quand tu bouges ton cul comme maman, proposa Pierre, satisfait de sa trouvaille. Badaboum, Bassaboum. Allez, danse un peu. T'as besoin d'un tam-tam ? »

Julien ne riait toujours pas. Il ne protestait pas non plus.

Hors jeu. Bassou venait de recevoir une invitation à retourner dans sa bicoque et à ne surtout pas demander son reste. Ce fut à lui-même qu'il en voulut d'abord. Il regretta de les avoir autant cherchés. Rien n'aurait été dit, s'il les avait manqués. Jamais il n'aurait su que Julien avait comme distribué dans son dos des photos des Benbassa tout nus. « Ferme bien ta gueule », lâcha Bassou entre ses dents, en fixant Pierre, puis il s'éloigna et prit la direction du Lotissement. Il songea à sa mère, qui ne dansait plus depuis qu'elle travaillait à l'auberge, elle en revenait fatiguée et il restait encore à faire à la maison. Il essaya de se convaincre que tout ça lui était égal mais la question le pilonnait. Qu'avait exposé Julien de sa vie au Lotissement ? Les balais suspendus dans les toilettes, l'odeur des bouillons de Lalla, les siestes de Smaïl, le cadre dont les sept membres de la famille essayaient de ne pas sortir en serrant le rang ? Sur la photo du salon, bébé Bassou agrippé au cou de sa mère portait des salomés rouges. Ceux qu'il croyait être ses potes avaient dû bien en rigoler, en son absence.

Au croisement de la route départementale avec le chemin des Brigands, Vanessa Maligex apparut vêtue d'un bombers blanc que Bassou ne lui connaissait pas. Le chemin n'étant pas si large, ils n'eurent que le choix d'avancer l'un vers l'autre, s'apprêtant à vérifier l'état de leur relation. Ils ne se parlaient pas beaucoup mais trouvaient toujours des choses à se dire. D'elle émanait une épaisse odeur de parfum. Elle avait reçu un flacon de Cabotine de ses grands-parents, à son dernier anniversaire comme au précédent, et n'oubliait jamais de s'en asperger avant de sortir. Ses lèvres étaient glossées. Après avoir attrapé Bassou par les bras pour l'embrasser bruyamment sur les deux joues, elle signala qu'elle allait chez Pierre. « Pour l'anniversaire de Julien. » Bassou remarqua in petto que la date exacte était passée depuis deux semaines. Le jour même, il l'avait souhaité à son ami en lui offrant sa cigarette de sept heures du matin. « Tu viens avec moi ? lui demanda-t-elle. J'espère qu'on va bouger au Titan, j'en ai ras le bol des soirées à se mettre la tête ici. » Bassou répondit qu'il était en route pour son lit. « C'est sans moi ce soir. Je suis brassé. » Chez lui, il refusa de dîner au même prétexte que son estomac ne pourrait rien accepter. Le mensonge fait à Vanessa puis à Lalla muta et il se coucha avec une sensation de fièvre, le corps ankylosé, tellement douloureux qu'il aurait pu le faire pleurer.

Le temps des cerises

Août 1997, verger de Vincent Chambon

Comme convenu avec Vincent Chambon, les Taïeb n'emmenèrent pas Olfa en Tunisie afin qu'elle pût cueillir les fruits de ses cerisiers. L'horizon d'une totale liberté disparut toutefois quand ils décrétèrent que Toufik resterait avec elle. L'économie sur les billets de bateau n'était pas négligeable. Lutfi, lui, n'avait pas eu le choix, il embarquait pour Monastir avec ses parents et sa sœur aînée, Saloua. « Yalla, tu viens avec nous, tu vas pas commencer à couper les ponts », avait synthétisé Moncef.

Olfa s'accommoda de la présence de son petit frère dont elle avait pitié. Ils adoptèrent ensemble un régime agréable, malgré le travail dans le verger qui démarrait pour elle aux aurores. Le soir, ils regardaient la télé en mangeant des salades de tomates et d'ail, après quoi ils crachaient dans leurs mains les noyaux des cerises qu'elle rapportait par kilos. Toufik n'avait jamais eu le loisir d'observer sa sœur si longuement et d'aussi près, et découvrit à quel point elle était aussi belle qu'on le disait. Elle lui proposait de jouer au kilo de merde qui les faisait mourir de rire, il parvenait à gagner aux cartes presque autant qu'elle. À l'aube, Toufik l'entendait déranger des objets dans la cuisine et la rejoignait parfois pour boire un café au lait. Elle n'avait pas l'air chiffonné du matin, intacte comme si le sommeil n'était pas passé par sa chambre. Il trouvait que ses cheveux sentaient le frais du dehors. Elle les attachait avec un tas d'épingles pour ne pas être gênée sous les arbres. Avant de partir, elle faisait ses recommandations à Toufik, à voix basse : « N'allume pas la télé, va te recoucher, ne touche à rien. »

Un peu avant sept heures du matin, elle rejoignait la ferme de Vincent, au-dessus du Lotissement, puis s'entassait avec Zouina Fahd et deux étudiants lyonnais dans sa camionnette qui sentait la terre et le lait tourné. Fadma et Hassan Amrouche, également embauchés pour l'été, les suivaient dans leur voiture. Elle s'empressait de monter à l'avant, le plus loin possible de Mozart qui s'asseyait au fond du véhicule. Né du probable accouplement d'un dogue allemand et d'un mastiff, le molosse au poil ras précédait toujours son maître. Ces deux-là étaient inséparables. Olfa en voulait aux étudiants qui, dans la camionnette, caressaient et excitaient le chien. Au printemps, elle avait songé à se désengager à cause d'un cauchemar récurrent où elle se retrouvait piégée avec l'animal. Accroupie dans un cube posé au sol, sur un de ses sommets, elle se blotissait dans l'angle tandis qu'au-dessus d'elle, l'unique porte s'entrouvrait sur une lumière chaude. Un chien noir et musculeux, rappelant plus ou moins le corniaud de Vincent, se tenait fixé sur une des faces verticales, défiant la gravité et les règles de perspective. Les oreilles dressées, assis sur ses deux pattes arrière, il paraissait aveugle mais à l'affût. Pour sortir, Olfa devait passer près de la bête et avancer sur le plancher oblique sans glisser ni rouler jusque dans son coin. Elle s'interdisait d'appeler à l'aide et ses membres tétanisés ne lui permettaient aucun déplacement. « Pourvu qu'il ne se retourne pas, pourvu que la porte ne se ferme pas, ya Rabbi, pourvu que je ne me retrouve pas seule dans le noir avec lui. » Elle s'était réveillée plusieurs fois anxieuse et abattue d'avoir encore passé une nuit dans le cube. À la ferme, elle n'osa pas en dire un mot mais sa façon de rester à distance du chien parla pour elle. Après une semaine de cueillette, Vincent cessa d'emmener Mozart, sans explication. Dans la camionnette, personne ne changea de place, elles avaient été attribuées, quel besoin de changer. Olfa continua de s'asseoir à l'avant, profitant de l'air qui passait entre leurs deux vitres ouvertes.

Sous les arbres, la chaleur était moins forte mais il fallait avancer vite avant qu'elle ne fût trop écrasante. Fadma indiquait par quel rang démarrer à sept heures tapantes. C'était elle aussi qui sonnait la pause de dix heures pendant laquelle les saisonniers partageaient un casse-croûte. Vers dix heures passées de quinze minutes, elle disait en se levant : « Allez, on y retourne », et tout le monde obéissait. On rangeait les petits gâteaux et les morceaux de gruyère. Son agilité en faisait l'ouvrière agricole la plus prisée des arboriculteurs chez qui elle était passée. Elle grimpait sans s'aider de l'échalas, sautait de branche en branche, en apesanteur. « On voit que vous étiez aussi des paysans, chez vous », lui avait un jour dit Vincent, impressionné par les cent kilos de cerises égrenées chaque jour par les mains expertes de cette femme de cinquante-quatre ans, soixante-dix kilos sur la balance, dont les épaules et les mollets étaient aussi solides que les siens. Rien ne la faisait reculer, le vide pas plus que le poids des paniers. Hassan avait fanfaronné. « Eh oui, on avait un immense terrain de palmiers chez nous, on a produit des tonnes et des tonnes de dattes. » Les Amrouche avaient choisi de ne plus travailler que chez Vincent car il payait bien et Fadma appréciait leur relation fondée sur la saine combinaison d'un travail difficile et d'une camaraderie convenable. Il lui donnait du Fafa et elle se sentait libre de parler plus qu'à son habitude malgré son accent. Elle prenait les devants, enseignait aux novices comment tirer sur le fruit en le conservant attaché à sa queue, sans quoi il pourrissait. Elle ne se détournait de l'arbre dans lequel elle progressait comme un écureuil qu'après l'avoir entièrement dénudé et repérait tous ceux qui ne l'étaient pas. Chaque année, elle attendait le temps des cerises.

Vincent avait installé une pompe qui puisait dans la source, sous leurs pieds, et débouchait sur le côté du sentier. Les saisonniers s'abreuvaient à son robinet terreux d'où sortait une eau toujours fraîche. Olfa venait d'en boire à grosses goulées dans sa bouteille quand elle recracha tout bruyamment. Dans la petite flaque formée à ses pieds, un forficule rescapé agitait sa longue pince. « Tant que tu ne l'as pas avalé ! s'exclama Zouina. Si tu l'avais mangé, ça t'aurait porté malheur. » Vincent rétorqua : « Il peut rien lui arriver de mal ici. » Le pince-oreille se tortillait. Olfa continua à tousser et à se racler la gorge, puis s'assura que sa bouteille était vide de toute autre mauvaise surprise. Dans le verger, la nature ne s'offrait pas sans malice. Un jour que les étudiants s'étaient gavés de cerises, Hassan les avait observés avec horreur, le panier qu'ils avaient choisi était rempli de fruits véreux. Il avait renoncé à les alerter car ils en avaient déjà trop avalé, imaginant dans leurs bouches la bouillie d'asticots mélangée à la pulpe noire et sucrée des bigarreaux.

Pendant ce temps, entre deux émissions de télé, Toufik négociait avec lui-même : fouiner dans la chambre de ses parents, ouvrir les tiroirs de la commode ou attendre le lendemain, regarder un autre programme ou faire un tour au Village. S'il se décidait à sortir, il longeait les ruelles en évitant la place désertée, sur laquelle le soleil cognait plus fort. Il avait proposé à Bassou d'aller au parc avec lui, en fin d'après-midi, mais son voisin l'avait rudoyé. « Lâche-moi, Toufik, je vais pas traîner avec toi. Ni maintenant ni après, mets-toi ça dans la tête. » Cet été-là, Bassou s'autorisa des mots qu'il avait souvent ravalés, même lorsqu'il avait failli passer sous les roues de la 206. Pourquoi Toufik ne comprenait rien, pourquoi il ne voyait pas que tout le monde se foutait de lui. Pour être aussi con, il fallait qu'il le fît un peu exprès, dit Bassou. Toufik s'était retenu de pleurer, regrettant de ne pas être parti pour Monastir. L'été serait long, distendu, sans personne à suivre. Il songea dès lors à lui rendre la pareille et fit tourner dans sa tête une hypothétique réponse qu'il reprenait chaque jour, dans les moments où il s'ennuyait le plus. Il en fignolait la tournure et la rallongeait de quelques mots dans son lit, le soir. « Espèce de gros pédé de ta race, tes sœurs ces putes et ton père ce bâtard, je t'éclate la gueule avec une batte, je te crève les yeux avec un nerf de bœuf, je te l'enfoncerai profond et tu vas me supplier comme un bébé pour que j'arrête, c'est fini pour toi Bassou Benbassa. » Hors cette occupation, Toufik aimait tomber sur « Le Petit Chef » et regarder les performances culinaires du jeune prodige qui en mettait plein la vue à des sommités de la critique gastronomique. Toufik s'était imaginé pouvoir l'égaler. Quand il l'avait suggéré à sa prof principale, cette pute elle aussi, elle s'était adressée à Olfa qui était venue à la réunion d'orientation à la place de ses parents : « Je ne sais pas ce que vous croyez, mais pour faire un CAP cuisine, il faut être appliqué, il y a autant de théorie que de pratique. On ne peut pas dire que ce soit le fort de Toufik, je le vois très mal suivre ce cursus. » Olfa avait rougi et, sur le chemin du retour, essayé de convaincre son petit frère de choisir une autre voie.

Il était bientôt treize heures. Poussé par la faim, Toufik se mit en tête d'aller chercher sa sœur. Il avait acheté une baguette de pain dans la matinée et voulait qu'elle fît frire des œufs pour les glisser dedans, avec de la harissa et de la mayonnaise. Quand il accosta la ferme, il la vit en pleine conversation avec Vincent, en retrait de l'étable. Les autres saisonniers avaient déjà déserté les lieux, pressés de manger et de se reposer avant de reprendre la tâche, le lendemain. Dans l'après-midi, leurs paniers de cerises seraient vidés dans un haut conteneur, les fruits triés, pesés puis mis en cagettes. La scène surprit Toufik. Les deux se faisaient face, Olfa portait son gilet à la main et l'air timide qu'il lui connaissait en présence d'étrangers était remplacé par une mine troublée. Le paysan lui tournait le dos, ce qui empêcha Toufik de lire ce qui se passait. Quand elle aperçut son frère, le visage d'Olfa retrouva des traits doux et apaisés, deux masques s'étaient succédé en une fraction de seconde. Elle quitta Vincent et, s'approchant de Toufik, lui prit doucement le bras en le faisant avancer en direction du Lotissement.

« Qu'est-ce que vous disiez ?

– Rien d'important.

– T'avais l'air bizarre.

– Je voudrais ma paie en avance, mais on va s'arranger. J'en discuterai avec lui plus tard. Et toi, tu t'inquiètes pas pour ça. »

Elle enfila son gilet alors que le soleil pointait durement depuis son zénith. Quand Toufik lui demanda si elle allait faire des œufs frits, Olfa lui demanda s'il finirait par s'en lasser un jour. « Jamais, j'adore ça. Tu devras m'en faire pour toujours. »

Le singe de cirque

Août 1997, cimetière des animaux

Au cours du même été, Bassou fut embauché par Hugo Maligex au cimetière des animaux. Son père, Raymond, avait créé l'une des premières nécropoles du genre en France en 1979 et l'avait accolée à son chenil, développant habilement son business pour chiens qu'il était possible de faire gardienner ici vivants ou morts. Raymond avait remarqué que, lorsque leurs fidèles compagnons mouraient, ses clients abandonnaient leurs dépouilles à un équarrisseur flegmatique qui n'offrait qu'une froide incinération en réponse au gouffre de leur chagrin. Dans un élan de sa bonté bien connue, le grand Raymond s'était donc soucié du repos éternel d'un Médor pour qui rien ne serait trop beau. Dépenser des sommes outrancières paraissant aider le deuil à faire son chemin, il vendit les emplacements à prix d'or.

Quand Raymond décéda d'un cancer des poumons, la veille du Noël 1996, son fils hésita à revendre chenil et cimetière qui demandaient une présence quasi continue mais y renonça en regardant de plus près combien le tout rapportait.

Le lieu regorgeait de vanités toutes plus étonnantes, que l'on venait visiter depuis Lyon. Hugo décida de lancer de menus travaux durant l'été, pour marquer la rupture avec l'ancienne génération et justifier une future augmentation des prix. Bassou, qui n'avait rien à faire de l'été, s'était présenté au chenil pour proposer ses services. Hugo l'avait alors observé de sa hauteur, héritée de son père, et s'était dit qu'un jeune du Lotissement, logé à trois cents mètres, n'ayant aucun moyen de partir au Cap d'Agde sur un coup de tête ni l'outrecuidance de réclamer un contrat de travail, serait une bonne idée. Celui-là ne paraissait pas moins dégourdi qu'un autre. Sa première mission fut de nettoyer les enclos et Bassou songea à faire demi-tour quand il pénétra dans la cour bétonnée, où l'odeur d'excréments et de poil humide l'agressa. Pendant leurs congés, les propriétaires n'emmenaient pas leurs animaux dans leur location de bord de mer et la pension pour chiens affichait complet. Leurs aboiements faramineux recouvraient le chenil d'une chape. Bassou rassembla ce qu'il avait de courage, déglutissant et serrant les poings. Rien n'échappa à Hugo Maligex.

« Tu sors chaque chien de sa cage pis tu l'attaches au plot, juste là. Attention à bien mettre la laisse aux gros chiens, pis à la resserrer pour les petits, sinon ils vont courir partout. Que tu perdes pas de temps à jouer avec. Après t'auras plus qu'à enlever tout ce que tu trouves avec la pelle, pis à frotter avec le balai-brosse. T'as de la lessive, tu fais un mélange avec un peu de Javel. On a nettoyé au printemps mais y a des hordes qui sont passées depuis. Hésite pas à leur filer une ou deux caresses, comme ça ils s'habituent à toi, ils voient comme t'es gentil. »

Bassou essayait avec difficulté de dissimuler son effroi. C'était sans doute stupide mais il ne s'attendait pas à devoir s'approcher des chiens. L'un d'eux, râblé comme un veau, roulait les billes noires de ses yeux dans sa direction, en aboyant contre la grille de sa cage. Bassou respira fort, emplissant son nez de l'odeur revêche, puis ôta son t-shirt et le noua de façon à couvrir le bas de son visage. Il prépara une potion lavante avec les produits mis à sa disposition par Hugo, qui le jaugeait d'un œil goguenard depuis un coin de la cour. Bassou décida de commencer par le chien-veau.

Après lui avoir fait traverser l'épreuve du grand ménage qui dura quelques jours, Hugo demanda à son factotum de s'occuper du cimetière, d'en nettoyer les allées, de procéder à leur re-cailloutage et à la solidification de deux murets menaçant de s'écrouler. Selon son goût original, il lui apporta trois palmiers à planter devant le portail. Bassou arrosait chaque jour les massifs de thuyas, un soin dont les fleurs factices déposées sur les tombes n'avaient pas besoin. Elles projetaient des taches de couleurs vives sous des plaques funéraires toutes plus vibrantes les unes que les autres, « Texas, à ta mémoire », « À nos aimées Chipie, Margot et Luna », trois chattes décédées à quelques années d'intervalle. Enterrées dans un unique caveau, elles étaient immortalisées sur des photos dans des scènes académiques, l'une couchée dans un panier, l'autre debout sur les pattes arrière, jouant avec un ruban, la dernière fixant l'objectif depuis un jardin entretenu. Bassou s'étonnait que l'on pût consacrer un espace et un argent aussi considérables pour des animaux, qu'ils fussent de compagnie ne suscitait aucune compassion chez lui. Au milieu de ces âmes chéries et parties trop tôt, Freddie était le plus réputé des défunts. Il s'agissait d'un singe dont le propriétaire, un artiste de cirque russe, resta longtemps inconsolable. Il avait fait inscrire en lettres dorées « Ton souvenir restera à jamais gravé dans nos cœurs », à côté de son complice attifé d'une salopette et encadré dans un médaillon de métal ciselé. Bien que le Russe fût décédé depuis longtemps et ne payât plus sa redevance, les Maligex avaient conservé sa concession qui était une attraction fameuse du cimetière des animaux. Si le Village avait eu un peu d'humour, il aurait fait de Freddie sa mascotte, son saint protecteur et aurait érigé sur la place un memento mori, orné d'un petit crâne de singe et d'une guirlande de centaurées. Au lieu de ça, deux banales cerises composaient ses armoiries.

Dans le silence du cimetière où il passait le plus clair de ses journées, Bassou s'imaginait régner sur un royaume de sujets statiques qu'il réveillait quand bon lui semblait. Il les faisait non pas japper mais deviser, se dresser sur leurs pattes arrière à la manière de comtesses distinguées ou ivres. Harry était son favori. Le berger allemand était mort de vieillesse selon les dates gravées sur sa plaque, ses maîtres avaient fait faire une statue de porcelaine à son effigie, grandeur nature, peinte et vernie dans le marron foncé de son pelage.

Bassou se lança pour défi de connaître les deux cent quatre-vingt-quatre sépultures, ou quelques-unes au moins. Il devait deviner du premier coup où se situaient la tombe de Max, un labrador jaune, puis celles des petites chattes Nella et Princesse. Tourner sur la deuxième allée, passer cinq tombes et là, c'était Turbo, à moins que ce ne fût Mistica, la petite caniche noire à l'air teigneux. Recommencer.

Personne ne le dérangeait, il travaillait tôt le matin pendant quelques heures, puis revenait l'après-midi bien qu'il n'y fût pas obligé. Tandis qu'il ratissait les graviers pour mieux les répartir entre les allées du cimetière, Bassou poussa un cri de surprise. Vanessa Maligex, fille de Hugo et arrière-petite fille de Raymond, haute et forte comme un immeuble, avait surgi sans bruit. Elle éjecta un rire moqueur. « Pourquoi tu gueules comme ça, t'as peur des chatons morts ? Faut te blinder un peu si tu veux faire carrière dans les cimetières. Allez viens prendre une pause, petite fiotte. » Il la suivit sans moufter jusqu'au muret qui cloisonnait une zone de rebuts, où l'on jetait les végétaux séchés et les pots cassés. Ils s'y assirent et Vanessa alluma une cigarette qu'elle fit passer de sa bouche à celle de Bassou, à plusieurs reprises. Elle avait coincé son paquet entre la ceinture de sa minijupe et son dos, ses Marlboro light en sortaient tordues et humides.

« Qu'est-ce qu'on se fait chier, constata-t-elle. Y a que l'histoire de l'incendie qu'a fait un peu d'animation cette année. Depuis ta maison, t'as dû tout voir, non ? Il paraît que les flics sont passés chez vous. Mon père dit que c'est bien fait pour Vincent. "Chameau est un con, Chameau est un con", il fait que répéter. Il dit aussi que c'était sûr que ça lui arriverait un jour. »

De Raymond, Hugo avait aussi hérité un caractère vite hostile et rancunier.

« Mon père dit que ça le démangeait, qu'il aurait aussi bien pu le faire lui-même si quelqu'un s'en était pas chargé, poursuivit Vanessa. Quel taré. Moi, je l'aime bien Vincent, ça m'a fait de la peine pour lui. Tu l'as vu, depuis que son lama est mort ? Il a l'air complètement paumé, le pauvre. »

Elle reprit la cigarette sur laquelle Bassou n'avait pas eu le temps de tirer.

« À moins que ce ne soient d'autres trucs qui le mettent à la masse. Tu sais quelque chose ?

– Bah ! Qu'est-ce que je devrais savoir ?

– Avec qui il sort.

– Qui ça ?

– Vincent. De qui je te parle depuis tout à l'heure, crétin !

– J'en sais rien, moi, qu'est-ce que tu veux que ça me fasse. Vas-y, dis-moi. »

Elle fixa Bassou. « Non, je pense que je vais rien te dire, en fait. » Ils restèrent silencieux quelques instants, Bassou faisant mine de ne pas s'intéresser aux secrets qu'elle semblait prête à lâcher.

« Je sais pas ce qui me retient de me barrer dès maintenant, continua-t-elle.

– Pourquoi t'es pas partie en vacances ?

– Je dois réviser mon bac, je suis au rattrapage. Mon père va me tuer si je l'ai pas. Il voudrait que je devienne puéricultrice ou des conneries comme ça. Il peut toujours rêver, je suis nulle et j'ai rien à foutre des gosses. Après le bac, je trouve un boulot et je me casse, mais je lui ai pas encore dit. Il est déjà hyper énervé. Depuis que j'ai largué Thierry, il me fait la misère. J'allais quand même pas continuer à me le taper pour lui faire plaisir. C'est bon, ça faisait presque deux ans, on n'allait pas se marier non plus. Thierry est super con quand il picole. Il m'a flanqué une baffe au bal du 31, à Brignon, juste parce que je parlais avec un mec de mon lycée. La latche, merci bien la bonne année. Mais ça, mon père, il en a rien à foutre. Limite il est d'accord. Tout ce qui l'intéresse, c'est que je me mette avec un gars qu'il connaît et que je me tienne à carreau, comme il dit. »

Elle attendit un peu avant de lâcher : « Ils n'ont qu'à s'enculer tous les deux s'ils s'aiment tant que ça. » Elle se mit à rire, contente de son mot. Bassou, choqué, se tut de peur de passer pour couillon.

« Ils s'emmerdent tellement ces narvalos, ils ont rien d'autre à foutre que se détester et se renifler le derrière, "qu'est-ce que machin a fait, qu'est-ce que truc a dit".

Mes parents ils passent leur temps à raconter ce que les autres ont bouffé et quelle bagnole ils ont achetée et où ils les ont vus. T'as pas envie de te casser toi ? Ils sont aussi cons tes parents ? On les voit jamais. »

Elle écrasa sa cigarette et jeta le mégot derrière eux. Bassou tourna la tête et surveilla un instant le monticule de déchets pour être sûr qu'elle n'y avait pas mis le feu.

« Si je sors avec un mec comme toi, mon père me tue. Pour te faire bosser au black, il est bon, mais ça me ferait bien marrer de voir sa gueule si je me pointais avec un de ton genre à la maison. Il nous flinguerait tous les deux, et peut-être moi la première. Avec son fusil de chasse, bam il ferait ! » Elle lui planta deux doigts sur la tempe. « T'en dirais quoi, toi ? T'es mignon en plus, tu ressembles à quelque chose maintenant. » Bassou s'en voulut d'avoir choisi pour tenue ce matin-là un bermuda qui datait de l'été précédent, alors qu'il avait pris plusieurs centimètres et encore davantage de kilos. Ses cheveux clairs étaient collés par la sueur, mais il avait pour excuse d'avoir travaillé.

Il se demanda si c'était le moment de l'embrasser. Jusqu'alors, il ne lui avait pas prêté attention, notamment parce que Vanessa sortait avec des garçons plus âgés. Quand elle se joignait aux adolescents du Village, elle apportait du vin subtilisé dans le garage de son grand-père, qui habitait juste derrière le parc. Puis elle s'était mise à sortir avec Thierry Coquard et on ne l'avait plus vue qu'encadrée dans les vitres d'une Fiat Uno verte conduite par son petit ami aux joues rouges. Elle enleva ses boots. Ses pieds avaient macéré dans le cuir et dégageaient une odeur de fromage. Elle s'étira, laissant apparaître le rebondi de son ventre, puis installa ses jambes sur les genoux de Bassou. Il lui demanda une autre cigarette pour faire comme si la situation était normale. Elle en alluma une et tira quelques bouffées en le regardant par en dessous. Elle tendit un de ses pieds flétris par la chaleur en direction de son visage, s'apprêtant à lui enfoncer un orteil dans l'oreille. Bassou eut un mouvement de recul et Vanessa repartit dans un rire rauque. « T'as vraiment peur de tout, toi. Grandis un peu, Bassou Benbassa ! »

Les pissenlits

Fin août 1997, un lieu tenu secret

Pour le rejoindre, elle longeait en vitesse les noisetiers, à l'affût des bruissements de la nuit et des grelots rassurants d'une chouette. Sur sa gauche, l'étang formait une nappe de pétrole gondolée et cerclée d'herbes noires. Elle était sur la bonne route. L'obscurité effaçait les lignes du trajet mais elle les savait par cœur.

Leurs entrevues n'excédant pas trois ou quatre heures, il ne voulait pas perdre de temps avec le silence. Dans la journée, il marinait chaque mot, content de certains d'entre eux : « C'est comme si tu avais allumé la lumière dans ma maison. » Elle l'avait questionné mais, non, répondait-il, aucune autre n'avait éveillé son talent pour l'aubade, elle seule lui inspirait ces élans insoupçonnés. Aux premiers rendez-vous, gênée par la masse de compliments dont il la gratifiait, elle avait hésité entre rire de son ton mièvre et lui demander d'arrêter de se foutre d'elle puis, au fil des jours, se laissa ensevelir. Lui-même ne s'imaginait pas capable d'autant.

Il lustrait ses reins qu'elle avait percés de fossettes, plus foncées que la peau du dos et que celle des fesses. Lui les avait blanches comme de la farine et ne les couvrait pas quand il se levait. Elle ne savait pas ce qui lui plaisait le plus, son désir, sa propension à surmonter son tempérament taiseux, ses yeux hyalins, ou ce membre expressif qui n'avait rien à voir avec ce qu'elle avait imaginé.

« Je me suis mise dans une grosse mouise pour toi. » Elle aussi pouvait verser sur eux l'eau tiède de l'amour. « Notre petit bordel, ce sera bientôt fini. » Un chien veillait tout près. Dans la cuisine, une horloge tic-taquait fort pour les rappeler à l'ordre. À l'aube, ils n'étaient ni blasés ni endormis mais cessaient de s'agglomérer et elle fonçait en sens inverse, à travers un décor rendu presque méconnaissable par la lumière puissamment rose. Elle ne devait rien laisser percevoir, à se demander si elle avait bien commis sa nuit.

Ils se sentaient deux petites proies qui s'entêtaient à mal se cacher d'un danger imminent. Elle était honteuse, il ne regardait pas dehors. Avant de se quitter, ils se lamentaient sur leur histoire comme si elle était condamnée. Le risque qu'elle échouât était élevé, mais l'interdit et la menace qui pesaient sur elle la rendaient plus résistante que les pissenlits du jardin.

L'incendie

Mai 1997, maison des Amrouche

Lalla venait de se faire arracher deux molaires chez le dentiste, qui lui avait reproché d'avoir trop longtemps attendu. Boiteux avait dû y aller à la chignole. Tandis qu'il creusait dans sa gencive et qu'elle poussait des gémissements d'agonie, elle s'était demandé si ce n'était pas le plus profond de son âme qu'il cherchait à atteindre. Elle avait dû se bourrer d'antalgiques pour rendre visite aux Amrouche qui rentraient de leur pèlerinage à La Mecque. La joue encore grosse comme une pomme, elle choisit un jour de soleil engageant, où elle savait qu'elle trouverait Fadma dans son jardin.

La nouvelle hadja lui apparut telle une sainte pétrifiée, les yeux dans le vague, sans aucun cerne et moins ridée qu'avant son voyage dans le Golfe. Une cure de jeunesse, lui dit Lalla. Il n'avait pourtant pas été de tout repos, on les avait prévenus qu'ils en reviendraient transformés mais, cette année-là, les prédictions avaient été en deçà du tour rocambolesque pris par le séjour. « Un incendie s'est déclaré dans la ville de Mina, en Arabie Saoudite », avait annoncé Daniel Bilalian au journal de vingt heures, l'apprenant sans plus de ménagement aux enfants de Hassan et Fadma. Une bonbonne de gaz avait explosé dans un campement où séjournaient des milliers de pèlerins et le feu s'était propagé en un rien de temps sur des dizaines de kilomètres.

Le présentateur avait fait le décompte des morts et des blessés d'un ton monocorde, tandis que défilaient derrière lui des images tournées dans l'Ouest saoudien. Myriam Amrouche avait posé sa casserole de raviolis et monté le son de la télé. Elle eut l'espoir idiot d'y voir apparaître son père – en pleine santé s'il vous plaît, mon Dieu – au milieu des brancards et des corps blessés. Mais les vues d'ensemble étaient passées trop rapidement, cataclysmiques et presque floues. Comment Daniel Bilalian parvenait-il à conserver une voix si blanche alors qu'il était le seul en mesure de l'informer, l'agence de voyages spécialisée dans les pèlerinages musulmans restant injoignable. Myriam, qui s'était installée au Lotissement pour réviser ses partiels loin des tentations de la ville, vit le soir même des voisins défiler à sa porte, prêts à présenter des condoléances si un drame devait leur être annoncé. Lalla était arrivée parmi les premières, les larmes au bord des cils. « Que Dieu les aide et t'apporte les meilleures nouvelles. Ils méritent pas ça, tes parents, wollah, en plus pendant leur hadj, Allah y rahmou. » Myriam l'avait renvoyée dans ses pénates. Le lendemain, Montserrat Taïeb suivie par son fils Toufik, sur le qui-vive, lui avait apporté un nouveau pot de bsissa, Zouina Fahd un paquet de Bounty, et Patricia Perez une tarte aux pommes. Trop de sucre, pensa Myriam. « Qu'elles arrêtent d'essayer de me réconforter, elles vont faire venir le deuil sur moi. » Sa stratégie pour conjurer le sort fut de ne pas pleurer. Surtout, ne pas prophétiser le malheur, respirer calmement, essayer pourquoi pas la prière en fermant les yeux. Après une journée de ce rite, elle reçut des nouvelles d'Arabie Saoudite.

« Ils sont tous comme fous, raconta Hassan quand il put enfin accéder à un téléphone. On est des milliers, qu'est-ce que je raconte, des millions ! Ils tournent, ils poussent, c'est comme si leur hadj passait avant celui de tout le monde. J'ai jamais vu ça. » Au téléphone, il adaptait le volume sonore de ses communications aux distances, à en devenir rouge du nez au cou. Coup de fil de Saint-Bol ? Intonation quasi normale. De Lyon ? Cordes vocales en surchauffe. De Batna ? Volume poussé jusqu'à la douleur. Hassan se justifiait en rappelant qu'il avait presque perdu son audition, la faute au casque de protection qu'il n'avait pas porté à l'usine. La distance entre La Mecque et le Village fit profiter toute la péninsule arabique de sa litanie d'injures à l'encontre des pèlerins. « S'ils croient qu'ils vont aller au paradis parce qu'ils s'approchent plus près des monuments. » Leur hôtel était situé à l'opposé de la zone incendiée de Mina et, tandis que le feu s'étendait, Fadma et Hassan étaient occupés à lapider Satan, représenté par une stèle érigée au centre d'une muraille circulaire. Les cailloux avaient volé au-dessus des têtes, eux-mêmes en avaient lancé avec passion. Au téléphone, il insista sur la performance de la défense civile qui avait circonscrit le feu sur la zone de campement. Rien ne pouvait le réjouir davantage que voir des Arabes parvenir à s'organiser. Comme souvent dans sa vie, des sentiments contradictoires le traversaient à l'évocation des Saoudiens, qu'il jugeait arrogants et détestables à bien des égards mais, appartenant comme lui au peuple musulman, Hassan se vexait si on les vilipendait. Au Café du Midi, il se sentait obligé de défendre les puissances pétrolières face aux critiques dont il percevait qu'elles n'étaient pas exemptes de racisme. Il se solidarisait, c'était ce qu'on attendait de lui et, dans ces cas-là, un nuage noir noyait son cerveau, qui l'empêchait de nuancer. Ces discussions brouillonnes dans lesquelles il s'engouffrait ne l'aidaient pas à se reposer ni à stopper les tremblements de ses mains.

« Si tu voyais, en un jour tout le monde a été relogé. » « Papa, ils ont compté au moins trois cents morts, avait répondu Myriam. On a eu peur. Un incendie pareil en plein pèlerinage, alors là, bravo Allah. » Hassan lui avait demandé d'arrêter ses blasphèmes, de sa vie il ne s'était jamais senti aussi près de Dieu, qui risquait de l'entendre.

Les Amrouche revinrent saufs, auréolés des statuts de hadjis et de survivants.

Après le récit que Hassan fit pour la énième fois de leur odyssée, il s'éloigna pour laisser Lalla et Fadma à une conversation qu'elles ne voulaient pas partager avec lui. Elles parlaient dans un français mêlé d'un darija personnel, infusé de leurs dialectes berbères respectifs. La plupart du temps, elles démarraient par un tout-va-bien global, hamdoulah, puis entraient l'une et l'autre, Lalla étant la plus causante, dans des détails qui contredisaient leur propos liminaire et concernaient leurs enfants. Il y avait ceux qui ne se mariaient pas, Allah ister, celles qui se mariaient et rataient leur coup, que Dieu couvrît ça aussi. Lalla avait encore quatre de ses cinq enfants à la maison tandis que ceux de Fadma l'avaient quittée. Contrairement à Hassan, qui avait parfois manqué de patience avec eux, elle faisait de son mieux pour faire preuve de solidarité ou de sang-froid face aux vicissitudes de leurs vies. Quand ils revenaient au Lotissement, ils essayaient d'exaucer leurs parents, qui ne parvenaient à manifester d'amour pour eux que lorsqu'ils se sentaient fiers de leur situation professionnelle et maritale.

Il fallait être à la hauteur. Leur aînée, Dihya, que

Hassan avait fait venir en France à l'âge de sept ans, avec son frère Mokhtar et Fadma, avait créé la légende familiale. Dès le lendemain de son arrivée, au printemps 1969, on lui mit un cartable neuf sur le dos. L'instituteur avait espéré lui faire « rattraper le temps perdu » grâce à des leçons particulières et il s'en félicita bientôt. Dans la cour, la petite Dihya s'était mise à l'arrêt devant le journal qu'il tenait ouvert. « Jéo. Jo. Jorgesse, avait-elle lu. Ah non, c'est Georges, il s'appelle pareil que toi, maître. » Puis : « Pomme. Pommpi. Pommpidou. » Elle avait rejoint sans attendre le niveau supérieur.

« Rabbi nous est témoin, on a fait du mieux qu'on a pu », lui dit Lalla et pourtant, ça ne semblait pas suffisant. « Wollah ils sont ingrats, continua-t-elle. Moi, je pleure de pas avoir vu ma mère pendant toutes ces années. Eux nous oublient. » Et avec ça, l'Algérie qui téléphonait, pour savoir ce qu'ils faisaient, les enfants zimmigrés, si les filles savaient se tenir et jusqu'à quel point leurs parents mentaient, si les garçons avaient des toumabiles et des fiancées.

Cet après-midi-là, Lalla s'attarda plus longuement sur le cas de Bassou. « Mon bébé », disait-elle encore au sujet du garçon de seize ans. Elle le trouvait taciturne et elle avait constaté qu'il ne sortait presque plus de la maison. Il passait son temps à fureter dans les placards pour chercher de la nourriture. « Allons, il va pas te raconter sa vie ya Lalla. Ils sont presque plus à nous à cet âge », avait dit Fadma. Elle lui rappela que c'était quand même un bon petit, qui n'avait jamais fait d'histoires.

Elle avait dénoué le hijab qu'elle portait depuis son retour de La Mecque et qui donnait à son visage l'aspect d'une boule lisse. Sa sérénité irradiait, à moins que ce ne fût la fatigue qui lui donnait ce débit lent. Lalla accepta de s'en remettre à la connexion directe que Fadma avait dû trouver avec Dieu et à sa bonté d'âme sûrement grandie. Toutes les deux répétèrent plusieurs fois « challah, challah » pour se quitter et Lalla repartit chez elle sous une pluie de prières protectrices, avec un rameau de dattes sèches. Elle voulait croire dans les mots rassurants de sa voisine mais elle ne se défaisait pas d'une inquiétude diffuse concernant Bassou, un pressentiment qui l'emplissait comme un fluide froid.

L’odeur de l’herbe

Mai 1998, maison des Benbassa

Sa peine était intacte, Vincent en mesurait l’étendue à chaque fois qu’il passait devant l’étang. De l’incendie, il ne restait plus trace, aucun fantôme n’avait élu domicile dans les décombres de l’abri. L’équarrisseur s’était chargé gentiment du cadavre de Pedro, c’est-à-dire vite mais avec douceur, pour éviter que son corps inerte ne se disloquât sous les yeux de Vincent. Après l’hiver, l’herbe avait repoussé dans cette partie du champ presque mieux qu’ailleurs, grâce à sa proximité avec l’humidité de l’étang. Vincent avait toutefois remarqué que les vaches évitaient le petit périmètre d’où l’âme s’était envolée. Elles paissaient un peu plus loin, sans plus d’affliction après la perte du lama.

En ce début du mois de mai, il préparait les fourrages, une besogne saisonnière qui lui permettait de passer des heures sur son tracteur, à s’immerger dans les riffs offensifs et la voix métallique de Lofofora.

Rien ne sert de sourire, il faut mentir à point.
Éclaboussée de honte et de mauvais vin,
L’assistance ravie reparlera demain
D’un taré réjoui au charisme divin
Qui rien qu’à son odeur

Reconnaît l'envahisseur à la base du chômage et de tous vos malheurs.
Ne pas oublier ce qui s'est déjà passé.
L'histoire va se répéter.

L'herbe volait sous les lames d'un broyeur qui suivait parfaitement les courbes du sol. Vincent avait investi dans un outil dernière génération attelé à son tracteur et, depuis, aucune vache ne refusait l'auge chez lui. Pour obtenir un foin d'aussi bonne qualité, l'herbe devait sécher mais conserver un taux d'humidité suffisant avant d'être pressée, puis mise en bottes. Un subtil équilibre maîtrisé par des calculs de précision dont Ange Chambon avait toujours dit qu'il n'avait pas besoin. « Tant que c'est pas prêt, on attend. Quand c'est prêt, on ballote. » Ange avait transmis tout ce qu'il savait à Vincent, sans avoir à dire beaucoup. Il avait emmené son fils unique partout avec lui dès qu'il avait su marcher. Sa chasse quotidienne aux œufs de poule l'avait attendri, puis son geste pour nettoyer d'un coup de lavette les trayons des pis de vache impressionné.

Son broyeur lui avait coûté un nouvel emprunt, ajouté à ceux que son père lui avait légués. Vincent ne comptait pas s'arrêter là puisqu'il lorgnait aussi sur des bungalows en kit, des cabanes de bois bien conçues dont le coût nécessiterait un important travail de persuasion auprès de Sylvie Renard, son agente à la Banque Populaire. Elle en était la directrice adjointe et gérait, depuis son petit bureau carré de l'Arbrûle, plusieurs comptes d'agriculteurs. Parmi eux, elle aimait spécialement Vincent. « Oui, voyons-nous, monsieur Chambon, mais je vous préviens, avec votre niveau d'endettement actuel, je n'ai pas de marge de manœuvre. » Elle n'était pas du coin mais Vincent voulait la persuader que l'offre touristique y avait un avenir si quelqu'un daignait s'en occuper. Rien n'entamerait sa persévérance, d'autant moins qu'il se voyait désormais inaugurer le petit camping avec une bonne amie, comme aurait dit Ange. Dans son fantasme, il la vêtait d'une robe à volants qui laissait voir la peau poudrée de ses bras. Dans la réalité, elle ne portait jamais de fanfreluche. Il l'imaginait offrir aux premiers campeurs des gâteaux confectionnés avec ses cerises. Encore une idée bien cucul, jugea-t-elle quand il lui en fit part. Il fallait encore la convaincre. Ses sentiments étaient partagés mais elle restait sur ses gardes, tétanisée à l'idée ne serait-ce que de prononcer le prénom de Vincent devant ses parents.

« Tu veux que j'aille les voir ?

– Je te dis que c'est impossible, même pas en rêve.

– On devrait pas avoir à se cacher.

– Je crois que t'as pas bien compris où tu mettais les pieds.

– J'ai très bien compris mais ça commence à se savoir, nous deux. Me demande pas comment, c'est juste des ragots, sauf qu'on va finir par se faire prendre comme des voleurs alors qu'on fait rien de mal.

– Rien de mal ? T'imagines pas ce qui arrivera s'ils apprennent qu'on a couché ensemble. Je signe mon arrêt de mort avec nos conneries.

– On n'a pas besoin de donner les détails.

– Mais les détails, c'est tout ce qui compte. Qu'est-ce qui les intéresse à ton avis ? Ta gentillesse, ta politesse, c'est bien pour boire un café mais pas pour que tu kènes avec leur fille. C'est pas des trucs qui se font chez nous, c'est comme ça, ça marchera pas. Vous êtes à des milliers de bornes.

– Pourtant on habite à côté. On s'est déjà parlé. Je suis sûr que ça peut se passer mieux que tu le penses.

– Des fois, j'ai envie de te croire.

– Écoute-moi. On va pas y aller par quatre chemins. On n'a qu'à se marier. »

Vincent avait déjà la photo en tête : quatre cabanons sur pilotis au-dessus de l'étang, plus loin, une yourte et quelques roulottes. Bien qu'elle continuât d'ergoter sur leur couple, elle donnait son avis : la porte de chaque mobil-home devrait avoir sa propre couleur. Dans l'album de famille qu'il se fabriquait, ses beaux-parents étaient aux anges, sa mariée putain de désirable. Où était le problème ?

Lourd de ses incertitudes, le tracteur de Vincent tournait autour du lotissement Brocard en broubroutant du matin au soir. Quand il passait devant chez les Benbassa, le bruit ne gênait pas Bassou, qui n'avait de toute façon pas l'intention de faire ses devoirs. En revanche, « ça sent comme quand ils tondent la pelouse au collège », remarquait-il. Ces jours-là, les cantinières servaient systématiquement aux élèves demi-pensionnaires des louchées d'épinards hachés, égayés dans l'assiette par un unique œuf dur. Sous leurs charlottes en polypropylène serrées au front, elles aussi filaient la blague, « mais oui qu'on a ramassé derrière la tondeuse, pour vous faire plaisir ce midi ». « Ils le font exprès, pour nous dégoûter », lui avait dit Jihane qui, à son époque, avait également mangé des épinards à la cantine les jours de tonte. Tout comme Farouk, Louisa et Rym encore avant elle. Ce conte était entretenu au collège de l'Arbrûle par les élèves comme par les adultes, dont l'autorité reposait aussi sur l'art de laisser planer le doute.

« Tu la sens, l'odeur de l'herbe, espèce de petite chèvre ? Renifle bien fort. » Bassou lançait un ballon en mousse en direction d'Amalia, sa nièce, devant la maison. Il n'y avait pas suffisamment de place pour une vraie partie de foot mais la fille de Rym était douée, elle réceptionnait puis renvoyait la balle au moins une fois sur deux. « Pas avec les mains ! » Le Lotissement s'était vidé d'une génération d'enfants, restaient quelques traînards auxquels le mariage n'arriverait jamais ou pendait au nez. Ils avaient été remplacés par des petits-enfants, qui rejouaient pour les ouvriers devenus retraités les mêmes comédies, disputes et blessures au parking, révélations sous les noisetiers. « C'est la troisième génération ici, elle fera mieux que nous, des châteaux après les algecos », plaisantait Hassan Amrouche.

Le ping-pong avec Amalia durait depuis bientôt une heure et n'avait pas encore lassé Bassou. Smaïl, qui revenait du village, fut attendri par la scène et poussa les chaises et la table en plastique, le salon de jardin de Lalla, pour faire davantage de place à sa descendance. Il se sentait moins fatigué qu'à l'accoutumée, capable de démarrer une conversation avec son fils d'autant plus intéressante d'après lui qu'il avait croisé Solange Tortorici devant la boulangerie Boisset. Elle avait demandé des nouvelles de Bassou. « On le voit plus jamais, c'est dommage. » Cette causette qu'elle avait menée sur un ton enjoué avait eu les meilleurs effets sur Smaïl. Guilleret, il avait tardé un peu avant de reprendre sa Mercedes, faisant un effort pour mémoriser les nouvelles glanées sur Julien. Il allait devenir mécanicien et commencerait un BEP dès la rentrée prochaine. Surpris par ce qu'il entendait sur Julien, dont il savait qu'il n'avait rien à faire des moteurs de voiture, Bassou sentit une fureur irrépressible monter en lui. L'évocation des Tortorici le faucha et ranima le sentiment d'abandon, d'humiliation que Julien lui avait laissé et qu'il essayait de ravaler depuis presque une année. Il l'avait privé d'une partie de sa vie, faite de trajets entre les deux lotissements du Village. Bassou prit pour prétexte la prononciation de Smaïl, qui parlait de biwoupi mècano, pour exploser.

« Il s'appelle pas Julion, s'écria Bassou. On dit Julien-ein, comme un, deux, trois. C'est pas difficile. T'abuses, depuis toutes ces années que t'es là ! Et je m'en tape de ce qu'il fout de sa vie, celui-là. »

Smaïl fut stupéfait. Il n'eut pas le temps de demander à Bassou de lui parler sur un autre ton car son fils avait décampé, laissant là Amalia, elle aussi médusée et privée de partenaire de jeu.

Le coup d'envoi

12 juillet 1998, place du marché

« Donnez-moi un La, donnez-moi un Mi, donnez-moi un Né : la-mi-ner. On va vous la-mi-ner !

– Tu t'es prise pour Thierry Roland, wesh ?

– Compte pas sur moi pour soutenir la France, ça tu peux en être sûr.

– T'y connais rien. Tu sais pas de quoi il est capable, Zidane. T'as pas envie d'être fière pour une fois ? On va gagner deux à un, tu vas rien comprendre. »

Jihane et Bassou se chicanaient à quelques minutes du coup d'envoi. Ils regarderaient le match sur la place du village.

« Toz, ton Zizou à deux balles changera rien au résultat. Le Brésil, c'est le vrai pays du foot. Regarde, ils ont déjà des têtes de champions », avait décrété Jihane qui, depuis quelques jours, improvisait ses expertises. Elle ne s'était jamais intéressée au football, mais l'engouement général pour la Coupe du monde avait fini par la gagner. Elle s'était mise à suivre les résultats, au point d'attendre avec impatience la finale France-Brésil. Le programme télé ne provoquait plus de dispute chez les Benbassa, réunis devant les dernières rencontres du tournoi. Seul Smaïl s'en tenait à l'écart, il regardait peu la télévision et n'avait pas aimé d'autre sport que la boxe. Il passait son temps assis, à chiquer, de plus en plus mutique. Pendant les matchs, il s'était parfois levé jusqu'au salon en entendant les cris poussés par Farouk, Louisa, Jihane et Bassou, vissés à la maison. Puis il rejoignait sa chaise en plastique, sur la terrasse, en haussant les épaules. Ça n'était jamais rien d'autre qu'un but.

Ce 12 juillet 1998, comme n'importe quel soir, Smaïl prenait le frais en épluchant une pêche quand le téléphone de la maison sonna, plusieurs fois. Il fut le premier disposé à répondre et reconnut la voix de sa cousine Dalila, malgré la confusion de ses mots et les larmes qui la submergeaient. Lalla appuya sur le bouton du haut-parleur puis fit des grimaces angoissées en roulant des yeux vers Smaïl. Le frère de Dalila avait été arrêté par la police, accusé d'avoir participé à l'émeute qui avait éclaté à Tizi Ouzou au lendemain de l'assassinat de Matoub Lounès. Trois semaines avant, un autre appel de Kabylie avait appris à Lalla la mort de son chanteur préféré, exécuté de six balles tirées à bout portant. « Ce sont des fous, ils ont tué Matoub ! On ne retournera plus jamais. » Elle avait pleuré et recommençait maintenant en entendant Dalila. Smaïl essaya de la rassurer : « Ils vont le relâcher, il a rien fait, il faut qu'il dise qu'il a rien fait. » Mais sa cousine criait que la police était capable de tout.

« Ils l'ont tué pour nous donner une leçon, pour nous mater une bonne fois. Ils disent que c'est les terroristes, mais c'est eux ! Ils vont tuer quiconque va s'élever, maintenant. Mon frère, mon petit frère, qu'est-ce qu'ils vont lui faire ? Je lui avais dit de faire attention, mais il est sorti presque tous les jours.

– Tais-toi, Dalila ! Sur écoute, sur écoute.

– Qu'est-ce qui se passe dans ce pays, ya Smaïl ? »

Smaïl n'était capable d'aucune réponse et regretta de

n'avoir pas plus de pouvoir, de ne connaître personne à appeler ni à soudoyer pour faire sortir son cousin de prison, « ni ici ni là-bas ». Il avait suivi l'actualité captée par le satellite qui avait poussé sur son toit, comme sur ceux des voisins, mais les chaînes d'information algériennes n'étaient pas promptes à donner des détails sur la disparition du poète ni sur les protestations qu'elle avait provoquées. Smaïl rechignait à appeler à Tizi Ouzou, persuadé d'être surveillé par les micros des renseignements généraux. Il ne faisait pas de doute selon lui que Liamine Zéroual, le président algérien, les faisait ouvrir dès qu'on parlait kabyle plutôt qu'arabe au téléphone.

Le *Best of Matoub Lounès* était la cassette préférée de Lalla, qui faisait parfois marcher le bouton d'avance rapide, pour danser sur les meilleurs tempos. Elle l'idôlatrait car, jusque dans ses chansons les plus entraînantes, c'étaient les douleurs de son peuple dont il voulait témoigner, qui la faisaient virevolter et pleurer en même temps.

Quand je vois la brute ajuster ses bottes,
J'aime le va-nu-pieds.
Mère, prends patience, sèche tes larmes,
Dans l'histoire nous écrirons ton être.
Envahisseur passé, envahisseur qui vient,
Français ou descendant chérifien,
Sur mes épaules qu'ont-ils déposé,
Hors un fardeau de colère ?

Quand Smaïl raccrocha, l'inquiétude pour son cousin laissa place à la désolation. Il n'avait participé à rien, pas plus à la libération de son pays qu'au combat des Kabyles pour défendre la culture amazigh, à laquelle il se sentait pourtant attaché. Hassan Amrouche pestait souvent contre le caractère dissident qu'il observait chez les Kabyles. Il reprochait à leurs partis de briguer les plus hautes fonctions de l'État et de se servir de la cause berbère pour leur seul profit. Leur lutte politique était inconséquente et déstabilisait l'administration militaire en place, seule en capacité de faire barrage aux militants du Front islamique du salut, jugeait-il. « Toutes les révolutions se terminent par des déceptions, Smaïl, c'est pas la peine de se casser la tête », lui avait dit Hassan, pontifiant. Mais Smaïl ne parvenait pas à prendre autant de distance que son voisin et portait avec plus de peine le poids de sa culpabilité et de son impuissance. Tandis que les manifestations battaient leur plein en Kabylie, il ne voyait en lui qu'un petit ouvrier tisseur lâché par sa santé à quarante-cinq ans. Depuis, il avait passé son temps à s'ennuyer, à se disputer avec sa femme et ses enfants. Il s'était offert une Mercedes pour se dissimuler derrière ses vitres teintées. L'aventure et le road trip n'avaient guère dépassé les frontières du Village, pour aller chez tonton Boualem ou à Auchan. Cela faisait belle lurette que son territoire perdu n'était plus un bled écrasé de soleil mais une jeunesse vite abrégée.

Les nouvelles données par Dalila le rendirent plus taciturne que la veille, si c'était possible. Il retrouva sa chaise de plastique, sur la terrasse, et reprit sa pêche à demi pelée.

Jihane et Bassou avaient déjà rejoint la place du marché sur laquelle le maire avait fait installer un écran géant. La Denise avait préparé sa terrasse comme pour un week-end de conscrits, avec des tables débordant du trottoir. Jihane avait enfilé un t-shirt vert car elle n'en possédait pas de jaune. Elle sentit quelques regards sur elle, qu'elle ignora, mais se dit que, si les choses tournaient mal pour la France, avec quelques bières dans le gosier, certains oseraient lui poser plus directement la question de son choix d'équipe. La poubelle, sur le côté du préau, était déjà pleine de cadavres de Heineken. Jihane n'aurait pas su dire combien de personnes s'étaient rassemblées dehors, ce dimanche. À l'écran, on voyait les joueurs alignés sur le terrain et la caméra zoomait opportunément sur les vedettes du jour. Jihane trouva une petite mine à Ronaldo.

Toufik et son frère Lutfi étaient sur la place depuis plus d'une heure. Le petit Taïeb avait dégoté une écharpe de l'équipe de France et Jihane l'avait regardé de travers, « bleu blanc rouge, carrément, il a honte de rien celui-là ».

À la maison, Olfa était au moins aussi impatiente et stressée que ses frères, bien qu'elle n'eût rien à faire du football. Sans eux à proximité, elle avait pensé qu'elle ne trouverait pas de meilleur moment pour un face-à-face avec ses parents. Un autre type de match. Depuis la pelouse du Stade de France, les hymnes nationaux allaient être entonnés, il fallait qu'elle se pressât. « Aux armes, Olfa, vas-y. »

Quelques jours avant, elle s'était exercée devant Saloua. « Tu es sûre de toi ? lui avait demandé sa grande sœur. Après, tu pourras plus revenir en arrière. » Elle lui avait aussi conseillé d'être brève.

« C'est une bombe que tu vas leur lâcher, ils te laisseront jamais finir ton petit discours. Il faut que t'ailles droit au but. Là, tu t'étales trop, tu te justifies. On dirait que t'as tué quelqu'un.

– C'est exactement comme ça que je me sens.

– C'est normal, c'est un peu l'idée, ma biche. Mais t'as choisi de passer aux aveux, on va dire.

– Tu pourrais m'encourager, au lieu de faire la

maligne. Pas besoin de tes coups de pression, cette histoire va tout me prendre, j'ai jamais autant flippé. »

Olfa avait passé des nuits à sangloter en se mordant les joues pour qu'on ne l'entendît pas, l'angoisse et la culpabilité déferlant comme de la boue dans son esprit. Ils vont penser que sa bite est rentrée dans moi, et oui elle y est rentrée, ma mère va me regarder avec son air, mon père va partir en torche, ils vont pas comprendre, impossible, rien de ce que je vais dire, ils vont nous voir couchés, moi nue devant eux et lui à côté, c'est horrible, je vais mourir avant qu'ils aient le temps de me tuer, mais qu'est-ce que j'ai avec ce mec, je leur parle dans la cuisine, ou dehors pour m'échapper s'il faut, je dois me calmer, je vais tout dire d'un coup en regardant droit devant moi, je jure qu'on s'est pas vus souvent, j'ai pas profité de votre absence, les cerises elles avaient bon goût, hein, traînée, voilà ce que j'ai fait, cet été, voilà comment ça se passe quand on me laisse seule, Toufik est si bête ce petit chat, ils vont s'inquiéter, qui s'est occupé de lui, c'est plus un bébé, je vais tout leur raconter mais sans la bite, faut pas qu'ils la voient, je dois trouver les bonnes images, regardez comme il se tient bien, on s'est même jamais donné la main, juste une fois, j'ai plus le choix maintenant, vous non plus.

Elle se posta finalement debout, devant ses parents assis, tirant sur ses manches longues malgré la chaleur. Si seulement elle avait pu parler en leur tournant le dos. Moncef avait dîné en avance et se préparait à regarder le match à la télé. Il se serait bien ouvert une bière. Montserrat s'était installée sur le canapé à la demande d'Olfa et n'avait pas enlevé son tablier. Elle resta dans l'embrasure de la porte et se mit à parler en arabe, pour que sa mère ne fût pas écartée. Elle se cramponna au fil de ses idées ressassées. Ses premiers mots devaient les convaincre du respect qu'elle avait pour eux, pour la vie qu'ils lui avaient donnée. Puis venait un laïus sur l'avenir qu'elle se souhaitait, la question de son libre-arbitre concluait le tout, sans trop insister dessus toutefois, afin que le mal qu'elle s'était donné ne fût pas tout à fait vain. « Il voulait venir avec moi, expliqua-t-elle. Mais j'ai préféré vous parler d'abord toute seule. C'est sérieux entre nous. Vincent veut se marier. » Montserrat s'était statufiée, redoutant la réaction qu'allait avoir son mari. Olfa ne s'attendit pas à ce que son père se tût aussi longuement. Moncef sembla perdu dans ses pensées. Puis il bondit comme un chat, faisant tomber ses grosses lunettes et la gifle qu'il lui décocha précéda de quelques secondes le coup de sifflet du début de match.

Les bienvenus

Septembre 1998, quartier des Vernes à Givors

Bassou s'était allongé toute l'après-midi à cause d'un mal de ventre qui le pilonnait depuis son repas de la veille. Vanessa Maligex l'avait emmené sur son scooter au McDo de Tassin-la-Demi-Lune et il y avait dépensé une partie des deux mille francs que Hugo Maligex lui avait donnés pour son été passé au chenil et au cimetière. Avec le reste, il comptait ouvrir un livret A au bureau de poste du Village. Son CAP de conducteur livreur de marchandises lui permettrait dans deux années de faire croître cette somme qui avait de salaire tout juste le nom, mais restait le premier reçu dans sa vie. Tout n'allait pas si mal, même s'il n'eût pas fallu que Hugo Maligex entendît parler des monceaux de cheeseburgers payés à sa fille par le petit gars du Lotissement. Vanessa avait essuyé du bout de l'index les traces de ketchup qu'il laissait sur son visage à chaque bouchée, puis s'était léché le doigt.

Le jeudi avait ainsi coulé dans l'ennui tempéré de septembre et Bassou avait hâte que sa sœur rentrât du travail pour aller chez les cousins au quartier des Vernes, à Givors. Là, au moins, tout pouvait survenir. Jihane devait le récupérer ainsi que leur mère et s'en réjouissait car ils allaient pousser le volume de l'autoradio.

Elle ne se donna pas la peine de sortir de sa Clio et klaxonna – ce qui agaça Hassan Amrouche, en train de bêcher dans son jardin. Il ne supportait pas cette habitude qu'avaient les Benbassa de trompetter leur arrivée. Lalla qui se tenait prête s'était pour une fois modérément pomponnée, jupe vert pomme et chemisier assorti, sandales jaunes à petits talons.

Durant le trajet jusque chez leurs cousins, elle balança la tête sur une chanson de Céline Dion qui proposait la stratégie idéale à adopter quand on s'appelait Jihane ou Lalla : « Elle avance et bénit chaque instant, Zora sourit, des phrases sur les murs, des regards de travers, parfois quelques injures, elle n'en a rien à faire, elle distribue ses sourires, elle en reçoit autant. Zora sourit pour elle, elle sourit d'être là. Mais elle sourit pour celles, celles qui sont là-bas. »

Telja refusant toujours de le recevoir, tonton Boualem avait prié Lalla de reprendre pour lui toutes ces choses dont il n'avait aucun besoin. Le divorce des Makhloufi s'étendait en longueur et les dernières chances d'une réconciliation avaient fondu « comme telja au soleil », avait dit Rym. Bien que le tact ne fût pas son fort, Lalla eut à cœur de jouer la messagère.

Bassou portait un intérêt relatif aux rebondissements de cette relation déliquescente auxquels il était difficile d'échapper dans la maison, mais il s'était joint au convoi dans l'espoir de retrouver Areski. Le fils de Telja et Boualem qui avait un an de moins que lui s'était toujours montré très débrouillard. Lalla le prenait souvent en exemple : « Regarde ton cousin, il demande rien à sa mère, il fait les choses tout seul. » Bassou répliquait in petto que si Lalla en avait su davantage sur les choses qu'Areski réussissait si bien, elle lui aurait interdit de le fréquenter.

« Nous on rouille au Village, y a rien. Pourquoi le papa il est pas allé chercher du travail en ville. Chez eux, ils sont des tonnes à se retrouver tous les soirs en bas des bâtiments, ils ont grave de la chance. » En forçant l'arrondi de ses voyelles, Bassou essayait d'adopter leur sabir qui empruntait les codes banlieusards tout en se parant d'un accent de la Loire, Saint-Étienne se situant à seulement quelques kilomètres de là. Bassou ratait son coup, observant qu'Areski était quant à lui souple et toujours là où on l'attendait. Le « hek » posé au bon moment avec le majeur replié dans la paume, le « toz » adressé à la bonne personne. Les gamins de Givors étaient gonflés de la certitude que le monde se trompait en ne parlant pas comme eux. Bien que moqué, Bassou se sentait pris sous leur aile, il en apprenait plus à leurs côtés que n'importe où ailleurs.

Jihane se gara sur le parking surplombé par les hauts immeubles du quartier. Tous les trois attendirent l'ascenseur qui, aux Vernes, n'était jamais pressé de descendre. L'étage auquel il était bloqué parfois de longues minutes était indiqué par un petit cadran lumineux. « C'est les Bourek, ils le retiennent tout le temps, ils l'ont privatisé wallah. » Sixième étage, porte au fond du couloir. En souriant, Telja découvrit sa canine en or. Elle ne négligeait rien, pas même sa tenue d'intérieur qui, ce jour-là, consistait dans une robe de chambre en satin rose, bordée de fourrure, portée par-dessus un pantalon de sport blanc. Lalla avait beau amasser les accessoires à strass et les étoffes léopard, elle constatait qu'elle ne parvenait jamais à atteindre ce niveau de liberté dans sa propre mise. « Bonjour khalti », lui dirent Jihane et Bassou en l'embrassant. Telja leur offrit du café et du jus d'ananas, que Lalla accepta dans le but de démontrer ses intentions pacifistes. Après tout, elles s'étaient toujours bien entendues. Dans les rassemblements familiaux, les fiançailles ou les baptêmes des petits garçons, les deux dansaient ensemble, traversant au même rythme le hangar loué pour la fête, décoré de nœuds en crépon. Telja gardait la bouche fermée, sérieuse, car elle savait que le décolleté de sa robe attirait les regards. En face, Lalla ouvrait les bras, modifiait par d'infimes mouvements la position de sa tête, la meilleure d'entre toutes que les heures d'entraînement portaient au pinacle.

En voyant Bassou debout dans le couloir, Telja le prévint : « Areski n'est pas à la maison, mon chéri. Tu peux allumer la télé si tu veux. »

La conversation resta superficielle pendant un long moment, comme si elles avaient oublié l'objet du rendez-vous. Jihane s'échappa pour fumer sur le balcon, duquel elle se souvenait avoir jeté une bombe à eau, avec sa cousine, des années auparavant. La voisine du dessous était montée illico et Lalla avait pincé son bras si fort que Jihane eût préféré prendre une gifle. Bassou la rejoignit et lui demanda une cigarette. « Ça va pas la tête, c'est moi que la maman va tuer si elle te voit fumer. Reste bien tranquille. »

Voyant le temps défiler sur la grosse horloge dorée du salon, Lalla se souvint qu'elle avait pour mission de convaincre Telja. « Mon amie, ma jolie, chouina-t-elle tout à coup, tu devrais laisser Boualem revenir, au moins une fois, juste pour voir ses enfants. » Sa remarque comme son intonation déclenchèrent une petite tempête. Telja se mit à conspuer son époux, un bon à rien, un égoïste, un pleurnichard, un homme comme on ne le souhaite à aucune femme en âge de se marier. La dureté de ses mots parut disproportionnée à Jihane qui ne voyait pas où ni comment ce vieux nounours logeait tant de défauts. Elle le trouvait le plus gentil des vieux de la famille ; il lui avait un jour acheté une des Barbie qui trônaient sur les étages les plus hauts du magasin de Serge Legrain. Les jouets étaient vendus une fortune au P'tit Bazar, plusieurs dizaines de francs plus chers que dans les hypermarchés. Là aussi, Lalla l'avait pincée, lui reprochant d'avoir accepté un cadeau aussi dispendieux.

Telja rapporta d'une chambre deux solides sacs de plastique quadrillés de rouge dans lesquels tenaient une petite radio, quelques pantalons, une veste d'hiver, les chaussons de Boualem et ses dizaines de gants de verrier. Bien embarrassée, Lalla ne sut s'il fallait dire merci, refuser les colis ou en vérifier le contenu. Jihane et Bassou avaient franchi le seuil, espérant que le malaise prît fin avec leur départ. Ils s'étaient saisis des sacs que Lalla leur avait donnés et les tenaient à distance comme deux dangereux molosses.

« Allez, ar tufat, dit Telja en fermant la porte sur ses visiteurs. Vous serez toujours les bienvenus chez moi. »

La gardienne

Septembre 1998, Lotissement Brocard Frères

Ses projets avec Areski ayant capoté, Bassou renoua avec l'ennui. Il ne lui restait plus qu'à s'endormir sur le trajet du retour. Lalla demanda à sa fille d'éteindre la radio. Jihane s'attendit au pire car seule la haute question du mariage exigeait pareil silence. Et elle ne trouvait jamais les mots pour la contradiction.

« Si tu crois que j'ai eu le choix », démarra Lalla en référence à son propre mariage. Inévitablement, elle aborda celui de Rym qui avait échoué, faute de patience de la part des époux. Rym avait toujours un combat à mener et son mari travaillait à des heures indues, « mais si on se met à divorcer pour ça alors c'est pas la peine de se lancer ». Lalla estimait, selon son expérience, que les années et leurs habitudes nouaient des liens plus forts que ceux très surestimés de l'amour. « Vous voulez choisir, zerma vous êtes libres, c'est comme ça que vous dites. Mais dans le jeu vous gagnez rien, pas mieux que nous. » Jihane conduisait en fixant la route. Elle recevait sans rien dire les missiles envoyés par sa passagère, ce qui ne l'empêchait pas d'admirer la manière dont sa mère trouvait souvent le mot juste dans ses itérations en français. Lalla évoqua Louisa qui ne trouvait personne avec qui fonder un foyer. Pas plus que Farouk mais, de lui, elle ne disait jamais rien qui fâchât. Jihane attendait le moment où sa propre vie serait également passée en revue, ce qui ne manqua pas. Elle pouvait mettre une croix sur la possibilité d'une accalmie dans la bourrasque de blâmes. Ceux qui la concernèrent, « célibataire jusqu'au cimetière », « mineure éternelle », « ventre vide », anesthésièrent Jihane qui apprécia de moins en moins les prouesses sémantiques de sa mère. Dans l'idée de Lalla, ses filles devaient emprunter une meilleure trajectoire que la sienne et relever l'impossible défi d'être indépendantes tout en restant sous son influence.

« Finir toute seule, sans enfant, comme une pauvresse, c'est triste, ma fille. Les hommes, ils servent à rien, mais il faut en trouver un, je t'ai pas dit dix, un seul. »

Bassou essayait de se faire oublier mais compatissait avec sa sœur qui lui jetait des regards affligés dans le rétroviseur. Quand ils arrivèrent au Lotissement, il était tard et Lalla se précipita dans sa maison pour vérifier de quelle façon Smaïl s'en était sorti en son absence. Bassou la suivit en espérant qu'elle les nourrirait rapidement.

Jihane vit passer à ce moment sa voisine sur le chemin central et ne voulut pas rater cette occasion de l'interpeller. Olfa marchait d'un pas leste, cherchant à rester discrète.

« Tu sais que je t'aime bien, c'est pour ça que je voudrais te parler franchement », lui dit d'emblée Jihane, cédant à son envie de savoir de quoi il retournait chez les Taïeb. Olfa glissa les mains dans les poches arrière de son pantalon qui la serrait au niveau de la ceinture. Elle s'apprêtait à faire preuve de patience. « Écoute. Tu es une grande fille, je vais pas te dire ce que tu as à faire mais quand même, je voudrais bien comprendre. » Olfa la voyait venir et ne voulait pas le croire, Jihane allait jouer la gardienne des bonnes mœurs.

« Elle sort d'où, cette histoire de mariage avec Vincent Chambon ? Un paysan du Village, tu fais encaisser ça à tes parents, sérieusement ? Les pauvres. Ton père doit avoir tellement honte. » Olfa se raidit. Quelle hypocrite, se dit-elle, contenant son indignation. Elle ne voulait plus être la gamine impressionnable qu'on ne tolérait pas dans les jeux des grandes. « Depuis quand tu t'inquiètes pour mes parents ? Ou pour moi ? » Elle hésita à laisser sa voisine plantée là mais se sentit retenue par une incompréhensible déférence. Jihane glissa à voix basse : « Comme si tes parents avaient besoin de ça. » Olfa entendit l'allusion à Toufik, le frère impossible, le générateur exceptionnel de merdier, le petit fou du Lotissement, ce qui lui donna le courage nécessaire pour répliquer.

« Ce que je crois, c'est qu'en plus d'être une commère tu crèves de jalousie. C'est ça, la vérité.

– Moi, jalouse de ton mariage avec un baïz ? Mais je m'en bats les reins.

– Alors pourquoi tu me sautes dessus comme ça, dans la nuit ? En jouant à la bonne copine, tu grattes des infos et tu m'empêches de rentrer chez moi. C'est quoi, ton problème ? Je te le dis : tu vas finir ici toute seule, parce que tu flippes de faire ta vie et que tu préfères critiquer celles des autres. C'est ce que vous savez faire de mieux, avec ta sœur Louisa, vous attendez qu'un prince algérien vienne taper à votre porte, vous êtes des vieilles filles bloquées.

– Laisse Louisa tranquille, je te préviens.

– Pardon, c'est vrai qu'on touche pas à Mère Teresa. Mais c'est toi qui es venue me chercher. Mêle-toi de ton derche, pour une fois. »

Olfa eut une sensation de vertige. Quelle que fût la teneur de la discussion, elle aurait préféré ne pas avoir croisé Jihane, elle se sentait épuisée depuis le début de la journée, depuis des semaines qu'elle vivait dans l'attente de sa nouvelle vie. Elle tourna les talons en direction de la maison de ses parents. Avant qu'elle n'y entrât, le rideau de la fenêtre bougea. Derrière, Montserrat constatait chaque jour les réactions que suscitaient la décision de leur fille comme l'assentiment qu'elle et Moncef lui avaient donné. Olfa et Vincent avaient présenté leur union comme une direction inéluctable prise par leur mektoub, contre lequel eux-mêmes ni personne n'avaient de pouvoir et qui invitait les Taïeb, marqués par cette tache, à se faire toujours plus discrets.

Jihane resta dehors, dans le chaud de la soirée. Elle alluma une cigarette derrière le figuier opulent des Fahd et constata que ses mains tremblaient légèrement. La journée avait été trop longue. Elle s'en repassa le film, songea au sinistre centre de téléphonie dans lequel elle se morfondait chaque jour. Les murs de la salle de pause partaient en lambeaux et le déjeuner y était tellement désagréable qu'en dehors des jours de pluie, Jihane préférait marcher jusqu'au square le plus proche pour ouvrir un Tupperware de bolos maison froides. Elle avait été contente d'en sortir plus tôt ce jeudi, pour aller aux Vernes, bien qu'elle estimât n'être pas si mal tombée avec ce poste de téléconseillère – un métier abscons que Lalla décrivait comme le fait d'aider des gens qui la maltraitaient. Il était même une aubaine car elle n'avait montré aucun intérêt ni jamais fourni d'effort pendant ses études en BEP vente-action marchande. « Ça veut dire quoi force de vente ? Que tu dois te muscler pour essayer de refourguer des trucs, c'est ça ? Tu fais des abdos pour niquer les gens ? » Farouk avait souvent ironisé mais Jihane préférait encore le ridicule du nom de son diplôme au cambouis des voitures dans lesquelles il mettait les mains. N'empêche qu'il lui avait plusieurs fois sauvé la mise en se pliant en deux sous le capot de sa Clio dégénérée. Jihane en avait un besoin impératif pour rejoindre chaque jour son open space, où elle ne brillait pas par ses résultats. Son manager, du même âge qu'elle, les lui avait reprochés en public. « Tes chiffres ne décollent pas, tu dois employer le nouveau wording dont on a parlé, Jirane. » Il lui trouvait chaque jour un nouveau prénom, s'approchant vaguement du vrai – Jidane, Nijane et, une fois, Janine. Elle avait refusé de croire dans un sarcasme, même si elle était certaine qu'il l'avait dans le nez, « il veut ma peau ce petit connard ». Perdue et offensée, elle se donnait des airs supérieurs qui irritaient ses collègues autour d'elle. Ne trouvant aucun soutien chez les autres téléconseillers dont les horaires étaient modifiés chaque semaine, elle s'était demandé si elle n'avait pas meilleur compte à nettoyer les chambres de l'Auberge de la Brivonne, avec sa mère. En attendant de prendre une décision, elle sombrait dans les gaufrettes vanille que Lalla achetait par lot de dix paquets plus deux gratuits. Ses sœurs se disaient entre elles que Jihane prenait le chemin de l'effondrement et de la déprime comme le papa, à même pas vingt-quatre ans.

Elle pompa de longues bouffées asphyxiantes. Olfa n'avait peut-être pas tort, les histoires de Telja et tonton Boubou la fascinaient sûrement car elle n'en vivait aucune. Affaire Makhloufi contre Makhloufi. Aujourd'hui, les divorces n'étaient plus si choquants dans la famille, mais ça n'était pas une raison pour accepter un mariage avec le premier Kabyle avalisé qui donnerait le change durant une année de vie commune, puis se curerait les dents sans discrétion, réclamant son café à la fin des repas. Si c'était ce à quoi on la destinait, Jihane n'en voulait pas.

Il était tard. Elle se demanda quel motif elle allait donner à sa mère pour se faire exempter de la fête d'Olfa et Vincent. L'officialisation de leur stupéfiante relation par des fiançailles était prévue un mois plus tard.

Le badigeon

Samedi 17 octobre 1998, buvette du parc

Parmi les éclats de voix qui le tirèrent de son sommeil, trop tôt pour un samedi, Bassou distingua ceux de son père. Dehors, Smaïl échangeait avec Hassan Amrouche qui s'était levé à l'aube selon son pli et, sans avoir pris de petit-déjeuner, avait fait un tour rapide dans le Lotissement pour se dérouiller les jambes, apprécier le nombre de volets ouverts, et être le premier à constater l'ampleur des dégâts. Il s'était demandé s'il n'avait pas été sujet à une hallucination et voulut avertir Smaïl sans attendre. Lui aussi dormait peu. Assis sur sa chaise de plastique, il buvait le premier café de sa longue série quotidienne quand son voisin s'était montré sur le pas de sa porte, comme une ombre. Hassan avait fait des gestes saccadés avec la main pour que Smaïl le suivît jusque sur le parking.

Sa Mercedes y était garée depuis quelques jours, après qu'un orage effarant avait éclaté dans la nuit du mercredi et inondé son garage, que Smaïl tentait depuis d'écoper. Le caniveau n'avait pas été dimensionné pour ce type de rafale. « Tout a été construit n'importe comment, regarde ils ont fait faire les travaux par des guignols et il a essayé de finir tout seul », avait commenté Hassan auprès de sa femme, après avoir prêté main-forte pour sortir les affaires détrempées. L'allée inclinée qui bordait la longère des Benbassa et des Fahd descendait droit sur le garage et les litres d'eau tombés du ciel l'avaient dévalée pour s'engouffrer sous la porte basculante.

Dans la lumière cireuse de six heures du matin, la voiture semblait sidérée d'avoir été si violemment agressée dans la nuit. Un amoncellement absurde et chaotique d'inscriptions la recouvrait, des croix gammées avec une branche en moins ou en trop cohabitaient avec un « sale bougnoule » tracé en lettres capitales sur les deux portières droites et leurs vitres teintées. Le jaune de la peinture utilisée pour commettre les graffitis ressortait parfaitement sur le noir métallisé de la Mercedes. Lalla avait ceinturé une robe de chambre à fleurs autour d'elle et apporté en urgence un seau d'eau savonneuse et plusieurs éponges près de la voiture. Elle était incapable de déchiffrer les mots qui profanaient la carrosserie mais elle en comprit le sens, à entendre son mari et à voir le visage défait de son fils qui était arrivé en pyjama, ensuqué comme un petit enfant, les baskets écrasées sous le talon.

Bassou la regarda se démener, frotter comme si elle avait elle-même été coupable de la dégradation. Elle se dépêchait, accablée. La fête des Taïeb devait avoir lieu le soir même au Lotissement, de quoi aurait-on l'air devant les invités avec ce fatras d'injures en guise de panneau de bienvenue ? En début d'après-midi, la voiture trônait près du terre-plein et les efforts pour ôter les inscriptions n'avaient pas été tout à fait vains. Lalla était presque venue à bout de cette foutue peinture de garage, acrylique pure, résistante aux intempéries. Un badigeon capable de couvrir n'importe quelle surface. Les vitres étaient limpides, mais il restait quelques traces jaunes sur les portières et le capot, comme si la voiture avait été lacérée par de larges griffes.

Jihane piqua une colère en découvrant le résultat du décapage.

« Mais je rêve ! Vous êtes tous complètement fous, il fallait pas y toucher ! Qu'est-ce que vous avez, avec le ménage, la propreté, tout le temps ? C'est une maladie ! On aurait dû garder les preuves, réfléchissez un peu.

– Les preuves de quoi ? » s'était agacé Smaïl.

S'il avait pensé à alerter la gendarmerie, il n'aurait de toute façon pas cru dans l'arrestation d'un coupable. Il n'aurait pas appelé Isabelle Lecha pour qu'elle écrivît un article dans la presse locale, ni mis la pression sur le maire pour l'entendre condamner ces actes.

« Vous vous comportez comme si on vivait dans un monde parallèle. On n'a pas le droit d'utiliser le numéro de la police peut-être ? Nous aussi on peut porter plainte, je vous signale que c'était limite des menaces et que les injures racistes, c'est interdit, continua Jihane.

– Y avait des croix gammées, jaunes, zerma comme l'étoile, alors qu'on n'est même pas des juifs.

– Vous le faites exprès ? C'est grave, ce qui s'est passé ! Ici, c'est toujours chut, on dit rien, on verra bien ce qui se passe, challah que tout s'arrange. »

Lalla la regarda de biais. Jihane devenait insupportable et aurait pris une gifle s'il n'y avait pas eu tant à faire. Elle n'était pas moins choquée par l'insulte faite à la famille, mais elle voulait croire qu'il s'agissait d'une méprise. « Des gamins qui n'avaient rien d'autre à faire cette nuit, ils ont pris une voiture au hasard. » Smaïl avait son propre avis : « Des jaloux, voilà ce qu'ils sont. » Jihane tourna en rond sur la terrasse, furieuse, puis se mit à la recherche de son petit frère. Peut-être pourrait-il témoigner, lui qui avait vu le désastre avant le nettoyage. Elle cria son prénom dans l'escalier de la maison et demanda à sa mère : « Il est où, Bassou ? » Lalla n'en savait rien. « Jamais là quand on a besoin de lui, celui-là », grogna Jihane.

Bassou avait filé jusqu'au parc. Il venait d'y entrer, marchant droit vers le petit bâtiment de la buvette où les effluves d'essence lui confirmèrent la présence de ceux qu'il cherchait. Cette fois, il ne les raterait pas. Pierre poussa Julien du coude et ils le regardèrent s'approcher, interloqués. Bassou ne savait pas s'il réussirait à se donner une contenance, il ne leur avait pas adressé un mot depuis plus d'un an, depuis que Pierre s'était foutu de lui et de la danse de sa mère, et que Julien l'avait lâché. Sa voix monta subitement dans les aigus.

« C'est qui ? Dites-moi c'est qui qu'a niqué la bagnole de mon père !

– De quoi il parle, celui-là ? Un vrai taré, fit Pierre.

– Arrête de me balnave. C'est vous, j'en suis sûr ! »

Pierre et Julien avaient posé des sacs à dos sur le siège de leurs scooters. De l'un d'eux dépassaient un paquet de chips format familial et une bouteille de Coca. Leur après-midi prenait une nouvelle tournure.

« Vous avez tagué des putains d'insultes, vous êtes venus jusqu'à chez moi !

– Qu'est-ce qu'on en a à foutre de ton père et de sa bagnole de mafieux.

– Fais pas le malin, baltringue ! C'est toi, y a que toi pour faire ça. »

Pierre n'eut pas envie de le contredire tout à fait. « Je vais te niquer », lui promit Bassou. « Arrête, Bass », essaya Julien. L'emploi de son surnom et d'un ton doucereux exhuma leur complicité passée, ce qui, loin de l'attendrir, alluma une mèche dans la tête de Bassou.

« Ferme-la », hurla-t-il en le poussant violemment. Julien vacilla, moulina avec les bras mais ne tomba pas et Bassou se rapprocha encore. Ils s'observèrent avec une égale indignation. Bassou répéta « Tais-toi », en l'attrapant par la taille. Ils partagèrent une sensation de familiarité dans cette soudaine proximité. Bassou plaqua le flanc contre le corps de Julien qui obéit aux gestes de son assaillant, lui cédant sans résistance. Ses bras l'entouraient plus qu'ils ne le repoussaient. Ils se retrouvèrent enlacés plusieurs secondes. Plus déterminé que Julien à se compromettre dans cette histoire, Bassou finit par se détacher et lui décocha une droite dans les côtes pour laquelle il déploya une force qui le surprit.

Pierre s'éloigna en reculant et faillit trébucher avant de se mettre à courir, pour fuir ou pour aller chercher de l'aide, difficile de le déterminer à ce moment de la rixe. Julien eut du mal à respirer et se plia en deux. « Fils de pute », glissa-t-il entre ses dents. Bassou envoya son poing en avant, le plus fort possible, et l'écrasa sur le visage de Julien qui chuta en arrière. Sa tête tapa contre le sol dans un bruit sec. Les yeux mi-clos, la bouche ouverte, il ne se releva pas. Quand ils jouaient à *FIFA*, défoncés, Julien avait à peu près le même air. « Tais-toi », dit encore Bassou, en expulsant l'air de ses joues. La sueur coulait sur ses yeux. Il faisait beau et chaud pour un mois d'octobre, les Taïeb qui donnaient leur fête le soir même allaient être contents. Bassou se redressa, essoufflé, puis fit de nouveau le tour de la buvette. Il traversa les deux terrains de basket et passa devant le tourniquet immobile. Une fois sorti du parc, il se mit à courir en direction opposée au Lotissement.

Le Roi-Soleil

Samedi 17 octobre 1998,
chez les Taïeb de la maison 7

Toufik avait demandé s'il pourrait passer « L'Empire du côté obscur ». Avant IAM, il n'avait jamais écouté de rap auquel il préférait largement les envolées lyriques d'un bon petit Obispo, « les meilleurs ennemis du monde, et tant pis si on l'est, le mariage du ciel et de l'ombre, je te hais comme tu es », mais les lignes de basse de « L'École du micro d'argent » l'avaient scié au point qu'il pouvait presque chanter par cœur un passage qui disait « N'aie pas peur, ouvre-moi ton cœur, viens vers l'Empereur sentir la chaleur de l'obscurité, pour toi il est l'heure de rejoindre l'armée des guerriers de l'ombre. C'est ta destinée, pourquoi vouloir lui résister ? » Il lui arrivait d'intervertir « obscurité » et « ombre » mais il n'abandonnait pas, il cherchait le flow. Sa mère avait lancé le menton en avant pour s'en débarrasser, lui accordant un vague oui, et il attendait de pouvoir s'approcher de la chaîne hi-fi. Personne ne pourra plus m'en déloger, pensait-il, même ses dindes de cousines, toujours blasées celles-là, se mettraient à bouger leurs gros derrières sur le son des Marseillais. Elles entonneraient comme tout le monde « Obscure, la force est noire, noire comme le château où flotte l'étendard, notre drapeau ».

En attendant, il dansait en secouant les mains devant lui sur la voix de Fatma Bousaha. Les sifflements de la lgitha perçaient ses tympans mais sans cette flûte inhumaine, pas de transe. Toufik n'envisageait pas de quitter la maison des femmes où la musique était si forte qu'elle couvrait les conversations. Les invités s'étaient répartis en deux groupes, une majorité d'hommes dînaient chez les Amrouche tandis que, chez les Taïeb, les femmes entouraient Olfa qui trônait, déguisée en fiancée somptueuse. Elle avait modifié les attaches de sa robe zébrée de fils d'argent pour qu'elle ne la comprimât plus au ventre. Saloua avait passé des heures à lui peinturlurer le visage et le bleu criard des paupières, le corail tartiné sur les joues et la coiffure pétrifiée dans la laque laissaient supposer que sa sœur aînée avait fait exprès de la rater. La beauté d'Olfa parvenait à peine à prendre le dessus. Quand il la vit, Vincent demeura interdit et les femmes prirent sa réaction pour un nouveau coup de foudre. Il s'assit à ses côtés sur le canapé recouvert d'un tissu blanc scintillant – rebut de l'usine – et prit son repas de fiançailles, endimanché du pantalon de costume qu'il avait acheté pour l'enterrement de son père et d'une chemise immaculée qu'il craignait de salir. Il mangea plié au-dessus de la table basse, en s'époussetant à chaque bouchée. On avait beau dire, ils formaient un joli couple.

Entourés de leur public compact, ils suffoquaient. Près d'eux, on avait installé Monique, la seule tante de Vincent qui avait bien voulu se déplacer, tandis que son époux avait rejoint la maison des hommes, pas mécontent de la séparation des genres. Calée entre deux coussins brodés, Monique avait figé son sourire pour la soirée. Montserrat lui faisait des petits signes de tête à intervalles réguliers. Elle lui apportait des choses à manger et donnait les noms des plats que la tante de Vincent tentait de répéter, en ouvrant grand les yeux pour montrer son intérêt, ce qui faisait rire l'assistance. Le docteur Gigarel avait tenu sa promesse de venir partager le dîner. Bonhomme, il répondait aux questions sur les toux sèches, les tiraillements dans le dos, les points volants devant l'œil droit. Traité mieux encore que les mariés, il vida son assiette de poulet aux olives, servie après celle de méchouia aux œufs durs et une autre encore de riz doux, qui lui rappelèrent de lointaines vacances à Essaouira. Ébloui, il réclama le pot de piments au vinaigre.

La sœur, les cousines de Montserrat et quelques amies tunisiennes étaient venues au Lotissement plusieurs fois dans la semaine pour aider à la préparation du banquet. Pendant la confection des pâtisseries et des marinades, elles ne s'étaient pas donné la peine de retenir les moqueries. Certaines furent lâchées en aparté, « une tête de cochon avec du persil dans les narines, c'est ça qu'elle trouvera dans son frigo, demain », et d'autres plus fort, « il paraît que le fiancé, il avait un chameau, il est un peu de chez nous en fait ». « C'était un lama, il s'appelait Pedro et des gens l'ont tué, brra-ak ! Il a brûlé, comme sur un barbecue », avait détaillé Toufik. Olfa avait fait semblant de rire pour faire des préparatifs un moment supportable. Moncef s'était occupé de trouver un taleb complaisant qui avait daigné célébrer l'union. Un mariage à la mairie était prévu un peu avant Noël et Olfa ne pourrait vivre avec Vincent qu'après chacune de ces étapes. D'ici là, leurs rendez-vous étaient ajournés, l'homologation de leur couple ne les autorisait pas à rendre publique leur intimité trop suggestive et, malgré tout, scandaleuse. Olfa se pliait à ces nouvelles contraintes comme à tout le reste, reconnaissante envers ses parents d'assumer les remarques et les airs pincés autour d'eux. Les Taïeb avaient renoncé à organiser le mariage à Monastir dans les règles de la discipline, avec sept jours et autant de nuits de fête. Point trop n'en fallait, on n'allait pas exhiber Vincent à travers les continents. Et puis il ne pouvait pas quitter sa ferme si facilement. « Et son chien ? Tu vas faire comment ? » s'était inquiété Lutfi. Olfa avait déjà prévenu Vincent : « Mozart doit aller dans sa niche, mon amour, c'est sa place », puis rassuré son frère : « Le clebs est gentil quand on le connaît. Tout se passera bien. Je serai chez moi, on va repeindre la maison. Et puis je pars pas très loin, vous allez pas vous mettre à chialer. »

Le soir de la fête, les plats furent mis en chauffe sur tous les feux disponibles du Lotissement et sur des réchauds à gaz apportés en renfort. On stocka les bouteilles de soda dans plusieurs des maisons dont les portes furent laissées ouvertes pour faciliter la circulation. Celle des Boulanouar resta obstinément close. Ali avait choisi de quitter le Village pour rejoindre la Grèce natale de Iouna et n'attendait plus que leur départ, prévu au début de l'année suivante. Hassan lui avait proposé de racheter sa partie de la longère afin de l'adjoindre à la sienne en perçant une porte dans la cloison qui les avait si mal séparés toutes ces années. Il avait adouci sa voix et adopté bien des façons dans le but de faire commerce avec son voisin. Auprès de Fadma, il laissa s'exprimer sa satisfaction. « Voilà que je lui achète sa maison, à celui-là. On fait une bonne affaire, eaziza. Tu vois ! Dieu est toujours du côté des endurants. »

Pendant que les enfants les plus jeunes couraient d'une maison à l'autre, surexcités et ivres de tant de seuils à franchir, les adolescents cherchaient à s'isoler dans celle qui était la moins peuplée. Même Zitouni et Emna Taïeb avaient répondu présents. Moncef avait proposé à son cousin de mettre de côté leurs différends dont il ne voulait plus connaître l'origine. Emna avait accepté l'invitation à la condition que leur fils Hamza restât à portée de vue et à distance de Toufik. Elle se présenta dans une robe fourreau noire au corsage compliqué, ourlé de verroterie. Sa pochette assortie contenait plusieurs billets qu'elle glisserait le moment venu dans la panière ostensiblement posée sur la table des mariés ou, si elle en avait l'audace, directement dans le bustier d'Olfa.

Chez les Fahd, les enfants finirent par tomber d'épuisement devant un écran de télévision allumé. Bouzid leur donna des gâteaux et s'assit au sol avec eux, content que la musique n'émanât pas de chez les Benbassa mais d'une autre maison, plus éloignée. Après avoir choisi une robe de velours et mis sa ceinture de pièces d'or, Zouina s'était éclipsée pour aller danser chez les Taïeb, où Toufik croyait encore qu'il aurait accès à la hi-fi.

Depuis quelques semaines, on voyait un peu plus clair au Lotissement. Deux lampadaires avaient été plantés par les services municipaux, le premier au bord du chemin des Brigands, près du parking, le second en face de chez Hassan Amrouche. Il les avait obtenus de haute lutte et vérifiait régulièrement leur état de marche. Leur lumière était moins vive que celle des lampadaires longeant la départementale mais suffisante pour repérer les nids-de-poule du chemin cabossé. On put donc passer d'une maison à l'autre sans risquer de faire valdinguer les gamelles pleines de poulets mijotés. Les plateaux de gâteaux luisants étaient particulièrement monticuleux, aussi Moncef s'affubla-t-il d'une lampe frontale malgré le nouvel éclairage. On le voyait circuler de loin, nitescent et pittoresque, dans les allées du Lotissement.

Comme s'ils avaient eu leur place dans le programme des festivités, les faisceaux du gyrophare qui sabrèrent l'obscurité vers vingt-deux heures ne choquèrent personne dans un premier temps. Une Renault 21 Turbo bleue avec aileron arrière venait de se garer au niveau du parking. Les trois gendarmes qui en sortirent ne surent pas à quelle porte frapper et se demandèrent si le défilé entre les maisons n'avait pas pour seul but de les mener en bateau. Étienne Chauvet, qui faisait partie de l'équipage, ne savait plus à quelles familles les attribuer bien qu'il en connût certaines ; leurs portes lui avaient été ouvertes au moment de l'enquête sur l'incendie et la mort de Pedro, close sans être résolue.

« Où est Bassou ? » La question se mit à circuler comme une rumeur, de bouche en bouche, de mère affolée en invités réjouis d'assister à une nouvelle animation qui les sortait de leur apathie digestive. On fit en sorte qu'Olfa ne fût pas mêlée au trouble et qu'elle continuât de siéger, les mains immobilisées dans des moufles irisées pour protéger un henné tout frais. Elle était particulièrement sensible depuis quelques semaines, elle se mettait à pleurer à tout propos. Vincent avait lui aussi tendu les paumes afin qu'y fût déposée une petite motte terreuse parfumée à l'eau de rose. Il hésita à sortir ainsi ganté de satin pour trouver l'origine de la rumeur. « Y a les flics, ils veulent interdire le mariage », « Mais non, ils cherchent quelqu'un ».

La maison des Benbassa fut bientôt identifiée, Étienne Chauvet suivi de ses deux collègues s'en approcha puis frappa à la porte, bien qu'elle fût ouverte.

Dans le même temps, Toufik s'éloignait, léger de ne rien savoir, uniquement guidé par son instinct sûr et les battements précipités de son cœur. Il traversait le pré de Vincent dans lequel il était entré furtivement, après avoir vu les gendarmes droits comme des piquets refuser d'un geste de la main l'invitation à manger un rfisset rouz aux amandes. Il s'était inquiété de l'usage du gyrophare qu'il attribuait aux situations graves, comme dans la série *Hooker*. Il avait une passion pour son actrice principale, Heather Locklear, auréolée d'un halo de cheveux parfaitement brushés quelle que fût la situation. Elle était un ange sidérant. Toufik pensa à elle en s'enfonçant dans l'obscurité de la campagne. Il marcha dans l'herbe humide, sans but ni crainte, espérant toutefois que la fête de sa sœur ne serait pas gâchée. Il l'avait trouvée pâle ce soir, malgré le fard. Les jambes de son pantalon ainsi que ses chaussures vernies achetées spécialement pour l'occasion étaient maintenant boueuses.

Le Roi-Soleil sur ses terres. Il les connaissait par cœur et pouvait se tapir dans les bruits familiers de la nuit. Il espéra que les gendarmes, ne le trouvant pas, rentreraient chez eux. Pour ne pas se tourmenter davantage, il présuma que le Village finirait par recouvrer son calme. Et il n'y avait pas de doute à avoir là-dessus, grâce à la distorsion des souvenirs et aux arrangements trouvés avec la vérité qui, de toute façon, n'avaient que peu d'influence sur ce qui séparait depuis toujours les gens d'ici. Les habitants du village avaient pour certains très franchement vu une mosquée à la place d'une usine. Au bar de la Denise et devant les choux farcis du Penalty, ils trouveraient de quoi occuper les conversations avec cette seule journée du samedi. Toufik avait sûrement raison, le Village ne s'appesantirait que quelque temps, avant de céder comme n'importe quel autre village à son irrésistible besoin de somnoler.

Table

Les Éditions Points s'engagent pour la protection de l'environnement et une production européenne responsable

Ce livre a été imprimé en Europe, sur un papier certifié issu de forêts gérées durablement.

RÉALISATION : NORD COMPO À VILLENEUVE-D'ASCQ
IMPRESSION : NOVOPRINT SLOVENSKO S.R.O.
DÉPÔT LÉGAL : NOVEMBRE 2025. N° 158011
IMPRIMÉ EN SLOVAQUIE